高职高专文秘专业工学结合规划教材

信息与档案管理

Information and Archive Management

主　编　贺存乡

副主编　杨秀英　何　屹
　　　　邓心浩

主　审　杨群欢

U0140830

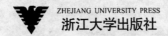

ZHEJIANG UNIVERSITY PRESS
浙江大学出版社

高职高专文秘专业工学结合规划教材

审读专家委员会（按姓氏笔画排序）

王箕裘　　王金星　　孙汝建

严　冰　　陈江平　　时志明

张玲莉　　杨群欢　　郭　冬

曹千里

总　序

2007 年 12 月,浙江大学出版社邀请省内外数十所开设文秘专业的高职高专院校的教学负责人召开了高职高专文秘专业教学及教材建设研讨会。会议重点研讨了当前高职高专文秘专业建设、课程设置、招生就业、教材使用、工学结合课程改革等情况。大家一致认为,教材建设是文秘专业建设发展的重要环节,配合教学改革进行教材改革已迫在眉睫。会议决定开发一套"高职高专文秘专业工学结合规划教材"。

针对高职高专文秘专业的实际情况,结合目前秘书职业岗位需求和工作特点,浙江大学出版社确定了新编高职高专文秘专业工学结合系列教材的基本原则。即:思想性、科学性和方法论相统一;先进性和基础性相统一;理论知识和实践知识相统一;综合性和针对性相统一;教材内容与秘书职业岗位无缝接轨。同时根据高职秘书人才培养计划,遵循"以够用为度,以适用为则,以实用为标"方针,以职业活动为导向,以职业技能为核心,突出项目化、任务驱动的教学特点,体现实用性、技能性、职业性、融趣味性和可读性于一体的高职教育教学特色。

本系列教材主编和编写人员都是经过精选的,主要选择富有教学和教学改革实践经验的高职高专院校秘书专业的教师或秘书专业研究人员来担任。教材内容组合新知识、新技术、新内容、新案例、新材料,体现最新发展动态,具有前瞻性。编写体例新颖,主次分明;概念明确、案例丰富,同时安排了大量的便于教学过程中操作的实训方案,并有配套的习题和教学课件。

为了确保教材的编写质量,浙江大学出版社邀请了当前国内一流的文秘专业教学与研究方面的权威专家、学者对本套文秘专业工学结合改革教材进行了认真的审稿。专家们普遍给予了高度的肯定,同时也提出了很多宝贵的意见和建议,使得这套教材能更加完善。相信这是一套学生便于学习训练、教师便于教学指导的好教材。

教育部高职高专文秘专业教学指导委员会委员、教授
杨群欢
2009 年 6 月 18 日

前　言

在当今高速发展的经济社会,信息与档案工作越来越为人们所重视。信息工作是以信息为对象并以发挥其有用性为目的的工作,档案是一种重要的信息资源,是领导决策和一切行政工作的依据和基础,也是秘书及一切办公室人员的主要工作。因此,无论是领导还是秘书人员,对获取信息的途径和利用档案的能力,都十分的重视。对于秘书人员来说,牢固掌握信息工作与档案工作的基础理论与基本技能,并能在实际工作中加以灵活运用,对提高工作效率、提升自身素质、展示工作水平有着重要的意义和作用。

本教材为浙江省"十一五"重点教材。全书分两大部分共十章,系统地阐述了信息与档案工作的意义、特点,原则;信息的特征、功能和种类;信息收集、整理、传递、存储、利用、开发和服务的程序和方法;档案收集、分类、检索、鉴定、保管、利用、开发和服务的方式、方法;信息与档案管理工作等方面的基础理论和知识。同时,较全面地介绍了计算机与网络技术在信息与档案工作中的运用。

本教材的编写具有以下主要特点:

1. 新颖性、适用性。本教材的编写框架和内容新颖,重点明确而突出,简洁而实用,适当插入与内容紧密相连的相关知识链接,使其兼具形式上的活泼性和内容上的丰富性,便于学生理解和掌握相关知识与技能。

2. 技能性、专业性。本教材注重联系信息与档案工作的实际,导入相关案例,并配有经典评析,融知识、技能、情趣于一炉,提高学生学习的兴趣;本教材还在附录中提供了国家的有关法规和一些业务规范,给学生在信息与档案工作实践中提供帮助。

3. 标准性、双证性。本教材是遵照《秘书国家职业标准》进行编写的,并且每个章节后的习题也是按照秘书职业资格证书考试的题型进行编排的,以便于学生把握重点内容,并提前为学生取得相应职业资格证书打好基础。

本教材是由浙江育英职业技术学院、浙江经济职业技术学院、湖州职业技术学院、金华职业技术学院、山东外贸职业学院等院校的教师共同编写的。本书第一部分第一章由邓心浩执笔;第二章由谭书旺执笔;第三章由杨秀英执笔;第四和第五章由贺存乡执笔;第二部分第六章由王亦飞执笔;第七章由付军执笔,第八和第九章由何屹执笔,第十章由李君执笔。贺存乡和邓心浩负责全书的校对和最终审稿。

本教材编写组成员以严谨求实的精神完成此教材的编写,特别是杨群欢教授,对该教材从编写理念、原则和思路,到教材基本框架的确定都给予了精心的指导和帮助。与此同时,本教材在编写过程中还得到了许多业内专家、学者和单位的热心帮助和支持,在此一并表示感谢。

本书非常适合作为大中专院校秘书专业和相关管理专业的教材,也可供从事办公室工作人员学习参考。

由于编写时间紧、任务重,难免出现一些疏漏或错误,敬请专家和读者不吝赐教。

编 者

2010.8

目　录

第一部分

信息管理工作

第一章 信息与信息工作

◎ **技能要求**

- 进行信息的分类
- 利用信息指导工作

◎ **知识要求**

- 信息的基本知识
- 信息工作的特点、原则、作用和要求

第一节 信息的概念、特征和功能

◎ **学习目标**

理解和掌握信息的概念、特征、分类和功能。

◎ **案例导入**

小张是刚从大学毕业分配到某厂办公室,虽然他早就听人说过信息是资源,是财富,但究竟它的价值有多大,对领导决策起多大作用,总感到说不清。在一次领导办公会上,办公室卢主任让小张做记录,他才对信息和信息工作的由来有了切身的理解。

会上,管设备的副厂长提出技术改造方案,以提高企业的竞争力,要求把刚刚收回的一大笔资金,重点投放到购买机械设备上。管财务、管生产的副厂长都表示支持。当厂长正要拍板决断时,卢主任说他想向各位领导汇报一个新情况,供领导们参考。领导们的目光一起转向了他。

"我先说几条信息请各位领导参考:一是我国粮食进入市场后,粮价上调的趋势十分明显;二是国际上几个粮食进口量大的国家今年均遭自然灾害,国际性粮食歉收趋势已定;三是供应我厂的工业粮食原料产量区今年都遭到严重的水灾;第四,今年又是乡镇企业发展很快的一年,这些乡镇企业不少是利用其资源优势从事投资少、见效快的食品和酿酒业,都将以粮食为材料。根据以上情况,我预计,近期粮价必上涨,而且上涨幅度较大,可能每千克上涨 0.2 至 0.5 元之间;我厂每年工业原料用粮 10 万吨,按每千克原料用粮上涨 0.3 元计算,每吨将上涨 300 元,10 吨就是3000 元,全年就是 3 千万! 因此,我建议当务之急是在粮食涨价前购进原料,这样可以降低成本,提高竞争力,获得客观的经济效益。然后再把获得的盈利投入技术改造。由于经济实力增强了,我们进行技术改造的起点可以更高些,最好能达到国际先进水平。这样,就为我们的产品参与国际市场竞争打下了坚实的基础。⋯⋯"

卢主任的发言结束后,会场一片寂静。领导们有的拿出计算器仔细地算着;有的掏出钢笔,在本子上写着;还有的托着腮在沉思⋯⋯

过了一会儿,厂长的发言打破了寂静:"卢主任提出了一个值得我们深思的问题。我同意他对粮食间隔变化所作出的分析和预测。摆在我们面前的问题,是先搞基本建设和技术改造,还是先购进即将涨价的原料,取得经济效益后再以更大的投入进行高起点的技术改造。请大家对这两个方案再议一议。"

大家七嘴八舌讨论起来,会议气氛十分活跃。经过反复比较、分析、论证,厂领导最后一致同意采纳卢主任的建议:先购进粮食原料,再进行技术改造。

后来的事实证明,卢主任的预测是完全正确的,他的方案使企业获得了巨大的利润,整整多赚了一个亿!

小张敬佩地对卢主任说:"看来信息是金钱的说法一点不假。您是怎样获得这些信息的呢?"

卢主任说:"信息变化极快,信息工作无止境。这次我们虽然从大量信息中淘出了一些金砂,但不知还有多少金矿等待我们去开掘、去淘洗、去利用。稍一马虎,它就会从你眼皮底下溜走。⋯⋯"

淘金,把小张引入了对信息与信息工作的深层思索⋯⋯

[分析]

这个案例对秘书做好信息工作有多方面的启发:

1. 信息是领导者正确决策的重要依据。准确、及时、全面的信息,是领导者作出正确决策的重要保证。反之,错误、片面、迟报的信息,可能会导致领导者作出错误的决策,造成重大的损失。案例中的卢主任向厂领导反映的有关信息,使厂领导作出了正确的决策,为该企业赢得了巨大的利润。由此可见,信息在领导决策中的重要地位和作用。

2. 信息具有重要的价值。从本案例可以看出,正确运用信息,可以给企业带来可观的经济效益。从这个意义上说,信息就是金钱。秘书人员一定要充分认识信息工作的巨大价值,肩负起信息工作的重任,努力做好信息工作,为组织创造良好的经济效益。

3. 信息是一种重要的资源,需要秘书人员努力开发。案例中的卢主任就是一位善于"淘金"、开发信息资源的高手。秘书人员平时就要养成收集信息的习惯,并能从零散信息中发现带有规律性的东西,从表面信息中发现本质性的东西,从已知信息中推出未知的东西,从而开发出信息的重要价值,实现信息的最大增值。

4. 信息是秘书发挥参谋咨询作用的有效途径。秘书发挥参谋咨询作用的方法和途径是多种多样的,而利用信息则是秘书发挥参谋作用的有效途径。本案例中,卢主任就是利用自己所掌握的信息向领导提出建议的成功范例。作为一个优秀的秘书人员,一定要善于利用信息达到参谋的目的。

◎ **理论知识**

人类社会已经迈入信息时代,信息已发展成为一种重要的产业。信息工作对于各级领导者了解情况、进行决策和指导工作起着举足轻重的作用。本节将介绍信息的概念、特性、分类和功能等。

一、信息的概念

信息是事物存在方式或运动状态的直接或间接的反映。信息是一种普遍存在的社会现象,客观世界的一切事物及其运动都是信息之源。从自然界到人类社会,种种物质都可以成为信息源,都能产生和发出信息。

信息有广义和狭义之分。广义的信息,是指对各种事物运动特征和变化的客观描述;狭义的信息,是指通过一定的物质载体反映出来的新的有用的知识。

"信息"一词,近年来出现频率非常高,人们已经习惯并且接受了这个概念。它包括三层意思:声音、图像、文字是信息的载体,它载荷着信息的内容,信息凭载体而被人们感受;特定的事实、主题或事件是信息的内容;消息、情报、资料、数据、知识等是信息形式与内容的统一体,泛指普遍存在的社会现象与自然现象。一切事物的运动都产生信息,运动是永恒的,因而信息无处不在,无时不在,它是构成客观世界的与物质、能量相提并论的第三大要素。

二、信息与消息等概念的联系

信息与消息、情报、资料、数据、知识等概念有密切联系,但又不等同于消息、情报、资料和知识。

消息作为新闻学中的一个概念,它是信息的外壳,信息是消息的核心。不同的消息所包含的信息的量不相同。具体包含的信息量,与消息的背景和信息的接受者有关。如"中国男足战胜了对手"这则消息,就与对手的具体情况相关。如果对手是很弱的队,这则消息所包含的信息量就少,如果对手是世界冠军队,这条消息所包含的信息量就多。同一条消息所包含信息的量也不同,可见信息与消息并不等同。

至于情报,虽然在英文中与消息是同一个词,但细细分析,它们也并不相同。情报一般是指通过某些特殊手段取得的信息,而且常常是尚未公开的。而信息却包括各种方式得到的,其中既有公开的,也有处于秘密状态的,如"某极端组织正准备袭击某地"既是情报,也是信息;而"某人考上某大学"是信息,却不是情报。情报与信息是部分与整体的关系。

资料是指除生活资料、生产资料以外经收集或编写而成的文字材料,通常指书报、期刊、图表、图纸及各种印刷物,它可以看成是信息经过物化之后的一种存在形式,资料中蕴藏着信息,是人们获取信息的源泉之一,但并不是每个人都能从资料中获得相同的信息。如不懂英文的人即使拥有大英百科全书这样的资料,他也无法获得信息。

知识是人类通过信息对自然界、人类社会及思维方式与运动规律的认识,是人的大脑通过思维重新组合的系统化的信息的集合。知识是信息,信息却不一定是知识。如"书是将文字和图形印在纸上并将这些纸装订而成的",这些知识也是信息;而"书放在点着火的炉子上",这是信息,却不是知识。所以,知识与信息的关系和情报与信息的关系类似。

信息是客观世界的表征,它反映客观世界,是构成客观世界的要素,但与客观世界的物质、能量两大要素不同,它不能直接被人们感受,必须通过一定的载体来表明存在并为人们所感知。信息最通常的载体是声音、文字和图像,而声音、文字和图像又以各自不同的方式存在。产生、散发信息者,称作信息主体;感知、接受信息者,称作信息客体。任何人和事物,都既可能是信息主体,也可能是信息客体。这一点对于在行政办公室工作的秘书人员,尤为重要。

三、信息的特征

作为一种客观存在,信息具有以下八个主要特征。

（一）客观性

信息是事物变化和状态的客观反映,客观真实性是信息的生命所在。

（二）共享性

信息是客观存在的,是永不枯竭的资源,它可以为众多的接受者共同分享,且不会像物质资源那样因使用而减少。

（三）开发性

信息作为一种资源,取之不尽,用之不竭,可以充分开发利用。

（四）传递性

信息可以通过一定媒介或一定载体进行传递。

（五）时效性

信息的价值作用会随着时间的变化而改变,具有时效性。

（六）存储性

信息反映的内容是客观的，所以信息生成后具有客观存在性。

（七）可塑性

信息可以归纳、综合、精炼和浓缩，从而改变形态，便于利用。

（八）无限性

随着时间的推移，信息不断地产生和发展。

四、信息的分类

按照不同的标准，信息可以划分为多种类别。

（一）按信息源的性质划分

信息可分为自然信息和社会信息。自然信息是自然界自发产生的，是原生态的，没有经过人工的处理。社会信息是人类社会运动的状态和方式，是社会各方面有意识、有目的发出的信息。秘书主要接受社会信息，为工作提供依据和参考。

（二）按信息的表现形式划分

信息可分为语言信息、文字信息、声像信息、计算机语言信息和缩微信息。

（三）按信息内容所涉及的社会领域划分

信息可分为政治信息、经济信息、文化信息、教育信息、军事信息、科技信息和体育信息等。

（四）按信息来源方向划分

信息可分为横向信息和纵向信息。横向信息来自平行单位，纵向信息来自系统单位。

（五）按信息稳定状态划分

信息可分为静态信息（如资源、统计资料）和动态信息（如市场信息）。

（六）按信息在秘书工作中的作用划分

信息可分为预测信息、动态信息和反馈信息。预测信息是在事物发生阶段、实际工作展开前所产生的信息；动态信息是在事物发展、成长过程中形成的信息；反馈信息是事务结束某一特定过程后所产生的结果。

（七）按信息的产生和加工划分

信息可分为一次信息、二次信息和三次信息。一次信息是指仅经过初级加工的原始信息，如统计表、调查数据、录音录像等；二次信息是对一次信息加工整理的结果，如文摘、汇编、提要等；三次信息是根据二次信息所提供的线索，查找、选用一次信息和其他原始资料，并进行分析研究的结果。

（八）按信息传递的范围划分

信息可分为公开信息、内部信息和机密信息。

（九）按信息接收的渠道划分

信息可分为正式信息和非正式信息。

五、信息的功能

（一）信息具有开发智能的功能

人类社会的发展，离不开知识的传播。产生与传播新的知识是信息所具有的本质特征。人们通过感觉器官获取大量的信息，经过大脑的思维加工，从感性认识上升到理性认识，最后形成了各种专门的知识与能力，进而形成社会科学、自然科学和各种科学技术成果。所以说，信息是智慧的源泉，科学知识是系统化、公开化的信息。人们为了有效地进行生产和生活实践，就需要获得大量先进的科学技术，作为认识世界和改造世界的动力。人类社会这种知识传播是永无止境的，而信息是取之不尽，用之不竭的。正因为信息承载者——知识在不断地传播，人类的知识才不断积累，不断丰富，新的知识才不断的创造出来，对世界的认识才越来越深刻透彻，人类的智慧才得到更为充分的开发，人类改造世界的能力才越发增强。社会发展到今天，信息的流动速度在加快，流动范围不断拓展，知识在不断地创造与更新，有人形象地比喻为"信息爆炸"。据统计，全世界每天有 800 至 900 件专利问世，每年登记的发明创造超过了 300 万件。平均一天发表的含有新知识的论文 1.3 万至 1.4 万篇，平均每一分钟就有一种图书出版。这一切都说明了信息是人类智慧的源泉，具有开发智能的功能。

（二）信息是知识型的生产力

信息具有知识形态的属性，可以转化为物质生产力。人类的一切活动特别是经济活动，都是直接或间接地凭借信息进行的。随着信息传播与应用规模的逐渐扩大，将会源源不断地创造出新的社会财富，信息对生产要素的增值作用也会越来越大。信息作用于资本，可以提高资本的有效利用率。资本总是在不断流通的，而资本流通的时机、方向、数量和速率，都离不开信息。信息提供得越及时、越准确、越充分，资本流通的有效性就越高，资本自身的生产力就发挥得越强。反之，则是资本有可能成为无效资本，它自身的生产力就可能减弱甚至丧失。可见，信息与资本的生产力作用是直接相关的。信息作用于技术，将会产生发明、创造和革新，提高劳动生产率。技术对劳动生产率的作用是关键性的、根本性的，技术的改进和提高，将直接导致劳动生产率的提高。但是，技术的改进和提高离不开信息的作用，信息可以启动技术的改进，又可以加速技术的改进，更可以扩散技术改进的成果，这都会使劳动生产率从总体上得到提高，从而使信息发挥明显的生产力作用。信息作用于生产、流通、分配和消费等环节，则会起到促进、组织、协调和媒介作用。信息作用于管理，可以是一个濒临倒闭的企业获得新的生机；一些重要的综合信息能够孕育、产生一系列加速经济发展的新思路、新政策、新措施，起到任何物质形态的生产力所不能起到的作用。

（三）信息是科学管理的前提

信息方法应用于生产、经营等活动的管理，为管理的科学化开辟了新的途径。

现代科学管理的主要任务,就是把一个机构拥有的人力、物力、财力、时间、空间等要素科学地、合理地组织起来,使之充分发挥作用,达到管理系统的最优化目标。管理系统有总目标,大系统中又可分为子系统。领导者的任务就是使大系统中的每个子系统,乃至每个人的目标,与管理系统的总目标一致,一起发挥最佳效能。任何组织系统要达到有效管理,都必须及时获得足够的信息,否则就无法驱动使之运行。以企业为例,一般企业都拥有资金、原材料、设备和工作人员等要素,即所谓的"三流"——"人流"、"物流"、"财流"。但从现代科学管理的角度看,只具有这"三流"还远远不够,还须拥有对上述"三流"起支配作用的"信息流"。它可以科学地调控人流、物流、财流的流向、流速与流量,控制诸要素的有序行动,达到预定的系统管理目标。所以说,在现代管理中信息是实施管理职能不可替代的要素。对于领导者的经营管理来说,信息是对管理对象调节控制的前提,是组织管理的保证。没有信息与信息反馈,就无法进行现代化的大生产,科学管理也无法实现。

（四）信息是决策的基础和依据

管理决策是指人类在改造世界、管理社会和自身的活动中,为达到一定的目的而选择最优方案,以便采取行动的运筹决断过程。这个过程是离不开信息的。决策的整个过程实际上就是信息的产生、传递、变换和反馈的过程。理性的、科学的决策往往是由这一过程多次循环才完成的。因此,我们说信息是管理科学决策的基础和依据。决策是否正确,是否符合客观事物本身的规律性,关键在于能否及时准确地获取并有效利用足够的信息。离开了信息,便脱离了客观实际,丢掉了决策的前提条件。"闭门造车",靠拍脑门决策,必然导致荒谬的结果,造成不可挽回的损失。一个闭目塞听、孤陋寡闻的领导者是不可能作出正确决策的。

◎ **知识链接**

一、如何做到信息保密

赢得上司信任的重要因素之一,是做一个守口如瓶的下级。那么,如何才能做到不泄密呢?

（一）要克服高人一等的优越心理

在上司身边工作的人员,权力不大,但影响大;职位不高,但知密程度高。正因如此,所以有的人往往自觉不自觉地产生了一种优越心理,随着时间的推移,这种心理会导致行动上的高傲、骄横和随随便便,也就可能造成不自觉的泄密。

（二）要经得起诱惑

作为一个好的下级,必须经得起金钱、美色、威吓、人情等的考验,始终不失志、不失态、不失言。要做到这一点,一是要不断提高自控力。二是要少管"闲事"。由于你与上司有一种独特的关系,所以求你办事、打听消息的人一定会有。在这种情况下,你要抱着"多一事不如少一事"的态度,尽量不主动找事,不主动揽事,因为多管"闲事"，免不了要涉及应该保守的机密。只有做到不该管的事坚决不管，才能有效地保守秘密。三是要学会正确的表达。往往是说者无意，听者有心，特别是在上司身边工作的人员，人家知道你掌握着不少机密，有时就会有目的地与你接触，你一不注意说漏了嘴，别人就会如获至宝。

（三）上司要求保密的事一定要保密

上司要求部署保密的事，除了工作上必须保密的事项外，还有一些属于上司个人的秘密，也必须无条件保密。这里，有三点是要注意的：一是对上司之间的矛盾不要多言。二是对上司的失误和缺陷要保密。三是对上司个人的私事要保密。特别是对上司个人生活上、生理上、婚姻上、子女教育上等有难言之隐的地方，更应该注意保密。

（四）要善于只听不传

在面对若干个领导的情况下，处理好上下左右的关系，至关重要。其中一条重要的原则，就是"只听不传"，即对有碍于领导之间团结的话，只能听，不能传。具体要把握三点。

1. 对领导者在特定的时间、地点、条件下说的话，要学会"淡化"

领导者在生气时可能会说出在平时根本不可能说的话。遇到这种情况，当下级的只能一听了之，不可往脑子里装，更不可能传给谈话所涉及的当事人。

2. 对领导者无意中说的话，要学会"不当回事"

古人说："人非圣贤，孰能无过？"不论哪个人，不可能每一句话、每一个词都说得那么准确、完整，说漏嘴的，说"走火"的，无意中伤害别人的话，领导者也是会说的。因此，作为部下，就不能把无意当有意，把偶尔当经常，把不该当回事的话传出去。

3. 对领导者之间互有成见的话，要学会"黏合"

领导者整天在一起共事，难免有这样那样的分歧，甚至发生一些不愉快的事情。就是一个团结很好的班子，也不可能是铁板一块，相互间有点看法，也是很正常的。对那些团结不好、闹"内耗"的班子来说，相互间嘀嘀咕咕，那更是常有的事。因此，作为下属千万不能在领导者之间的感情裂痕上再"加把盐"，使领导之间的矛盾加深，最终贻误工作。在领导者互有成见的情况下，下属应该从大局出发，尽自己所能，做"黏合"的工作，尤其是在领导之间相互说了有成见的话的时候，可以给予必要的说明和解释，以逐步消除领导者之间的矛盾。

二、涉外信息保密工作

新时期我们国家的信息保密工作，有着与过去显著不同的新特点。这种新变化、新形势，使新时期的涉外信息保密工作更加复杂和艰巨。

（一）保密的范围和内容趋于扩大

随着涉外活动的不断扩大和增加，保密的范围和内容不仅涉及政治、军事、经济方面,还涉及科技、文化等方面。有的在过去属于保密的信息,现在可能成为非密,或降低了密级。如过去我国对沿海大陆架结构、地质资源等情报是绝对保密的。对外开放后,我们要引进外资和技术,比如和日本合资开发海底石油,日本就需要知道一些关于我国沿海地质、坐标参数、海流、潮汐、气象等的情况,我们就必须向日方提供这些必要的资料和情况,这就把原来的知密范围扩大到日本的有关人员。当然,我们不能提供所有的资料和情况,而只能在既便利工作又能确保国家安全的原则下,扩大知密范围。

(二)泄密渠道日趋增多

随着对外开放,国际交往、科技交流、贸易往来日益增多,人们同外国人及外来人员的接触、联系也日益频繁。

然而,我们的一些涉外人员、机要保密人员,包括一些干部,对新时期保密工作的新情况、新问题,既缺少必要的思想准备,也缺少理论认识和实践经验,常常是见密不识密,识密不保密,自觉或不自觉地当了泄密者。极少数人甚至腐化堕落,为了金钱、物质或出于某种动机和欲望,出卖党和国家的秘密,这些都从不同的角度增加了泄密的渠道。各种失、泄密现象的发生,已给我们带来了严重的隐患。泄密渠道突出地表现在以下几个方面。

1. 秘密文件和资料的泄密

秘密文件、资料的传送,应由专人、专车接送,并采取必要的安全措施。这本来是很普通的保密常识,但有的人却认为这是束缚手脚,影响工作效率,于是自行其是,结果使文件在传送过程中丢失。

2. 宣传报道中的泄密

有些情况和消息对国内来说是公开的,而对国外则是保密的;有些情况和消息对某些国家和地区是公开的,而对另一些国家和地区则不是,这就要求我们的新闻报道和宣传内容要掌握好分寸。在实际工作中,这个原则往往被忽视,因而产生不少的失、泄密事件。

3. 科学技术的泄密

随着现代化建设的进展,我国创造发明的科技项目日益增多,科学技术的保密工作变得越来越突出。但由于我国在科学技术的保密工作上漏洞较多,以致科学技术严重失密、泄密的事件时有发生。如:

(1)因科技资料刊登和散发内外不分而造成泄密。

(2)出国人员在进修、讲学和国际学术活动中泄密。

(3)接待外国人泄密。

(4)友好赠送造成泄密。

4. 对外贸易泄密

自从对外开放以来,我国与各国的贸易往来发展很快。一些外国人出于政治上和经济上的需要,常常利用洽谈生意的机会,获取有价值的情报。而我们中的一些人却常常忘记了这一点,在和外商打交道时,有问必答,有求必应,结果被外商搞走了不少有价值的情报。1980年,某国一位钢铁巨商来华洽谈出售钢材事宜。在谈判过程中,我方一位参加谈判的人员无意中告诉他,我国将大批进口钢材,明年将猛增到××万吨。他听后,先是一惊,惊叹之余,"眉头一皱,计上心来",借故中止谈判,匆匆回去了。回国后,他就串通了几个国家的钢铁商,提高了钢材价格,使我国受到上千万元的损失。

5. 通讯联络的泄密

在泄密与反泄密斗争无比激烈的今天,运用现代化技术手段窃听别国通讯信号、截收电波、破译密码等,早已成为世界各国情报机关惯用的手段。外国情报机关为了获取我国政治、经济、军事情报,更是无孔不入,不择手段。可以不过分地讲,哪里有通讯联络,哪里就有泄密的蛛丝马迹。而我们有些人员却看不到问题的严重性,在使用现代化通讯工具时,不按规定程序办理,不注意保守秘密,以致造成党和国家秘密的泄露。

第二节　信息工作的特点、原则和要求

◎ 学习目标

理解和掌握信息工作的概念、特点、原则、作用和要求。

◎ 案例导入

王海亮从秘书专业毕业后刚到议成石油化工集团公司行政办公室工作时,办公室主管让他负责了解与分析石油市场价格运行情况,不定期提交报告,为公司提供石油原料购买与储运方面的决策建议。王海亮觉得自己的任务并不难完成,所以,当主管问他有没有困难时,他毫不迟疑地回答:"没问题。"可是不久他就发现完成这项工作不但有问题,而且问题很大。当时正值美英发动伊拉克战争前夕,海湾石油价格呈直线上升趋势,而国内石油价格由于进口关税下调呈下降趋势。王海亮据此在提交的第一份报告中建议:减少国际采购量,增加国内采购量。他的报告很快就被退回来了,上面批示的意见是:情报不实。明明是真实的市场油价,怎么却被判定不实呢?王海亮百思不得其解,只好去请教主管。主管告诉他,受运输等因素的影响,国际石油价格对国内石油市场的影响需要一定的时间,现在进口石油的到岸价,是国际市场一段时间以前的价格。所以,目前国内油价下跌是短期的,很快就会上升。这之后欧佩克为稳定油价决定增加产量,遏制了油价的继续大幅

攀升,但是,美伊战争一触即发,王海亮觉得油价上涨的大趋势还是必然的。于是,他撰拟了第二份报告,建议在国际油价相对平稳时,增加期货购进,以防油价继续上调使公司受损。当他第二天把报告交上去后,当天即被退回,上批:情报过时。他赶快上网查阅,情况使他目瞪口呆:伊拉克战争已经爆发,油价继续大幅攀升。在石油制品价格未发生较大变化的情况下,按现在油价购进石油原料,将使公司严重受损。连续两次受挫,王海亮的自信几乎完全丧失了。这之后他采取了自认为慎重的态度,再没有提交新的报告,觉得这样做虽不能立功,可也不至于惹祸。不料有一天总经理却亲自找他,对他进行严厉的训斥。巴格达突然被美军占领,萨达姆下落不明,伊拉克战争已无悬念,国际油价受此影响迅速下跌,而王海亮对此信息无任何反应。后来又是欧佩克干预,才使油价止跌回升。到总经理找他时,油价已恢复到"9·11"前的水平。议成公司丧失了低价购进的最好时机。

[分析]

这个案例对秘书做好信息工作有多方面的启发:

从王海亮的经历来看,他的工作没有做好。王海亮所从事的是信息工作。做好这项工作,除了悟性之外,还必须要掌握专门的知识,具备熟练的技能。王海亮完全靠直觉从事工作,接收信息被动,处理信息草率,研究不深入,出现问题是必然的。出现问题之后又不认真从自身找原因,没有主动学习、虚心求教,而是消极被动,这是非常错误的态度。当然,主管也有责任。主管除了向下属交代任务之外,还要告诉下属怎样才能做好这项工作,使下属明白自己应具备哪些方面的知识,才能很好地完成任务。可见,信息工作对于秘书人员是很重要的。

◎ **理论知识**

只有认识信息工作的概念、特点、原则、作用和要求,才能做好信息工作。

一、信息工作的概念

信息工作,特指秘书获取、加工、传递、存储和利用信息的一系列活动。人类已经进入信息社会,信息工作对于各级领导者了解情况、正确决策和指导工作,发挥着越来越重要的作用。秘书做好信息工作,对于辅助领导者正确决策,协助领导者科学管理,开阔领导者的思路,提高领导工作与秘书工作的效率,都具有重要意义。

秘书信息工作具有服务性、综合性、针对性、适应性等特点;秘书要做好信息工作,必须遵循敏锐、及时、准确、全面、适用、经济等原则,同时必须建立信息网络和健全信息工作制度。我们通常所说的信息工作,是秘书工作的一个方面,是行政办公室的一项职能。行政办公室处于连接上下、沟通左右、联系内外的枢纽地位,大量的信息汇集于此,大量的信息又由此散发。

强化信息集散的目的,确定信息集散的地位,发挥信息的作用,是秘书信息工作的出发点,也是信息工作的归宿。为此,秘书就要专门进行相关信息的收集、筛选、鉴别、整理、加工、传递、储存等方面的工作。这就是我们所要学习和研究的秘书的信息工作。

秘书的信息工作与新闻传播工作不同。新闻传播工作的对象是社会信息，强调信息的新闻性，即令大众关注度，讲究时效性；而秘书信息工作的对象是与所服务的组织利益相关的信息，强调信息对组织的价值，即有用性，强调时效性。秘书的信息工作与图书资料及其出版工作也不同。图书资料及其出版工作面对的是普遍性信息，注重其内容的科学价值，工作方式在前期含有主动成分，在后期实施服务阶段基本是被动的，而秘书的信息工作面对的是专门性信息，注重其针对性价值，工作方式在各个阶段都基本是主动的。这些不同点，即是秘书信息工作的自身特征。

秘书的信息工作可分为专门性和非专门性两类。

专门性信息工作通常设置专门机构至少是安排专门人员来完成。他们的主要任务是：索要并接收下属单位和部门报送的信息稿；对接收的信息稿鉴别和筛选后进行编辑加工；编印不同发送范围和对象的信息汇编（即通称的简报）；撰写或改写需要上报的信息稿；按信息网络要求发送信息稿；向大众传播媒体提供应公开发布或可公开发布的信息。

非专门性信息工作是行政办公室所有工作人员都应该且都可以进行的。他们在从事本岗位工作的同时，也直接或间接地在从事信息工作。如值班工作就是专门进行信息集散的；接待工作离不开与被接待对象的信息沟通；文书工作是制作、运行具有固定程式的书面信息；文件撰拟工作更是在使用各种信息；档案工作是将物化的已用信息按固定方式储存；协调工作是以信息为媒介消弭矛盾、理顺关系、调节秩序；等等，这些工作虽然都不能叫纯粹的信息工作，但实际上都与信息密切相关，是非单纯形式或者说是非规定形式的信息工作。

二、信息工作的意义

（一）信息工作是进行科学决策的基础

所谓决策，就是指人类在改造世界、管理社会的自身活动中，为达到一定目标而选择最优方案，并以此作为行动依据的运筹过程。决策的过程，就是根据事物发展中的问题，充分收集相关信息，进行系统分析，围绕总体目标，提出可行方案并进行评估，然后选定最佳方案付诸实施。在实施过程中，还要根据反馈的各种信息，适时加以调节和控制，从而实现目标最优化的目的。一般地说，在决策之前需要依据信息预测，在决策实施过程中需要依据信息调控，在决策实施结束后需要依据信息总结。可以说，决策的整个过程，就是信息的收集、交换、传递、反馈、汇集、分析的过程。信息工作所提供的全面、准确、及时的信息，是作出切合实际、正确无误的决策的基础。

决策是领导者的首要职责。领导者决策需要大量的信息。领导者获取信息一般有三种渠道：一是亲自获取，即通过听汇报、读文件、典型调查、巡查、视察等自身实践活动获取；二是由各职能部门提供，提供的形式主要是汇报与报告；三是由秘书部门提供，提供的方式主要是直接报送，即把所收集并经过加工的信息以信息稿或信息稿汇编（简报）的形式报送给领导，除此之外还通过起草文件、撰拟调查报告以及口头或书面汇报与建议的方式向领导提供信息。

向领导直接报送信息是秘书信息工作的主要任务。由于秘书负责处理行政办公室的经常性事务，接触的信息源广泛而持久，收集的信息具体而且有较强的针对性，同时，秘书了解全局情况和领导对信息的需求，所以上述第三种渠道是领导获取信息的主要渠道。

（二）信息工作是进行有效管理的前提

现代科学管理的主要任务，就是把一个机构拥有的人力、物力、财力等有效地组织起来使之达到管理的最优目标。管理系统有总体目标，管理者的任务就是努力使系统中的各成员的目标与管理系统的总目标一致，以期达到最佳效能。要进行有效管理，就必须及时获得整个系统的足够的信息，否则就无法驱动整个系统运行。

以企业为例，一个企业的生产经营活动过程贯穿着两种流动，一种是全国各地人力、物力、财力的流动，另一种是随之产生的大量的数据、指标、报表、图纸等信息的流动。后者即信息流，对前者起组织、调节、控制作用，它支配人流、物流、财流的流向、流速和流量，控制诸要素的有序活动，保证达到预定的管理目标。一个行政管理机构，若要保证整个系统的正常运行并取得良好的效应，就必须把系统内各个部门、各个层次有序地组织起来，并保持紧密的联系，而完成这种组合与联系的媒介就是信息。在实施管理的过程中，机构与机构之间、上级与下级之间，难免会出现各种矛盾，而管理机构和管理者要有效地发挥指挥、协调功能，妥善地处理、解决矛盾，达到有效目的，关键就是通过信息与信息工作，迅速、准确地弄清情况，分析原因，及时校正人们的行为，以实现既定的工作目标。总之，管理工作离不开信息，信息工作是管理工作的重要组成部分，对有效管理起着非同一般的作用。

（三）信息工作可以有力促进知识向生产力的转化

信息不是物质，也不是能量，但在现代社会经济发展中却是一种价值无量的要素，信息向人类提供知识、智慧与创造力，对生产要素起着增值作用，不断创造着新的财富。信息作用于资本，可以提高资金利用率，是资本增值；信息作用于技术，会产生发明创造，提高劳动生产率；信息作用于经营管理，可以起到控制和调节作用，促进经济效益的提高；信息作用于生产、流通、分配及消费等各个环节，则会起到组织协调、催化和穿针引线、铺路搭桥的作用。提供一条有价值的信息，可以使一个濒临倒闭的企业起死回生；提供一组综合性信息，能孕育、产生出改革的新思路、新措施。美国前总统卡特1979年就曾讲过，在当时美国所有经济成就中，有2/3是通过信息活动取得的。这充分说明了信息是影响物质生产的首要因素,也说明了信息工作能够有力地促进知识向生产力的转化。

三、信息工作的特点

秘书信息工作,既有别于一般的资料工作,也有别于纯商业性的信息情报工作,这里所讲的信息工作,是为领导决策服务的。信息工作的这一根本性质,决定了它具有如下的特点。

(一)服务性

服务性是信息工作最主要的特点。因为开展信息工作的根本目的,是为领导决策提供各类有价值的信息。这种提供信息的工作,实质上就是一种服务性工作。信息提供得好、适用、对路,对领导决策有帮助,就是服务得好;否则,就是服务得不好或不太好。因此,充分认识信息工作的这一服务性特点,对于所有信息工作人员努力做好这项工作,切实发挥领导的参谋、助手作用,是至关重要的。

(二)针对性

信息作为一种资源,具有使用价值,即有用性。同一条信息,对于不同的使用者,使用价值也不同。如《红楼梦》彼得格勒藏本的发现,对"红学"研究者来说,价值很高,而对一个养鸡专业户来说,就没什么价值。秘书活动的信息工作,就必须注意信息的针对性,这样才能保证秘书信息工作的质量与效益。

秘书信息工作的针对性,主要有以下几方面内容:

1. 结合业务,即注意工作的专业性。例如,政法系统的秘书部门,应着重收集提供有关政法工作方面的信息;文教卫生系统的秘书部门,则应着重收集提供有关文化、教育、卫生工作方面的信息。只有这样,才能有效地为本机关、本单位的工作服务。

2. 围绕中心,即围绕政策的贯彻落实与中心工作进行。例如,某厂根据文件精神,结合本厂实际情况,决定把党风党纪教育重点放在新干部身上。秘书部门就要为领导的动员部署提供有关信息;随后,又要将各车间、科室贯彻的情况及时反馈给领导,使领导心中有数,抓好全厂新干部的党风党纪教育。

3. 针对问题,即按领导的指示、意图,进行专题调查。这是一项秘书部门经常性的工作,其包括政治问题、经济问题、工作问题和安全问题等。例如,某项批示的落实情况,重大的经济纠纷,工伤事故,严重的违法乱纪等。秘书必须闻风而动,深入实际,弄清事实真相,掌握第一线的信息,以便向领导汇报。

(三)综合性

领导决策,拟定计划,制定措施,大都需要带有全局性或综合性的信息。而且,领导层次越高,对信息综合性的广度与深度的要求也越高。提供综合性的信息服务,一般由秘书部门承担,或由秘书部门组织有关部门共同完成。

综合性信息不是多种信息的堆砌拼凑,而是将多种有用的信息融合成一个有机整体。例如,某地欲兴建纺织厂,需对该地区的自然条件、资源、人口、能源、交通、人才、环境保护、市场需求等作详细了解,还要掌握国际行情及发展趋势等。这就要求秘书部门会同有关部门,将需要了解的情况及有关的确切数据,提炼成综合性的信息,供领导决策参考。

（四）时效性

秘书信息工作要特别注意时效性。时效性有及时性和适时性两种形式。所谓及时性,即强调信息要保持新鲜度,排斥迟到的、陈旧的信息。如甲、乙两厂同时获知某地急需某种产品,等乙厂研究决定后派人前往联系时,人家早与甲厂签订了合同,这就是未考虑及时性。所谓适时性,即讲究提供信息要选择最佳时机。因为在一定时限内,人们对某种信息的需求最为迫切,这时信息的吸收率也最大。在这之前,即使是有用的信息,也往往得不到应有的重视;在此之后,有用的信息则会变成无用的信息。

（五）普遍性

信息的"无时不在"和"无处不在"以及秘书的全方位服务的工作性质,决定了秘书信息工作的普遍性特点。这一特点主要体现在以下三个方面:

1. 无论在哪一个具体岗位工作的秘书,都与信息工作有关。

2. 一切与本组织相关的信息,都应收集并进行必要处理。

3. 秘书人员无论在工作时间内还是在工作时间外,都要保持淡然的角色意识。因为在一般人眼中,秘书在任何场合的一言一行,都是在传递某种与领导或组织相关的信息。

（六）开拓性

秘书信息工作的开拓性是由信息的可加工性特征决定的。信息的加工即对信息的开发,而信息能否开发决定于秘书人员是否是善于开拓的人。温家宝曾在部分省区市秘书长、办公厅主任座谈会上指出:"信息的开发和处理,可分为两个层次。初级信息是对现有网络上的信息和各地、各部门报送材料的加工,领导机关可以用它了解动态,但不能仅仅据此决定政策。高层次信息是对原始信息的归纳、综合、分析,并在此基础上提出的对策、意见和处理方案,也包括经过调查研究对某一问题写出的有深度的材料。初级信息是信息工作的基础;高层次信息是初级信息的开发和深化,有更大的参谋咨询作用。在实际工作中,两者相辅相成,不可偏废。"努力开发并及时向领导提供高层次信息,是秘书信息工作的重要特点和基本要求。

四、信息工作的原则

秘书信息工作的原则主要有以下几条。

（一）追踪原则

决策方案在实施过程中,必然会出现主客体状况的变化,秘书人员应及时追踪反馈不断变化的信息,使决策机构和决策者准确掌握情况,及时调整、修订、完善决策方案。

(二)超前原则

秘书信息工作的超前原则是由以下两方面确定的:第一,任何信息总是产生、传递在事物及其状态变化之后,再快的信息,也有滞后性;第二,领导必须有所预见,走在事物运动的前面。这就要求秘书抢时间,争主动,超前收集信息,向领导提供"预测性"信息。如果凡事总是事后了解,提供"马后炮"信息,那就作用甚微。

(三)选优原则

客观上说,凡是信息都是有用的。因此,国外有人主张"信息越多越好",这与其办公现代化程度很高有关,因为大量的信息可存入计算机,查询、使用十分便捷。但在我国许多部门还是靠手工方式处理信息,不宜无限制地搞过多的信息简报、快报、摘报、内参等。因此,秘书必须针对工作需要,利用信息分类标准,对所接触的信息,迅速准确地加以判别,分出哪些是有效信息,哪些是无效信息,哪些是干扰信息,从而对信息选优。

五、信息工作的作用

秘书部门的信息工作,主要是根据上级与主管部门的要求,了解情况,掌握动态,发现问题,然后进行筛选处理,综合分析,提供信息资料给领导参考,具体来说,信息工作在以下秘书活动中发挥了重要作用。

(一)辅助领导科学决策

决策是领导的主要职责,是领导工作的主题。信息是决策的依据,是决策的必要条件。没有信息,就没有科学决策。进行预测和确定目标,必须将过去和现在的各种信息进行收集、加工、传递和利用;拟定各种可供选择的决策方案,必须对收集到的各种信息进行归纳、推理、判断、评价,也就是说具体的利用信息;决策方案的优选,即对各种方案进行可行性分析、比较;决策方案的实施、修正等,其客观依据依然是大量的信息。

(二)起草文件

秘书撰拟公文,实质上是在掌握各种信息的基础上,根据领导的意图,经过分析、综合,形成更系统、更准确的新的书面信息。可以说,秘书撰拟公文等许多文字工作,就是运用信息为机关服务。随着计算机技术与网络技术的普及,秘书撰拟公文等许多文字工作,已由书面信息演变为电子信息,直接由网络以电子邮件等形式进行传递、再现与利用。这种高新技术的运用,为秘书高效率地为机关撰拟公文提供了更广阔的天地。

(三)信访咨询工作

秘书在接待群众来访、处理群众来信时,必须运用所掌握的政策精神、规章制度、领导意图、实际情况等信息,经过分析、判断去回答面访、回复来信,或者转有关部门处理。

(四)做好日常管理工作

秘书要办好机关各种公务,不仅靠领导意图、个人学识,还必须依靠各种信息作依据、作借鉴。信息多,耳目灵,综合判断、处理事务的能力就强。中、高级秘书人员,必须会运用各种信息,把相关部门联系、协调起来,明确分工,消除矛盾,同步协作去完成共同的任务。另外,秘书主动、认真地为部门领导反映各种情况,提建议要求,出主意,也是在运用信息为部门服务。

秘书在获取信息时,应具有强烈的信息意识,根据领导决策和机关工作需要确定信息获取的内容,通过多种信息渠道,采取多种信息获取的方法,获取尽可能多的信息。

秘书在加工信息时,应注意将原始信息进行鉴别、筛选、综合和分析,以编写成信息简报或其他材料的形式,传递给信息接受者。

秘书在提供信息时,应注意信息提供的对象。首先,是为本级领导机关提供信息;其次,是为上级机关提供信息;最后,是为下级机关和单位提供信息。其中最直接、最主要的是为领导决策提供信息服务。

秘书人员还应当重视高层次信息的开发。通过对初级信息进行调研,对零散信息进行综合归纳,对积累资料进行升华突破等,充分发挥高层次信息辅助领导决策的重要作用。

总之,秘书信息工作的作用可归纳以下几点:

一是参谋作用。信息工作的作用首先体现在参谋作用上,秘书部门如果不系统地开展信息工作,领导机关、领导同志掌握的情况,就会不够全面、不够及时,这种状况不利于领导进行正确决策。相反,秘书部门如果每天给领导机关、领导同志提供决策所需要的广、快、精、准的信息,则必然有利于领导同志准确及时地了解各方面的情况,作出科学的决策。随着信息工作的不断深入,秘书部门越来越重视信息的综合处理工作。经过综合处理的信息增强了广度、深度,对领导的科学决策有更大的参考价值。

二是指导作用。开展信息工作,还可以迅速、准确地传递领导机关、领导同志的意图,对基层和面上的工作起到指导作用。领导到基层检查工作,基层单位秘书部门的信息员将领导同志的讲话精神迅速、准确地上报,上级单位秘书部门的信息刊物能及时刊登下发,使领导同志具有指导性的讲话精神能迅速得到贯彻落实,从而能促进基层工作的开展。另外,领导同志有些批文虽然是针对某件事或者在某一文件上批的,但对全面工作有指导意义,应该尽快传达给基层领导,但又不便用其他文件形式印发。在这种情况下,用信息刊物则比较方便。由于信息刊物能及时、准确地传达领导机关、领导同志的指导性意见,基层领导同志可以从中了解到上级机关的工作部署以及上级领导的重要指示。

三是解难作用。在信息工作的开展中,基层单位可利用信息刊物来反映工作中的"老大难"问题。秘书部门要注意把反映"老大难"问题的信息及时提供给领导机关、领导同志,这样领导机关、领导同志就可以通过信息刊物及时了解和掌握基层工作的问题,从而加快解决问题的步伐。

四是控制作用。信息中还有一部分反映的是倾向性、苗头性的问题。秘书部门要注意把这类信息及时、准确地提供给领导机关。一般倾向性、苗头性信息每个星期综合报一次,事关重大的倾向性、苗头性信息随到随报,以便于领导机关和领导同志视情况采取有效措施,迅速控制住事态的发展。

信息工作除了发挥上述几个方面的作用外,还可以节省领导同志阅看文件的时间。因为,秘书部门编发的信息刊物一般来说每天出一期,文字短,内容精,囊括的信息比较多。一些部门上报的简报等材料一般不再直接报送领导,而由秘书部门筛选摘编。这样,领导既能及时了解信息,又能节省阅文时间,从而提高工作效率。

六、信息工作的要求

秘书信息工作的基本要求就是"准确、及时、全面、适用"八个字。

(一)准确

准确,即信息的内容要准确无误,真实可靠。准确是信息的生命,是信息的全部意义所在。秘书收集到的原始信息要可靠、真实,处理信息要坚持主观倾向性与客观真实性相统一。如实反映情况,才能保证各级领导机关及决策者依据真实、准确的信息作出恰当的判断和科学决策。如果信息不准,必然给领导工作造成失误。因此,准确,应是秘书信息工作的灵魂。

(二)及时

及时,即信息的收集、处理、传递、反馈要及时迅速,讲究时效。社会主义市场经济对秘书信息工作的时效性提出了更高的要求,不仅信息传递要快,而且收集、加工、检索、输出都要高速度。如果信息处理不及时,就会失去信息的价值,甚至造成严重损失。例如,1950年,美国政府决定,在全美四个比较好的物理实验室进行一项新的技术研究,名叫"继电器—接触图示的综合方法",但前苏联这种研究早已得出成果并发表在《苏联科学通报》上。只是由于东西方冷战的关系,美国未能及时获得这一信息。直到1955年,一位美国专家偶尔发现了这篇论文,才终止了这项不必要的研究,但已花费了5年时间,白白耗费了20多万美元。

(三)全面

全面,即信息的收集和处理要注意广泛性,要能真实地反映事物各方面的情况。只有全面地反映情况,才能使各级领导根据各方面的信息,权衡利弊,择善而从,作出正确的判断和决策。

（四）适用

适用要求包含以下三方面内容：

1. 要服务于中心工作。就是说要弄清本地区、本部门、本单位的工作进展情况和急需解决的问题；要及时摸清领导者的思想脉搏，做到心中有数；要突出重点，帮助领导者集中主要精力考虑重点问题，同时兼顾一般，以免发生不应有的疏漏。

2. 要根据不同领导机关和不同领导人的不同要求提供信息。除一些需要共同重视的信息以外，本级领导机关所需要的信息，并不一定都是上级或下级领导所需要的信息；别的部门需要的信息，不一定为本部门的领导者所需要。一条有价值的信息对于不同层次、不同部门的领导者，其参考价值并不同。秘书人员必须注意研究不同层次的领导者和服务对象的不同要求，在信息的投向上有针对性，区别对待，注意适用对路。

3. 要特别注意，只要是新发生的带有重要动向性、倾向性、苗头性、政策性、突发性的问题，都有较强的适用性，应及时采报，防止把按需要采报歪曲成"按胃口喂报"。

◎ 本章小结

本章主要介绍了关于信息及信息工作的一些最基本的知识。关于信息的特征，主要介绍了它的客观性、共享性、开发性、无限性、时效性、存储性、可塑性、传递性等属性。另外，还专门针对秘书的实际工作介绍了秘书部门信息工作的特点、原则、要求、作用等。特点包括服务性、针对性、综合性、时效性、普遍性、开拓性等属性。原则包括追踪原则、超前原则、选优原则等。要求包括"准确、及时、全面、适用"八个字。作用主要介绍了参谋作用、控制作用、解难作用、指导作用等。人们对信息认识的角度不同，分类方法也有所不同。本章所介绍的信息分类方法只是众多分类方法中的几种。

【关键概念】　信息　决策　自然信息　社会信息　信息工作

◎ 思考和训练

一、填空题

1. 信息是＿＿＿＿正确决策的重要依据。

2. ＿＿＿＿是事物存在方式或运动状态的直接或间接的反映。

3. 时效性是指信息的＿＿＿＿作用随着时间的变化而改变的一种特性。

4. 一次信息是指仅经过初级加工的＿＿＿＿，如统计表、调查数据、录音录像等。

5. 专门性信息工作通常设置＿＿＿＿至少是安排专门人员来完成。

6. 秘书信息工作的开拓性是由信息的_____特征决定的。

7. _____是决策的依据,是决策的必要条件。

8. 秘书在提供信息时,应注意信息提供的_____。

9. 在信息工作的特点中,_____是信息工作最主要的特点。

10. _____特指秘书获取、加工、传递、存储和利用信息的一系列活动。

二、选择题(每题有一个或多个正确答案)

1. 下列概念不等同于信息的有　　　　　　　　　　　　　　　　　　(　　)

A. 消息　　　　B. 情报　　　　C. 资料　　　　D. 知识　　　　E. 图片

2. 下列属于信息主要特征的有　　　　　　　　　　　　　　　　　　(　　)

A. 客观性　　　B. 共享性　　　C. 传递性　　　D. 存储性　　　E. 无限性

3. 信息按照信息源的性质划分,可分为　　　　　　　　　　　　　　(　　)

A. 自然信息　　B. 社会信息　　C. 科学信息　　D. 人文信息　　E. 文化信息

4. 信息按信息的表现形式可划分为　　　　　　　　　　　　　　　　(　　)

A. 语言信息　　　　　　　B. 文字信息　　　　　　　C. 声像信息

D. 计算机语言信息　　　　E. 缩微信息

5. 秘书信息工作特点有　　　　　　　　　　　　　　　　　　　　　(　　)

A. 服务性　　　B. 综合性　　　C. 针对性　　　D. 适应性　　　E. 开拓性

6. 秘书的信息工作可分为　　　　　　　　　　　　　　　　　　　　(　　)

A. 专门性　　　B. 非专门性　　C. 开放性　　　D. 多元性　　　E. 综合性

7. 秘书信息工作的作用有　　　　　　　　　　　　　　　　　　　　(　　)

A. 参谋作用　　B. 指导作用　　C. 解难作用　　D. 控制作用　　E. 服务作用

8. 秘书信息工作的原则主要有　　　　　　　　　　　　　　　　　　(　　)

A. 追踪原则　　B. 超前原则　　C. 选优原则　　D. 服务原则　　E. 调查原则

9. 秘书信息工作的基本要求是　　　　　　　　　　　　　　　　　　(　　)

A. 准确　　　　B. 及时　　　　C. 全面　　　　D. 适用　　　　E. 安全

10. 泄密渠道突出的表现在　　　　　　　　　　　　　　　　　　　(　　)

A. 秘密文件和资料的泄密　　　　B. 宣传报道中的泄密

C. 科学技术的泄密　　　　　　　D. 通讯联络的泄密

E. 对外贸易泄密

三、简答题

1. 简述信息与信息工作的含义。

2. 简述信息与信息工作的特征。

3. 简述信息与信息工作的作用。

4. 简述信息工作原则。

四、论述题

1. 论述信息的分类方法有哪些。
2. 论述信息是决策的基础和依据。
3. 论述信息工作的意义。

五、实务题

背景说明:你是江苏海洋大茂公司行政秘书王燕平,下面是办公室主任王刚鸣需要你完成的工作任务。

备忘录

发给:行政秘书王燕平

发自:办公室主任 王刚鸣

日期:2008 年 12 月 18 日

主题:请你将信息的基本特征用书面材料收集整理好于明日上午九点前放到我办公桌上。

便 条

王燕平:

　　刘萌刚到秘书岗位工作,不太清楚信息工作人员怎样才能使自己所掌握的信息在决策中发挥作用,请你告诉他。

办公室主任 王刚鸣

2008 年 12 月 19 日

便 条

王燕平:

　　我公司最近将举办一期秘书人员培训班,请你收集关于如何做好信息保密方面的资料并整理好给我。

办公室主任 王刚鸣

2008 年 12 月 22 日

六、案例分析题

　　李丽红是某市政府办公室秘书,一次偶然的机会听一市民反映某生活小区附近垃圾堆积如山、臭气冲天,小区居民多次向有关单位反映,始终没有得到解决。李丽红进行了实地考察,情况属实,李丽红还对市区其他生活小区进行调查了解,发现不少居民小区均不同程度地存在垃圾堆积、污染环境的情况,于是李丽红编发了《市区多处生活小区存在垃圾堆积,污染生活环境现象》的报告。市领导阅后,指示有关部门迅速予以解决,电视台也进行了报道。一周后,各生活小区的垃圾堆均被清理干净,净化了市区生活环境。

　　思考:这个案例对秘书做好信息工作有何启示?

第二章 信息收集

◎ **技能要求**

- 全面、准确地收集信息

◎ **知识要求**

- 办公室常备信息资料种类
- 信息收集的意义、原则、方法、范围和渠道

第一节 准确地收集信息

◎ **学习目标**

本节内容实用性较强,采用理论教学与实践教学相结合的方式,通过仿真模拟训练,让学生掌握日常信息收集的方法。

◎ **案例导入**

辽宁海蓝公司要开拓产品市场,需掌握大量商务信息。李敏惠深入市场,了解市场情况和产品需求,与消费者直接交谈,发放问卷收集消费者对产品的性能、服务等的反馈信息,通过网络检索更为全面、广泛的相关信息。丰富的信息,奠定了工作的基础。

[分析]

李敏惠在这项工作中采用了观察法、询问法、问卷法、网络法收集信息,从而获得了具有不同特点、层次和内容的信息。秘书应根据具体的目标需求,运用适当的方法收集信息。

◎ 理论知识

一、信息收集方法

信息收集是通过各种渠道和方式获取信息的过程。人们常用的信息收集方法有以下几种。

（一）观察法

观察法是收集、获得信息的最基本方法，是指人们直接用感官或借助其他工具认识客观事物，获取信息。秘书通过亲自到现场，借助听觉、视觉或录音机、摄影机、摄像机记录客观对象的活动。运用观察法应有较强的信息意识，观察要全面、深入、细致，利用现代化手段。

1. 优点

（1）方法简单、灵活；

（2）获得较为客观的第一手信息材料；

（3）适用于对环境、人物、事件实际状况的了解。

2. 缺点

（1）不易收集到深层次信息；

（2）获得信息量有限；

（3）观察效果受秘书观察能力的影响较大。

（二）阅读法

通过阅读书刊等，从中获取信息。书刊等公开出版物是目前人们运用最普遍的信息载体，兼有宏观信息和微观信息，信息周转快。

1. 优点

（1）获取信息方便；

（2）获得信息量大、适用性强；

（3）能全面提供工作需要的参考信息。

2. 缺点

（1）书刊的信息来源多，信息可能失真、有杂质；

（2）需要筛选、判断信息的真实性。

（三）询问法

询问法是秘书通过提问请对方作答来获取信息的方法，是询问者意图完全公开的一种方式。询问的形式有人员询问、电讯询问、书面询问。人员询问是进行面对面交谈获取信息；电讯询问是借助于电话和传真等信息传递工具收集信息；书面询问是根据信息要求，设计制成有一定结构的大纲或统一格式的问答调查表收集信息。

1. 优点

(1)应用灵活、实用；

(2)直接交流，互动沟通；

(3)能获得大量有价值的信息；

(4)能获得语言信息和非语言信息。

2. 缺点

(1)要求秘书具有一定的素质和能力，能很好地运用询问技巧；

(2)书面询问较复杂、难掌握；

(3)费用较高、时间较长、规模小。

(四)问卷法

由收集者向被收集对象提供问卷(精心设计的问题及表格)并请其对问卷中的问题作答而收集信息的方法。

1. 优点

(1)避免主观偏见，减少人为误差；

(2)节省时间、人力和经费，效率较高；

(3)收集的信息客观、真实；

(4)收集的信息便于定量处理和分析。

2. 缺点

(1)问卷的回收难以保证；

(2)问卷的质量难以保证；

(3)要求被调查者具有一定文化水平。

3. 问卷的结构

(1)封面信：说明调查者身份及调查内容、目的、意义；说明选取调查对象的方法和对调查结果的保密措施。

(2)指导语：对填写问卷的要求、方法、注意事项等作总体说明，一般以"填写说明"的形式出现。

(3)问题和答案：是问卷的主体。包括一般问题、主要内容、敏感性或复杂性问题、个人基本状况。

(4)其他信息：调查者姓名；被调查者姓名、地址、电话号码；问卷发放及回收日期等。

4. 问卷的类型

(1)封闭式问卷：又称固定式问卷。它的答案是固定的，只能在规定的几个答案中进行选择，选定的答案划"√"。

例如，您喜欢哪一方面的书籍？

□政治理论　　□科学技术　　□文学艺术　　□企业管理　　□其他

（2）开放式问卷：又称自由式问卷。它没有固定答案，可自由回答问题。

例如，您选购商品时考虑的因素是什么？

您对家中使用的洗衣机哪些方面不太满意？

5. 问卷法的步骤

（1）设计问卷。

（2）试用和修改：问卷设计出来后，可进行小规模试用，从中发现问题，进行修改，以保证收集到高质量信息。

（3）选定问卷调查方式。问卷调查的方式有：

① 报刊问卷，在报纸和刊物上公布问卷；

② 邮政问卷，通过邮局把问卷寄出，对方回答完后按指定地址寄回；

③ 发送问卷，把问卷直接分发，对方立即填写，调查者直接回收问卷。

（4）对信息进行统计分析。

（五）网络法

网络主要是指以因特网为核心的计算机通信网络，它是以资源共享为目的，使用统一的协议，通过数据通信信道将众多计算机互联而成的系统。网络所提供的信息服务有电子邮件服务、远程登录服务、文件传送服务、信息查询服务、信息研讨和公布服务等。

1. 优点

（1）信息时效性很强；

（2）最新信息补充及时；

（3）收集信息迅速、广泛；

（4）收集信息不受时间、地域的限制；

（5）能收集文字图表信息和声像信息。

2. 缺点

（1）信息来源复杂，有大量未经核实的信息和信息垃圾；

（2）需要掌握计算机知识。

（六）交换法

交换法就是将自己拥有的信息材料与其他单位的信息材料进行交换。秘书可通过交换信息的方式获得有关的信息，特别是与业务频繁的企业建立稳定的信息交换网络，在信息上互通有无。

1. 优点

（1）实现彼此间的信息共享；

（2）获得信息及时、适用；

（3）节省信息收集时间；

（4）可临时交换各自感兴趣的专题性信息；

（5）可根据需要，商定交换信息的方式、内容，进行长期交换。

2. 缺点

（1）信息交换建立在自愿、互惠的基础上；

（2）要注意信息保密问题；

（3）交换信息的范围窄。

（七）购置法

购置法包括订购、现购、邮购、代购等。主要购买与收集信息目标有关的数据、报刊、专利文献、磁带磁盘等。

1. 优点

（1）相关信息比较集中；

（2）许多出版机构和书店都有订购业务；

（3）获得大量系统化、专业化知识信息。

2. 缺点

（1）费用高、花费时间和人力；

（2）要从大量信息中筛选有价值信息；

（3）信息要经过真实性鉴别以后才可利用。

◎ 知识链接

一、信息收集的范围

信息收集是信息工作的基础性环节，信息收集的范围较广泛。收集信息的范围主要包括以下几个方面。

（一）企业信息

本企业的基础资料：企业的历史沿革资料、工作的经验和教训、学习科研成果、基本状况简介、规章制度、重要活动情况等。

企业概况：企业名称、地址、电话及图文传真号码、业务范围、近年来的营业额及利润等，企业的财务资产状况、企业的信誉与信用等级情况。

企业背景信息：企业的历史、企业的结构、主要行政负责人及股东的情况。

企业经营活动信息：企业各种专门的经营活动，如科研、新产品开发、新设备的购置、新的销售渠道、新的广告与推销策略等，企业进行的社交与公益活动等。

（二）国际市场信息

国际市场信息包括产品供应商，产品价格，同类产品的规格、性能和特点，产品的消费需求，市场竞争情况方面的信息。

（三）客户信息

客户信息包括客户的资信、经营方式、经营范围和经营能力、市场占有率以及客户的有关背景方面的信息。

（四）贸易信息

贸易信息包括市场消费动态、供需趋势信息；各种贸易机会，如各种订货会、商品交易会、展销会、博览会的信息；新技术、新产品信息；外资市场信息；国际劳务市场信息；竞争企业与生意合伙人的信息等。

（五）国际金融信息

国际金融信息包括国际金融动态、外汇汇率变化、国际证券市场行情、贸易对象国的利息率、汇率、投资、信贷等信息。

（六）法律政策信息

企业是在法律、政策、规定的指导和约束下进行涉外活动的，要充分考虑国际惯例及有关的法律、政策。秘书既应注意收集我国现有的法律、政策、规定，也应注意收集与本企业有贸易业务的国家的法律。

（七）交际活动信息

凡是企业领导要参加的各种交际活动，秘书都要及时掌握有关方面的信息。要迅速掌握会见活动的内容、时间、地点、具体要求等情况；设法掌握对方的背景资料、生活习惯、饮食特点、嗜好、忌讳等情况，明确上级主管部门对这次会见的指示或批示。

二、信息收集的渠道

信息收集的渠道主要有以下几种。

（一）大众传播媒介渠道

大众传播媒介包括广播、电视、报纸、期刊及其他文献载体，是现代社会获取信息的重要途径。

（二）图书馆

图书馆是信息的宝库，能提供借阅、阅览及访问计算机媒体等服务。可以到不同类型的图书馆查阅信息，如企业内部图书馆、公共图书馆、大学和学院的图书馆。查找用书需查阅图书馆目录，填写索书单，办理借阅手续。

（三）数据库

只要有一台计算机、一个调制解调器和适当的软件，就可以进入存储大量信息的联机数据库获取信息。数据库各有特色，可提供不同的信息。

（四）供应商和客户

供应商能提供的信息有：目录形式的产品信息、广告材料；需要其提供的特定服务的信息。客户可提供的信息有：调查表形式的市场信息、服务的反馈信息；竞争对手提供的服务和产品的信息；产品和服务的需求信息。

（五）贸易交流

秘书应尽可能多地参加贸易和学术交流活动，扩大视野，积累信息。要利用各种贸易交流机会，如展销会、交易会、洽谈会以及学术交流会，进行调研，了解情况，索取信息材料,在相互交流中获得能满足需求而又相对集中的信息内容。

(六)信息机构渠道

信息机构肩负着信息传播中介的使命,它成为信息源的集散地,成为人们获取、利用信息的主要场所和工具。可委托信息机构定向收集相关信息。当企业要与某厂商谈生意,需了解该厂商的信誉及经济实力等情况时,可委托有关信息机构调查、收集信息,从而掌握贸易主动权,减少贸易风险。秘书要善于利用信息机构所储存的丰富的信息资源。

(七)关系渠道

人们要在业务往来活动中获取信息,如在同有关的海关、银行、商检、工商、税务、保险、统计等部门的业务往来中,不失时机地掌握经济信息,了解相关法规、条例,收集各种信息。

人们要在人际关系交往中捕捉新情况、新动态、新信息,善于与人交友,利用交谈、来信、来访和接听电话了解信息,获取第一手材料。

下属要善于在上级主管部门的指导、监督工作中把握信息;在会议、会谈中收集信息;在有关收文、承办的文书、电报中获取有价值信息。

(八)调查渠道

调查渠道是有目的、有重点地主动收集信息的重要方法。人们亲自深入现场,通过各种途径和方式,直接收集第一手资料,挖掘层次更深、质量更高的信息内容。下属陪同领导外出时,是收集信息的极好机会,应利用考察、实地调查和亲自感受获取信息,深入了解市场情况。

(九)信息网络渠道

网络是信息收集、传递和加工不可缺少的渠道,是信息源和信息需求者之间的媒介。纵横交错、四通八达的计算机信息网络,实现了信息资源的广泛共享和充分利用,大大提高了信息收集和传递的效率。

三、涉外经济信息的收集

国际市场的瞬息万变和错综复杂性,更加决定了信息的多样性和广泛性,也带来了搜集信息的艰难性,尤其对于涉外经济信息更是如此。因此,涉外秘书人员要想及时、准确地提供足量的信息为领导决策服务,就必须采取多渠道、多层次的方式进行搜集。一般来说,有以下几种办法。

(一)委托现有信息业或代理机构

当代信息业的迅速发展,已使大多数市场调研成为一种独立的产业。它能为企业提供专门知识,具有现成的经验和专门设备,专业化分工的成本比企业自行搜集、处理信息的成本要节省;同时,独立的代理机构能比较客观、冷静地分析情况。涉外企业如果需要掌握某种商品在某个市场的有关信息,就可以委托这样的专门代理机构去调研、搜集。采取这种方法,对于涉及出口业务不久或准备搞出口的外向型企业来说，比较容易上手，既方便又经济。但这样做应注意以下几点：

1. 要极其谨慎地选择一个最适合于所要求的具体工作的代理机构，因为一个代理机构对多种调研同样擅长的情况是罕见的。

2. 委托合同要明确调查的范围和研究方法、适当的支付条件、可靠的工作人员、最后的限期、最终的报告的性质等条款。

3. 与代理机构在合同期内保持定期联系以掌握进度，保证所需市场信息的质量。

（二）订阅国内外主要电讯和有关的报刊资料

1. 联合国各经济组织收集和发布的各种经济资料。

2. 国外权威性的或有影响的报纸、杂志、书籍所披露的资料。

3. 国外出版的公司手册。

4. 世界各大通讯社、电视网播放的经济、贸易新闻综述以及每日金融贸易电讯。

5. 国外经济学家、企业家、金融界决策人士和国际组织机构的权威人士的演讲、活动、发表的文章等。

6. 我国外贸高等院校、高等院校有关外贸专业和外贸科研机构搜集、发表的各种情报资料及科研论文，这也是一个资料来源，包括年鉴、年报、统计、海关册、词典、字典等。借助于这些资料从事各种专题研究，可以大大压缩掌握信息的时间、精力和费用。

采取这种方法时应注意以下几点：

第一，要善于在广泛的资料中去伪存真，去粗取精，逐步培养出敏锐的判断力。

第二，要重视动态的资料，尤其是反馈信息，摸索出每一市场的特殊规律。

第三，要注意与其他掌握市场信息的方法有机配合，取长补短。

（三）通过各种业务活动

1. 业务函电。与客户来往的业务函电，其中可反映出不少情况，涉外秘书人员应主动收集、积累资料，便于研究分析比较。

2. 广州出口商品交易会、小型交易会和洽谈会。这类交易会云集国外客户，国内外贸易公司和厂家也会参加，因此，它是对国际市场进行调查研究的较好场所。涉外秘书人员可以有目的地同客户洽谈，进一步了解情况，听取反映意见。也可以组织专题座谈会，邀请有关客户介绍情况和进行座谈。对业务谈判和成交进行认真分析，也可以反映出许多问题。

3. 展销会。目前，贸促会与各省、市、自治区经贸机构及外贸公司经常在国外举办展销会。这类展销会直接与厂家和消费者见面。因此，组织这种活动，不仅是为了展览产品和进行推销，而且通过展销活动，能建立客户关系，进一步了解当地市场的情况，系统地进行调查研究。

4. 出口推销小组、进口订货小组。这类小组主要是完成出口（或进口）的任务，但是，在完成出口（进口）任务的同时，应把通过活动了解有关商品的国际市场情况，作为小组的重要任务之一。

通过上述渠道直接搜集到的资料是比较生动、具体和真实的。此外，国外来华参观访问的学者、友好人士和华侨，与我比较友好的贸易促进团体，也可以为我提供一部分有关资料。这些第一手的"活"资料，经过加工整理和分析，并同历史资料相结合，就可得到较全面的概念和认识，更好地指导对外业务的开展。

（四）组建信息网络

在国外市场推销产品，除本身的派出机构外，更重要的是充分利用当地客户，建立庞大的推销网。我们可以选择有经营能力的代理和经销客户，为我们定期提供国外市场信息以及对我产品的反映。这一内容可列入协议，作为代理和经销的重要任务之一。

同时，可同国外的信息机构和商会建立较密切的关系，定期交换资料，必要时，可支付一定费用。这也是信息网络的一部分。

（五）出国进行实地考察

为了开拓一个市场，开发一个商品，有条件的涉外秘书人员可随同组织到国外进行实地调查，深入了解当地市场情况。搜集当地市场的基本资料，要深入百货公司、连锁商店和超级市场，同各类客户进行交谈，仔细观察当地消费习惯的变化。

为了具体了解某一商品和市场，可以进行抽样调查，综合分析了解各方面的反映和意见，而后较科学地得出结论。这是作出销售决策的必要步骤。

（六）充分利用驻外机构

1. 通过我驻各国大使馆、领事馆的商务处，系统地搜集各驻在国的有关材料，如经济发展情况、市场上对某种产品的供求变化情况、市场的竞争情况、金融市场的最新动态等。

2. 通过政府对外经贸部门的业务机构、市场研究机构以及各外贸公司，系统地搜集与本行业有关的各种材料，如国际市场的最新变化，国外厂商的资本数额、经营能力、信用程度、经营范围等情况，国外客户与我方贸易往来、执行合同等情况。

3. 通过中国银行及其在各国的分支机构，系统地搜集市场情报和经济情报，尤其是金融、外汇方面的情报以及有关厂商的经营情况等。

总之，上述这些机构都配有熟悉业务的专家，同当地企业有着广泛的接触和联系。在我们本身力量有限的情况下，应充分利用这些机构，为我们提供信息服务。

四、信息收集的要求

（一）价值性

我们必须了解各种信息源的信息含量、信息实用价值和可靠程度，对信息辨别真伪、去粗取精、去伪存真，获得真实、准确、可靠的信息。

（二）时效性

信息收集必须及时、适时，使有价值的信息不因错过时机而失效。

（三）层次性

从不同来源、不同渠道收集信息，从不同深度加工信息，针对不同对象开发利用信息。

（四）针对性

信息收集要明确服务对象的特点，针对实际需要，根据工作性质和任务，获取有使用价值的信息。

（五）全面性

全面性是指时间上的连续性和空间上的广泛性。要全面收集各种需求的信息，保持信息的历史联系或专业内容联系，不仅收集与工作活动直接相关的信息，同时也收集对管理活动有间接影响的各种信息。

五、信息收集的工作程序

（一）明确信息收集的范围

工作活动中的信息需求是不断变化的，具有针对性和灵活性。因此，在信息收集前，一定要以服务单位的各项工作为目标，确定好收集信息的范围。

（二）熟悉信息的来源

信息的来源非常广泛。秘书可以通过各种信息收集渠道获取信息，但一定要根据工作的目的确定信息来源，选择最佳信息来源。

（三）选择信息收集的方法

根据信息收集的目的和任务，选择有效的信息收集方法，完成信息收集的工作。

（四）查找信息

根据要查找信息的主题、内容和用途，利用各种信息渠道提供的信息介绍、信息目录、信息咨询或其他信息查询途径，找出所需要的信息。

◎ 注意事项

1. 注意信息的广泛性。广泛收集不同层次、不同角度、不同行业、不同环境的信息，防止利用中的片面、主观。

2. 做信息的有心人。信息是各项工作的基础和保障，起着至关重要的作用。人们应树立信息观念，做有心人，多听、多看、多阅读、多交往，善于敏锐地捕捉有益的信息，为各项工作服务。

3. 建立通讯联系索引卡。为了更好地进行信息交流，应建立记载业务往来多的单位、个人或客户信息的卡片，便于在业务联系中迅速查到需要的信息。如表2-1所示。

表 2-1　通讯联系索引卡

公司名称：	
地址：	
工作人员姓名：	
电话号码：	传真号码：
备注：	

4. 信息收集在时间上要有超前性、预见性，要抢先捕捉信息，迅速加工传递，增强信息的指导性和预测性。

5. 要明确信息收集的需求和目标，坚持调查研究，及时、准确地从大量信息中选取真实、适用、有价值的信息，为工作提供可靠的信息支持。

6. 信息的收集是一个经常性的工作，人们必须具备较强的获取知识信息的能力。还要注意从实际出发适当调节和控制信息的数量、流向，优化信息质量。

第二节　办公室常备信息资料的筛选

◎ 学习目标

本节内容的实用性较强，可采用讲解法、案例分析法结合的教学方法，通过实际操作加强对办公室常备信息资料筛选理论知识的理解和掌握。

◎ 案例导入

上司要到广州出差，吩咐李丽查一下当地宾馆情况、飞机时刻表。李丽在办公室中保存有最新版的旅行资料书籍，经过查阅，获得了宾馆列表以及提供服务的信息，掌握了飞机时刻。李丽迅速将这些信息告诉上司，得到了上司的赞赏。

◎ 理论知识

信息筛选是对收集到的大量信息进行鉴别和选择，判断信息的价值，决定信息的取舍，提取真实、有价值、能满足需求的信息。

人们每天的工作都要跟信息打交道。为了更好地工作，办公室中要准备好常用的信息资料，以便工作中随时查阅。

一、办公室常备的信息资料

办公室常备的信息资料有如下一些。

(一)参考书

1. 工作用参考书

单位工作活动中需要利用的参考书,如邮局指南、有关旅行的书籍、电话簿等。

2. 手册

一种汇集经常需要查考的文献、资料或专业知识的工具书。它采取分门别类的方式将经常使用的、具有实践指导意义的资料、知识加以汇编,供查阅用,如工作人员手册、用户手册等。

3. 百科全书

一种供查阅的、广泛收集一切学科、专业门类信息的概述性工具书。以选收范围和读者对象划分,有广收各个学科、各个知识门类信息的综合性百科全书,有收集某种专题的特殊百科全书。

4. 字典和词典

字典提供拼写、发音、定义以及其他方面的信息;词典告诉人们拼写、词的划分和发音的信息。

5. 年鉴

全面系统记载某一年(或若干年)国内各方面情况、事实数据、成果进展等信息的工具书。它一般是逐年编写、连续出版。

(二)报纸、期刊

从报纸和期刊中可以得到商业经济方面的最新资料,了解与企业经营活动相关的国际信息、社会信息。

(三)统计资料

与企业相关的国内外经济技术统计资料。

(四)地图集

地图集不仅能提供详细的地图,而且还能提供其他方面的信息,如土壤和气候条件。

(五)档案

在工作与社会活动中直接形成的保留备查的各种文字、图表、声像及其他各种方式和载体的历史记录。

(六)内部文献

内部文献是指业务信息资料、本企业或本行业的现实情况资料。

(七)人名地址录

人名地址录是不同行业和商业领域最好的人名和地名资料来源。

(八)有关政府出版物、法律法规汇编、政策汇编

从有关政府出版物、法律法规汇编、政策汇编中可获得关于人口、贸易、税收、法律等信息。

（九）广告材料和宣传品

广告和宣传品可以使人们了解新产品和新程序的市场行情和发展趋势，了解一些重要会议和商业活动。

二、阅读筛选信息资料的方法

（一）留意标题

信息资料篇幅很多，为了节省时间，秘书最好先浏览一遍标题，确定所需要的信息资料后，再考虑阅读内容。

（二）剪裁、复印

对资料中有价值的信息材料，秘书可先做记号，然后剪裁下来，放入文件夹。

（三）摘记

将有保存价值的信息材料摘录到手册或卡片上。注意摘录准确、简明，妥善保存。

（四）标记说明

对重要的信息内容，要标注出来，以引起注意。有的还需加注释或说明，阅读后，将剪裁下的资料贴在资料簿上，注明日期、出版，以便备查。

◎ 知识链接

一、收集信息的意义

（一）获取信息是信息工作中的基础性工作

任何工作都有特定的工作对象，如接待工作的对象是被接待者，文书工作的对象是文书，等等。信息工作的对象毫无疑问是信息。对于信息，信息工作者要对其进行分类、鉴别、整理、研究，记忆必要的储存、传递、反馈。这一系列信息工作的对象都是信息。没有信息，所有的工作都成了无米之炊。所以要做信息工作，首先就要拥有信息，掌握信息。如第二章所述，从哲学角度看，信息是自然存在的，但依附于一定载体的信息并不自然被任何人所拥有和掌握，而是需要一定的过程。这个过程就是获取过程。人们获取信息有主动与被动两种过程。如走在路上听到汽车喇叭声，属于被动接受信息；而打开电视，把频道确定在"健康之路"节目上，就属于主动获取了。听到了喇叭声，我们可以根据声音的远近、方向、音质采取不同的避让措施；看到"健康之路"节目关于某种疾病的防治知识的介绍，我们可以针对自身的种种表征，采取不同的预防和治疗措施。这就告诉我们，先要得到信息，才能对信息进行处理，没有信息，其他信息工作也就无从做起。所以，获取信息是一切其他信息工作的基础，在需要信息的时候，在尽可能短的时间内通过最直接的方式得到最有用的信息，显然具有十分重要的意义，而且这种意义很可能是具有决定性的。

（二）获取信息是信息工作的主要方面

信息是一种资源，人们在获取它时需要特定的物质性载体的传递。人们要获取信息，首先就要获取这些物质性载体本身。这和人们获取和使用其他物质财富一样，都需要付出相应的代价。与整理信息、传递信息等信息的使用环节相比，获取信息的代价要大很多。比如与熔炼砂金、制作金饰品相比，探矿、挖砂、洗砂等采砂金环节肯定要占用更多的劳动。同样，获取信息也需要投入较多的精力，付出较多的劳动。可见，获取信息尤其是有用信息需要主动去做而且要付出相当代价的。所以，应该形成"获取信息是信息工作的主要方面"的观念。

（三）获取信息能够锻炼和提高信息工作者的综合素质和能力

正因为获取信息是一项相对而言需要付出较多劳动的工作，所以对信息工作者能力和综合素质的提高具有直接的意义。获取信息需要观察、体会，需要调查、询问，需要检索、查阅，需要收集、记录，需要与各色各样的人，在各种环境场合，用各种不同的方式，进行或单独，或集体，或大胆，或谨慎，或直接，或隐匿，或简短，或艰难的沟通，需要明确目的、选定问题、制订计划、推敲方式、变换方法、抓好时机，需要领导的首肯、同事的支持、工作对象的配合，这对于锻炼人的认识能力、分析能力、判断能力、口头与书面表达能力、应变能力等将极为重要，久而久之将使综合素质得到较大的提高。

获取信息的工作是一项琐碎、繁杂、艰苦、枯燥的工作，而且所得到的大多是一次信息，往往并不能直接被利用，工作成果不显著。从事信息获取工作的人不能决定信息能否被采用，不能给信息提供者直接的回报，不但不被重视，而且常遭遇冷遇与误解。这种状况导致信息获取工作人员很难建立事业责任感，很难产生成就感，很难保持工作热情。其实这是一种急功近利、实用主义态度的表现，而未能从更长远、更本质的素质和能力提高的角度来看待获取信息的工作。受工作性质与工作条件的制约，在信息工作中，从事获取信息的人往往是年轻人，他们阅历不深，经验不足，从人生发展来看，更需要锻炼。所以，要全面地认识这项工作的得与失，把它看做是一次机遇，一个提高自己能力的途径。

二、收集信息的窍门

（一）熟悉自己的领导

作为助手，要熟悉自己的领导，这是做好一切本职工作的前提。所以，要做好信息工作，必须熟悉领导的工作内容，做到谈话有的放矢。

平时，作为下属不仅要弄清自己的领导主管哪些工作，分管哪些部门，与其他领导的关系如何，而且要弄清领导目前最关心的是哪些问题，工作中有哪些新的打算，等等。只有这样，才能把握自己工作的重点，为领导的决策提供及时的情报。

那么，怎样才能知道领导当前的重点呢？因为对于这个问题，领导一般都不会有明确的提示，所以只有靠自己去观察和琢磨。比如，最近各科室送给领导的报告主要是哪方面的内容,领导跟哪些人经常通电话……通过这种留心观察,就能大概掌握领导工作的重点。对于一个经验丰富的下属来说,这已经成为一种职业本能。

（二）实事求是

判断各种信息的可信度,对于秘书人员来说是一项非常重要的工作,也是一项难度很大的工作。如果没有丰富的生活常识和专业知识,缺乏清醒的头脑和开阔的视野,就难以胜任这项工作。因此,任何人都不可能一蹴而就,这种判断力只有逐步培养。

所以,秘书人员在收集信息的工作中,必须注意以下几点：

1. 切忌来者不拒;

2. 不要自我发挥;

3. 保持不偏不倚;

4. 努力探本求源;

5. 力戒先入为主。

（三）搞好人际关系

收集信息,广义的说是一项既复杂又庞大的工作,如果光靠秘书人员一个人来干,根本不可能做好。单就各种文字情报而言,就是那些各种各样的报纸杂志,别说去分析研究,就是让秘书人员从头到尾看一遍也不一定看得过来。所以,秘书人员搞收集信息的工作,如果不和各科室配合,取得他们的帮助,是很难收到预期效果的。

为了取得各部门的配合,秘书人员要有一种诚恳谦虚的态度。不管是谁,只要有"信息",就要在其面前敢当"小学生",虚心请教。只有这样,才能给人一种信任感,才能使人在你面前知无不言,提供有价值的情报。

当然,在收集情报工作中,秘书人员光有谦虚的态度还不行,如果不能互通有无,对方单方面为你提供信息的状况不可能长期坚持下去。因此,在不违反保密规定的前提下,可将自己收集的信息印发给那些为自己提供信息的部门,并且要将对方给你提供的信息所产生的作用,特别是领导对这些信息的评价,都告诉给对方,是他们能对自己的工作和工作的意义有一个全面的估价。总之,秘书人员要与各部门的同事保持一种和谐而又亲切的关系。

为了搞好人际关系,秘书人员必须做到以下几点：

1. 君子之交,近而不亲;

2. 不耻下问,态度谦恭;

3. 善解人意,将心比心;

4. 举一反三,听弦听声;

5. 宽宏大量,至信至诚。

三、收集信息的原则

（一）价值原则

信息含有自身的价值。进行信息收集工作必须了解各种信息源的信息含量、实用价值和可靠程度；必须辨别真伪、去粗取精、去伪存真，求得信息的真实、准确、可靠，保证信息的价值。

（二）时效性原则

时效性是衡量信息价值大小的重要尺度。信息收集必须及时、适度、敏锐，使有价值的信息不因错过时机而失效。

（三）层次性原则

由于社会实践活动的不同，人们对信息有着不同的需求，信息的价值体现就不同。这就要求秘书在信息收集中遵循层次性原则，从不同来源、不同渠道收集信息；从不同深度加工信息；针对不同对象开发利用信息。

（四）针对性原则

针对性主要有两层含义：一是服务对象的针对性，即信息收集要明确服务对象的特点和需要；二是信息内容的针对性，就是强调信息的使用价值，要针对实际需要，根据工作性质、任务，进行信息收集。

（五）全面系统原则

全面系统是指时间上的连续性和空间上的广泛性。为了实现信息工作的目的，要尽可能全面采集各方面需求的信息，保持信息的历史联系或专业内容联系，保证信息工作的连续性和科学性。

◎ 注意事项

秘书应获得多种形态的信息资料。

一、文字形态的信息

文字形态的信息是指以书面文字为载体的信息资料。

二、声像形态的信息

声像形态的信息是指以直接记录声音和图像为载体的信息资料，如录音带、录像带、幻灯片、影片、唱片、实物模型。

三、记忆形态的信息

记忆形态的信息是指在人际交往中形成的存储在人脑中的信息。

◎ 本章小结

本章比较系统地介绍了信息收集的方法、信息收集的原则、范围和渠道等。通过知识链接，介绍了秘书收集信息的主要范围：企业信息、市场信息、客户信息、国际金融信息以及法律政策等方面;秘书收集信息的主要渠道:大众传媒、图书馆、信息机构以及调查渠道。

因此,通过认真阅读本章的知识点并结合对所选案例的分析,能够比较全面地认识信息与信息工作,掌握收集信息的多种方法。

【关键概念】 信息机构 信息渠道 信息范围 信息收集

◎ 思考和训练

一、填空题

1. 信息收集是通过各种渠道和方式_____的过程。

2. _____是指人们直接用感官或借助其他工具认识客观事物,获取信息。

3. _____就是指将自己拥有的信息材料与其他单位的信息材料进行交换。

4. 调查渠道是有目的、有重点、主动_____的重要方法。

5. 获取信息是信息工作中的_____工作。

6. 信息是一种资源,人们在获取它时需要特定的_____载体的传递。

7. _____是衡量信息价值大小的重要尺度。

8. 全面系统是指时间上的_____和空间上的广泛性。

9. 文字形态的信息是以_____为载体的信息资料。

10. _____的信息是指在人际交往中形成的存储在人脑中的信息。

二、选择题(每题有一个或多个正确答案)

1. 询问法的优点是 ( )
   A. 应用灵活、实用   B. 直接交流,互动沟通
   C. 能获得大量有价值的信息   D. 能获得语言信息和非语言信息
   E. 能提供调查信息

2. 收集信息的原则有 ( )
   A. 价值原则   B. 时效性原则
   C. 层次性原则   D. 针对性原则
   E. 全面系统原则

3. 信息可以归纳、综合、浓缩的特性属于 ( )
   A. 客观性   B. 共享性   C. 可塑性   D. 利用性   E. 无限性

4. 秘书收集信息在时间上要有 ( )
   A. 经常性   B. 超前性   C. 预见性   D. 平行性   E. 服务性

5. 人们直接用感官或借助其他工具认识客观事物,收集、获取信息的方法是
   ( )

A. 问卷法　　B. 询问法　　C. 观察法　　D. 阅读法　　E. 交换法

6. 秘书应获得多种形态的信息资料有　　　　　　　　　　　　（　　）

A. 记忆形态的信息　　　　　　B. 文字形态的信息

C. 声像形态的信息　　　　　　D. 自然形态的信息

E. 社会形态的信息

7. 阅读筛选信息资料的方法有　　　　　　　　　　　　　　　（　　）

A. 标记说明　　B. 剪裁　　　C. 复印　　　D. 摘记　　　E. 留意标题

8. 办公室常备的信息资料有　　　　　　　　　　　　　　　　（　　）

A. 参考书　　B. 档案　　　C. 统计资料　　D. 地图集　　E. 报纸、期刊

9. 信息收集的要求是　　　　　　　　　　　　　　　　　　　（　　）

A. 价值性　　B. 全面性　　C. 层次性　　D. 针对性　　E. 时效性

10. 收集信息的范围主要有　　　　　　　　　　　　　　　　（　　）

A. 企业信息　　　　　　　　　B. 国际市场信息

C. 国际金融信息　　　　　　　D. 贸易信息

E. 客户信息

三、简答题

1. 简述信息收集的方法。

2. 简述信息收集的原则。

3. 简述信息收集的范围。

4. 简述信息收集的要求。

四、论述题

1. 论述秘书收集信息的渠道。

2. 比较秘书收集信息方法的优、缺点。

五、实务题

背景说明：你是杭宇茂盛公司行政秘书刘玉华，下面是办公室主任赵沈阳需要你完成的工作任务。

备忘录
发给：行政秘书刘玉华
发自：办公室主任　赵沈阳
日期：2010 年 1 月 8 日
主题：请你将信息收集方法中有关观察法的优点和缺点分析一下，并整理好于明日上午九点前用备忘录的形式放到我办公桌上。

便　条

刘玉华：

　　我公司刚录用了一名新秘书小彭,他不太清楚信息收集的主要渠道有哪些,请你给他培训一下。

办公室主任　赵沈阳

2010 年 1 月 9 日

便　条

刘玉华：

　　我今天要出差参加全省办公室主任培训班,请你帮我调查涉外经济信息的收集方法有哪些,并整理好于明天下班前用电子邮件形式发给我。

办公室主任　赵沈阳

2010 年 1 月 12 日

五、技能训练

1. 情景

红星照明集团领导急需了解有关新产品——声控电灯开关的信息。假如你是厂办秘书,应该怎样尽快满足领导的需求?

任务和要求:

用最简洁的文字清楚地表述所做的工作的过程和完成任务的情况。

2. 任务

通过互联网查找以下信息:

(1)最近一周内国际上发生的重大事件 2～3 则。

(2)与自己所学专业相关的最新信息 2～3 则。

要求:

(1)请尝试多种查找方式,详细记录两种以上查找过程和查找的结果。

(2)写出选择这些信息的理由,并说明这些信息留作何用。

第三章　信息处理

◎ **技能要求**

- 对信息进行系统整理
- 对信息进行有效传递
- 对信息进行有序存储

◎ **知识要求**

- 信息工作程序
- 信息整理、传递、存储的基本知识

第一节　信息整理

◎ **学习目标**

　　本节内容实用性较强,采用理论教学与实践教学相结合的方式,通过仿真模拟操作使学生掌握对信息进行科学的分类、筛选、校核的基本能力。

◎ **案例分析**

　　王萍到办公室做秘书后,工作非常认真,凡是工作活动中产生、形成的信息材料都会收集起来,存放在抽屉里。日积月累,信息材料已经充满了王萍的好几个抽屉。一天,上司要查阅一份市场调查报告,王萍望着几抽屉的信息真有些不知所措,翻来翻去怎么也找不到,急得满头大汗。看到这情景,上司对王萍说:信息要收集,但也要妥善处理,不然你很快就会被"文山"所淹没。王萍点点头。从此,王萍十分重视对积累信息的整理工作。

［分析］

办公室每天都会产生形成信息,秘书应根据工作性质或内容对信息进行分类,以便信息的查找利用,使信息发挥更大的作用。要对信息材料进行选择,只有具有价值的、对日后工作活动有凭证参考作用的信息材料才保存。实际上,有些信息在完成一项工作之后就失去了它的价值,可以销毁。王萍注意了信息的收集,但忽视了对信息的整理。

◎ 理论知识

一、信息整理的含义

信息整理是决定信息命运与价值的关键环节。信息在未加工整理之前,往往是一种处于自然状态的原始信息。这些信息一般是感性的、零散的、无序的和不系统的,并且难免夹杂一些不真实的和不正确的因素。因此,对获取的原始信息材料,必须根据一定的要求,按照科学的程序进行整理。

信息整理是指对收集到的大量的原始信息进行鉴别、筛选、综合分析、编写等。

二、信息整理的方法

信息整理的目的是把原始信息变换成为便于使用的信息,这样就有利于领导决策或为经营管理提出服务。在电子技术高度发展的今天,计算机已经可以模拟人的思维功能,进行逻辑推理和判断,从而为信息的加工处理提供了广阔的前景。但在许多情况下,信息的加工整理依然要靠人的大脑和手来完成。这里介绍的信息整理的方法主要包括分类、鉴别、筛选、校核和编写。

（一）分类

信息分类方法很多,采用何种分类方式,应根据单位业务工作的需要确定。秘书要按信息的不同内容、来源、时间、性质和作用,根据一定的规范要求,进行分门别类,使信息条理化。

1. 字母分类法

字母分类法是按照字母的排列顺序分类。通常是按作者姓名、单位名称、信息标题等的字母顺序分类组合。

按字母排列的规则是:按第一个字母顺序排列前后次序;第一个字母相同则按第二个字母顺序排列,以此类推。第一个字母表示文档在文件柜是存放位置最初的索引,第一个字母以后的字母决定文档的准确位置。

数量太少的信息可以放在一起组成综合卷,写清卷内信息的目录。各综合卷存放于字母表中相应字母其他信息前面。

（1）优点

①不需要索引卡片;

②分类规则容易掌握,操作简单;

③能与地理或主题分类法结合运用。

（2）缺点

①查找信息须知道姓名或单位名称、标题；

②某个字母下排列的信息较多时，查找费时；

③大型系统使用时，很难估计每一字母需要的存储空间。

2. 地区分类法

地区分类法又称地理分类法、地域分类法，是按信息产生形成所涉及的地区或行政区划等特征，将信息分为各个类别，按字母的先后顺序排列。这种分类方法适合于企业信息往来多的工作特性。信息按国家、省份、城市、区、县名称的字母顺序排列，使有关地区的所有信息集中存放，然后再按其他问题分别立卷。

（1）优点

①便于查找具有地区特性的信息，如某一地区内的有关公司信息、销售信息；

②分类方法容易掌握。

（2）缺点

①采用地区分类需要有一定的地理知识；

②只适用于某些单位或部门。

3. 主题分类法

主题分类法是按信息内容进行分类的方法，主要根据信息内容的主题和标题分类。

为了全面、准确地反映主题，便于利用，可以按多级主题分类。信息最重要的主题名称作为分类的首要因素，次要的主题作为第二个因素，以此类推。可用最基本的分类导片标示出各类信息的主题内容，这些主题都是与单位的业务相关的，各主题之间根据字母顺序进行排列。

（1）优点

①相关内容信息材料集中存放；

②信息能按逻辑顺序排列；

③方便检索。

（2）缺点

①分类标准不好掌握；

②标题不能很好地反映主题时，归类不易准确。

4. 数字分类法

数字分类法是指将信息以数字排列，每一通讯者或每一专题给定一个数字，用索引卡标出数字所代表的类别。

索引卡按所标类目名称的字母顺序排列，用分隔卡片显示每一个字母。索引卡一般用卡片式索引盒存储，占空间少，能放在桌子上，处理电话查询时容易找到信息。有的单位使用计算机数据库保存索引。

当要查找某信息时,先从索引卡中按字母顺序找出通讯者名或专题名,得到信息的数字,再在相应的文件柜中找出标有该数字的文档。

(1)优点

①信息按数字从低到高顺序排列,规则简单;

②简便易行,适宜于电脑储存;

③适合于大型信息系统;

④通过在后面添加号码进行存储扩展。

(2)缺点

①查找信息需参照索引卡片,花费时间;

②如果分类号码有误,查找信息麻烦。

5. 时间分类法

时间分类法是按信息形成日期先后顺序分类的方法,要以年月日的自然顺序排列。

如果信息的形成日期相同,则按信息形成单位级别大小排列。时间分类法可与其他方法结合运用。

(1)优点

①可用作大型信息系统的细分;

②一个案卷内部的信息可按时间排序。

(2)缺点

①需与索引系统配合使用;

②仅适合于时间特性强的信息,如每年的会员资格。

(二)鉴别

所谓鉴别,简单来讲就是辨别真伪。收集到的信息经过分类之后,就要对其真伪情况以及能否客观准确地反映事物运动变化的本质特征,进行一番鉴别。鉴别是信息加工整理的一个重要步骤。

信息中不真实的因素虽然都是以主观与客观相分离为特征,但具体的表现形式不尽相同。为了消除信息资料中不真实的因素,必须善于识别它们。信息中不真实的因素一般表现为偏颇、夸张、拼凑、添枝加叶、捕风捉影、孤证、回避、假象等。通常我们见到的信息资料缺陷主要有这八种,称之为"信息的八病"。进行信息鉴别,就是要找出病症,去伪存真。

鉴别有多种方法,最为常用的有以下三种。

1. 分析法

分析法是对原始信息资料中所表述的事务和叙述论证方法进行逻辑分析,发现其中的破绽和疑点,从而识别其真伪。例如,同一材料中前后矛盾,既是这样,又是那样,依据逻辑学中的"矛盾律",就可以断定其中一个错了,或者两个都错了。信息资料中表述的事实夸大其词,悖于情理,或者是不可能产生的,或者某些关键性的内容含糊笼统,等等,通过分析,就容易发现其中不真实的因素。分析法的好处,就在于它一般不需要借助于其他手段,从原始信息资料本身就能很快地发现某些差错。

2. 核对法

核对法是指依据权威性的信息资料,包括权威性的书面材料或权威人士提供的口头材料,进行对照、比较,发现和纠正原始信息中的某些差错。所谓权威性的资料,是指它本身的正确性是毋庸置疑的。比如用《中国统计年鉴》来对照某一部门的年终统计资料,用国家颁布的标准化规定来对照某些产品的标准化程度,等等,就是核对法的具体运用。核对法的关键是要掌握直接的、最新的、权威的资料。

3. 调查法

调查法就是对原始信息中所表述的事务的运动变化情况,通过直接的、现场的调查来检验它的真实性和准确性。这种方法需要花费较多的人力和时间,一般只对重要的原始信息进行调查鉴别。

以上三种方法实际上是可以相互补充的。采用分析法,发现原始信息的破绽和疑点,以便更好地消除不真实的因素。因此,在实践中这三种方法往往是结合使用的。

(三)筛选

筛选是信息整理的一个环节,也是一项基础性工作。筛选是对信息的再选择,表现为对收集到的大量信息进行鉴别和选择,去粗取精,去伪存真,摒弃虚假和无效的信息,提取真实、有价值的信息。其具体方法有如下几种。

1. 看来源

不同来源的信息,重要性不尽相同。上级形成的信息带有全局性、综合性和权威性,而同级和下级形成的信息主要起参考作用。秘书要从多种信息来源中把握重点单位、部门和人员的信息。

2. 看标题

信息的标题一般可以反映信息的内容和价值,秘书要认真分析标题,把握信息的主题,根据信息的标题确定信息价值的大小。

3. 看正文

先浏览正文,了解其主要内容,初步确定是全部选用,还是部分选用,甚至不用,即初选。

初选后,对拟用信息再认真阅读,判断是否有价值。如果可用,再看有无内容不准确、不完整和表述不清楚的问题。

最后,对经过筛选的信息分别处理:对选中的,分轻重缓急进行信息的加工处理;对暂时不用但可以备查的信息,进行暂存;对不用的信息,按有关规定进行暂存、移交或销毁。

4.决定取舍

决定取舍就是对信息进行严格的选择,从中挑出能满足需求的信息以及对工作具有借鉴作用、参考作用的信息,舍去虽真实但无用的信息。要注意:一是要突出主题思想,凡是与反映信息主题无关的资料,要剔除;二是要注意典型性,从大量原始信息中挖掘出能揭示事物本质的典型信息;三是要富有新意,尽可能抓住反映客观事物新变化的信息;四是要具有特点,从各种事物的实际出发,有所侧重地开发信息。

决定取舍常常会遇到几份信息反映同一类问题的情况,在这种情况下信息取舍可采用两种方法:

(1)将几份信息选择其重点、特点,综合成一份信息材料。

(2)择优录用,选择宏观的,淘汰微观的;或是选用典型的,淘汰一般的。

(四)校核

为了消除信息资料中不真实的因素,必须善于识别,就是对收集到的信息所涉及的有关问题进行审核查对,这就是信息校核法。信息校核常用的方法有以下几种。

1.溯源法

首先要溯本求源,如尽量找到具有第一手资料的现场和掌握第一手资料的人;然后核对有关原书、原件等原始资料,并查对其主要参考文献;最后按信息内容所叙述的方法、步骤,自己重复一次试验或演算,这样可以从本质上找到错误所在。

2.比较法

比较就是对照事物,比勘材料。有些信息由于主观条件所限是难以溯源的,这时可采用比较法,即比较各种人的材料、各种时间的材料、各个方面的材料,在某一事实上,说法、结论是否一致。如果一致,则基本上可以得到证实。如果各种渠道的材料与所收集的信息相佐,就需要进一步核实。

3.核对法

核对法即依据直接的、最新的权威性材料,进行对照分析,发现并纠正信息中某些差错。比如用《中国统计年鉴》来对照某一部门的年终统计资料;用国家颁布的标准化规定来对照某些产品的标准化程度等,就是核对法的具体运用。一般来说,口头材料的可靠性不如文字材料,文字材料的可靠性不如物证材料。

4.逻辑法

逻辑法即对信息中所表达的事实和叙述方法进行逻辑分析,发现问题和疑点,从而辨别真伪。例如,同一材料前后矛盾,依据逻辑学中的"矛盾律",我们就可以断定其中一个错了,或者两个都错了。通过分析,就容易发现其中不真实的因素。

逻辑法的好处,就在于它一般不需要借助于其他手段,从原始信息资料本身就能很快地发现某些差错。

5. 调查法

调查法即对信息中所表达的事物的运动变化情况,通过现场调查来验证它的真实性和准确性。应对要素不全、揭示事物本质不透彻的信息进行追踪调查,补充完善,深度挖掘,加工成具有一定深度的信息。

6. 数理统计法

数理统计法即对原始信息资料中的数据进行定性分析,运用数理模式进行计算鉴定,看其数据计算是否准确,分类是否合理,是否和结论一致等。

(五)编写

信息资料的编写是信息整理的最后一道程序,经过这一道程序,信息就要以成品的面目出现,所以编写工作显得特别重要。信息资料的编写与公文写作的要领大同小异,所不同的是,信息资料的编写要更加言简意明、短小精悍,要能用极少的文字反映最大的信息量。编写一篇好的信息资料应做到以下几点。

1. 主题集中

在编写信息资料时,要紧紧围绕主题加以提炼、浓缩,即信息表达要精练。在一般情况下,一篇信息资料只能有一个主题,表达一个中心思想,论述一个观点。这样才能做到目的明确,重点突出,把事情说深说透。信息资料的编写切忌贪大求全,面面俱到,以致枝蔓横生,把主题淹没了。

2. 标题鲜明

标题是信息内容的概括。信息资料的标题既要尽可能做到直截了当、言简意赅,又要力求形象、生动、鲜明、准确,起到画龙点睛的作用。信息的标题要以信息的具体事实为内容,通常是一个完整的句子,而且较少文学色彩。有些简讯之类的信息可以不设标题,但也应有导语,把内容概括地提示出来。导语应鲜明、简练。

3. 结构严谨

信息资料的结构安排,应该把最重要、最新的信息以及接受者需要先知道的事实或观点放在最前面,以精练的文字叙述主要事实,表达主要观点。然后,按事实材料的重要程度、轻重缓急,先后有序地排列:先讲概况,再讲细节;先讲主体,再讲陪衬;先讲结果,再讲过程。内容安排要尽量减少层次和段落,凡能用一个层次、一个段落说明问题的,尽量不要搞多余的层次和段落。一般来说,信息资料的开头要开门见山,落笔入题;上下之间的连接、转换要简洁、精炼,过渡自然;结尾要简短,意尽而言止。整篇资料要做到事实清楚,结构严谨,详略得当,自然和谐。

4. 语言凝练

编写信息资料,要尽可能做到删繁就简,凝练明快,语言要简明扼要,文辞精炼不繁,遣词造句要通俗易懂,力求规范化。可以进行必要的概括,但不能过于抽象,言之无物,更不能任意拔高或故弄玄虚,使信息失真。

5. 内容准确

信息的事实叙述必须清楚明白,每一细节、数字、时间、地点等应经过核对,准确无误,不能模棱两可,含含糊糊。

◎ 知识链接

一、信息工作程序

信息工作就是组织信息有序化交流和利用的活动。信息工作程序包括收集、整理、传递、存储、反馈和利用。

信息收集是信息工作的基础和初级阶段,是秘书根据工作需求,通过不同的渠道和方式搜集和获取信息的过程。

信息整理是信息工作的核心,是秘书对原始信息进行分类、筛选、核实,使其成为有价值的信息。

信息传递是秘书通过传输媒介或载体,把信息从信息发生源传递到信息接收源的活动过程。

信息存储是用科学的管理办法,将有保存价值的信息系统化,以便日后利用。

信息反馈是秘书把输出信息的作用结果返送回来,并对信息的再输出发生影响,起到控制和调节的作用。

信息利用是指将获取、处理的信息应用于实际工作,使信息的价值得以实现的过程。

二、信息分类的含义及步骤

(一)信息分类的含义

信息分类就是根据信息所反映的内容性质和其他特征的异同,分门别类地将它组织起来的一种科学方法。信息分类是为了对大量已掌握的信息进行梳理分析,掌握信息资料的总体情况,为信息鉴别、筛选和处理提供条件。

(二)信息分类的步骤

分类是对各种信息按一定的标准进行类别划分,分类的依据是信息资料的特征。特征相同的信息资料归为一类,称为母类。母类下再划分为不同的类别,叫子类。子类下还可根据具体情况细分,形成有秩序、有层次的分类体系。

1. 辨类

辨类是对信息资料进行类别分辨,即对信息资料进行主题分析,分辨其所属类别的过程。

2. 归类

归类是对所收集的信息按照特定的原则和方法,根据信息内容的某种特性和管理利用的具体要求,将其分门别类地组织起来。

三、信息校核范围

校核是对经过初步甄别的信息作进一步的校验核实。由于信息的来源、信息传播渠道中难免有客观的杂质和主观因素的干扰,要求对信息进行校核,对信息是否失真加以认定,分析考证原始信息的可靠性和准确性,从而剔除虚伪和失真的信息。

信息核实的范围包括信息中需用的事实、观点、数据、图表、符号以及时间、地点、人物等。有些信息、数据要核对查证,有些信息要试验、计算,有些信息则要比较,以保证信息的真实、准确。对有关政策、法规、重要计划、主要数据、典型事例的信息,秘书要认真查对出处、核实原件,地名、人名、时间、事实、数据等要准确无误。

◎ 注意事项

一、分类要注意的问题

(一)遵循一定原则

1. 在分类中注意科学性、系统性、逻辑性和实用性;

2. 要确定分类体系,确定分类层次和各层次的分类标准;

3. 要把信息归入最符合其实际内容的类别;

4. 子类之间界限要清楚,不互相交叉或包容。

(二)利用颜色、标签区分类别

根据分类结果,将每个字母、地区、主题等的文档使用特定颜色文件夹或在文件夹外边加彩色标签;给索引导卡涂上不同颜色,以便于检索。

(三)建立交叉参照卡

有的信息能归类到两个位置,如公司更名信息、多主题信息。为了便于查找,可建立交叉参照卡。填写交叉参照卡片存储在归档系统的相关位置。查找到该位置,查看卡片就知道另一个查找线索。如表 3-1 所示。

表 3-1　交叉参照卡

交叉参照卡
名称/主题
详见 相关名称/主题

二、鉴别要注意的问题

对原始信息资料的鉴别是一道复杂而细致的工序。一般要注意以下几点:

1. 通过鉴别,确定原始信息资料的性质。这主要是看这个原始信息资料说明了什么问题,有没有典型意义,从中可以提炼或引出什么思想,得出什么新的观点和结论。对一些比较新的或有争议的问题,更应当准确地分析它的性质,以确定对这一原始信息资料是持肯定态度还是持否定态度。

2. 通过鉴别,确定原始信息资料的使用价值。在原始信息资料中,哪些是有用的,哪些是没用的;哪些信息含量大,哪些信息含量小;哪些信息价值大,哪些信息价值小,通过仔细分析、考证,做到心中有数。

3. 通过鉴别,确定原始信息资料的可靠性、真实性。对获取的信息,要认真审查其来源是否可靠,情况是否真实,对其中列举的事件、数据、时间、地点、人物都要反复核实,以确保绝对准确。

三、筛选要注意的问题

1. 剔除虚假、过时、重复雷同、缺少实际内容的信息;

2. 注意挑选对工作有指导意义、与业务活动密切相关的信息;

3. 注意挑选带有倾向性、动向性或突发性的重要信息;

4. 分析信息需求,结合中心工作或解决特定问题的需要筛选信息;

5. 注意挑选能预见未来发展变化趋势,为决策提供超前服务的信息;

6. 坚持信息数量和质量的统一。

四、校核要注意的问题

1. 各种校核方法可以互相补充,结合使用;

2. 要综合运用自己的知识和经验能力,提高校核信息的能力,透过现象看本质,保证信息的真实、可靠。

第二节 信息传递

◎ 学习目标

本节内容实用性较强,应采用讲解、案例分析结合的教学方法,通过实际操作加强对理论知识的理解,使学习者能够迅速、准确地掌握传递信息的方法。

◎ 案例分析

有一次,张力接待了一位有业务往来的客户。在交谈中,客人提到:他刚从国外回来,该国的商店里摆放着不少中国丝绸,当地人很喜欢,而且对中国文化非常感兴趣。张力敏锐地感觉到,这是很有用的信息,于是向对方详细了解了有关具体情况。送走客人,张力立即将此信息汇报给上司,并建议企业生产反映中国民俗的丝绸产品,到国外开辟市场。事实证明,张力的建议是正确的。

◎ 理论知识

人们要有较强的信息意识,有目的地捕捉各种有价值的信息,并及时准确地传递信息,使信息产生积极的社会效益和经济效益,既要注意接收外界传递的信息,又要将获得的有用信息迅速传递出去。语言传递具有传递直接和及时的特点。秘书每天都进行着成百上千的语言信息交流,从最简单的打招呼到交流,再到各种会议发言,传递着大量的信息。可见,语言信息是信息构成的一个重要方面。秘书应在接待来访、汇报工作、会议讨论、联谊会等社交场合,加强语言交流,从各种交谈、零碎的话语中获得有用的信息,利用各种信息传递方式实现信息的交流和利用。

一、信息传递的基本形式

信息的传递是双向的,有内向传递和外向传递。信息内向传递的形式有信件、备忘录、通知或告示、传阅单、企业内部刊物等。信息外向传递一般通过信件、新闻稿、新闻发布会、报刊简短声明、直接邮件等方式进行。

(一)信件

信件是正式的书面交流信息,可用于外向传递(如给客户、供应商的信件)、内向传递(如晋升或提高工资的信件)。信件的内容通常包括目的、主题、结束语三部分。

1. 优点

(1)是书面的,具有凭证作用;

(2)便于阅读和参考;

(3)能发送至相应的地址。

2. 缺点

(1)信件邮寄花费时间;

(2)不便于交换看法。

(二)备忘录

备忘录是通信的简化书面表格,通知有关工作事项。它用于内向传递,即企业内部之间进行信息交流。备忘录表格能预先打印或准备好。

1. 优点

(1)是书面的,便于查阅和参考;

(2)文字不必像商业信件那样正规;

(3)使用方便。

2. 缺点

(1)沟通较慢;

(2)不便于交换看法。

（三）通知或告示

贴在布告栏上，通知公司的内部事项或征求员工对某事项的意见。写通知或告示应尽量避免生硬的语气。通知或告示要醒目，让人们在一定距离能阅读。做到文本信息简单短小，图片和色彩具有吸引力。

（四）传阅单

需要传阅内容多的信息时利用传阅单，上面列出所有应阅读该信息的工作人员的姓名和部门，读完信息后签字。见表3-2所示。

表3-2 传阅单

传阅单			
部门	姓名	传递日期	签名

传阅后返回给指定部门和个人：

（五）企业内部刊物

企业内部刊物主要介绍公司动态和业务进展情况，是沟通上下、联系员工的桥梁。内部刊物的内容一般有公司内部信息、职务升迁信息、员工信息、员工嘉奖榜、业务往来信息等。

（六）新闻稿

公司公布决定或政策时，可采用发布新闻稿。新闻稿要简明扼要，直入主题，客观反映事实，不作评论说明。

（七）新闻发布会

新闻发布会主要是为了公布重要的信息。公司展示最新产品、演示技术上的最新成果、产品展览会前或展览期间，都可举行新闻发布会。面对面的交流能产生良好的效果。

秘书要落实发布会日期、地点、出席名单；准备展览用品、赠品；制作工作人员及展览会使用标牌；发请柬和资料；拟写及印发有关信息材料；布置会场；等等。

（八）声明

在报刊上宣布新的任命或电话、地址的变更等，声明要简短，引人注目。

（九）直接邮件

直接邮件是将公司的信息材料通过邮局寄出。

1. 优点

（1）发送多页文档比电子方式便宜；

（2）收到的纸面信息可归档供参考。

2. 缺点

（1）邮件要封装、贴邮票、送到邮局，花费精力大；

（2）比电子邮件发送速度慢；

（3）邮件可能丢失或错投。

二、信息传递的方法

秘书应根据信息的形式、类型、使用目的及信息接收者的不同，选择有效的信息传递方法。

（一）语言传递

人们将信息转化成语言传递给信息接受者，多用于企业内部传递信息。具体形式有对话、座谈、讲座、会议、录音、技术交流等。

1. 优点

（1）简洁、直接、快速；

（2）较少受场合地点的限制；

（3）信息反馈及时。

2. 缺点

（1）获得信息零乱；

（2）对信息接受者来说信息较难储存。

（二）文字传递

人们将信息转换成文字、符号、图像传递给信息接受者。这种方式可以避免信息失真变形，实现远距离多次传递，便于利用和存储。企业文字传递信息的主要表现形式是文本、表格、图表等。秘书可利用这几种形式编发各种信息简报、报告、统计报表及市场信息快报等传递信息。

1. 文本

文本是大多数信息的传递形式。为了增强文本的影响力和清晰度，可以运用一些文字处理技巧：

（1）对标题和重点内容加粗字体或画重点线；

（2）对各要点加上序号和符号；

（3）使用艺术字；

（4）使用文本框，突出部分文本；

（5）使用不同字体和字号显示信息。

2. 表格

表格是用于对特定的、标准的信息进行展示的。在表格中系统地排列信息，更加直观。运用表格传递信息要做到：有完整的标题；信息简明；标明信息来源。

表格应体现一定的目的，按逻辑顺序布局，易于填写，做到：尽量精简文字，留出足够写空间。如表 3-3 所示。

表 3-3　收到邮件登记表

收到日期	投递方式	收件人	来 自	签 名	备 注

3. 图表

统计信息以图表的形式传递,更易表达和理解。基本的图表有柱状图、饼状图、折线图,使用何种图表取决于传递信息的类型。

（1）柱状图

柱状图中的信息用坚实的柱子标示,多用于统计数字的比较,容易理解。如每季度的产品销量、每月的电话费、一年来的销售量比较。如图 3-1 所示。

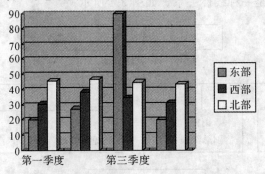

图 3-1　霓裳公司 2007 年每季度服装销售额

（2）饼状图

饼状图是用圆环的形式来展示信息,其中的圆环被分成几个区域,每个区域信息在整体中占一定百分比。饼状图传递信息应做到:标题完整;每一区域用不同的颜色或阴影表示;按比例划分每一区域;注明信息来源。用于表示整体内各部分之间的比较。如表示各地区的销售量分别在整体中占的比例。如图 3-2 所示。

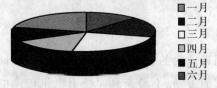

图 3-2　花容公司 2007 年 1—6 月的化妆品销售量分别在整体中占的比例

（3）框图

框图是用图解的形式来表示信息。

（4）流程图

流程图以简单直观的图解表示做某项工作的程序,用于分析任务的逻辑进程。

任务用方框表示,用箭头连接,箭头表示信息或任务的流向。如图 3-3 所示。

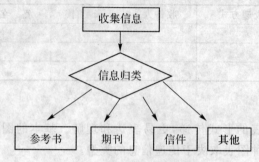

图 3-3　信息处理流程图

(5)组织图

组织图显示的是一种线性关系。如图 3-4 所示。

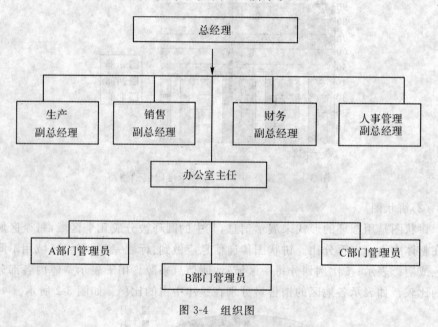

图 3-4　组织图

(三)电讯传递

电讯传递是指利用现代化的通讯手段传递信息的一种方式。传递信息量大、速度快、效果好、抗干扰能力强、不易失真。秘书电讯传递的途径有电话、传真、电子邮件等。

1. 电话

电话用来交换口头信息。

(1)优点

①传递信息快捷;

②双方能沟通交换信息；

③从电话中的语调能判断对方的态度和反应。

（2）缺点

①电话传递没有书面证据，信息可能被误解；

②如果是长途电话或打电话时间长，费用高。

2. 传真

传真是通过电话线传送书面信息，能用于客户信息、会议信息、紧急信息、订购货物信息等的传递。

（1）优点

①传递信息速度快；

②能接收和发送手写、打字、打印的文本和图形信息；

③传递不受时间的限制。

（2）缺点

①难以保证信息的机密性；

②只能发送给有传真机的单位。

3. 电子邮件

电子邮件是计算机之间发送信息的系统。信息可以键入或扫描录入，通过邮箱系统发送。

（1）优点

①传递信息迅速；

②可减少用纸及发送纸面邮件的费用；

③信息能同时发送给多个邮箱；

④能发送图表、照片等各种类型信息；

⑤使用密码能维护信息的安全和机密。

（2）缺点

①由于发送信息容易，导致信息量大，易被淹没在电子邮件中；

②收件人必须有兼容的设备；

③有效地发送电子邮件需计算机培训。

4. 可视化辅助传递

可视化辅助传递用来帮助理解工作任务和信息，可用于消防、安全布告及出口标志等。

（1）影像

利用摄影和录像技术传递信息，能形象地表示信息，具有真实性、直观性和感染力，具有其他信息传递方法达不到的效果。如制作录像带介绍产品性能、推销产品、宣传企业的服务、安全培训等。

（2）投影

投影用于演示信息,将信息投影到屏幕上,引起人们对信息内容的关注。投影能体现专业化的演示水平,文字要大,字数要少,显示清晰。

（3）展示架

展示架包括展板和架子,用于展示信息。

（4）展示或示范

展示产品实物;演示实际操作。

（5）布告栏

布告栏用于张贴通知或布告等,通常将信息用图片和大号字体记载于大纸张上展示。

◎ 知识链接

一、信息传递的意义

1. 信息只有经过传递才能实现其价值。信息本身所具有的价值叫做潜在价值;信息实际发挥出来的作用,叫做实用价值。信息传递是将信息的潜在价值转化为实用价值的重要环节。不经过传递,无论信息的潜在价值有多大,也不能发挥作用,也就无法实现其实用价值。

2. 信息只有经过传递,才能成为领导决策的依据、组织指挥的前提、管理控制的基础。为各级领导把握全局、科学决策和实施领导提供及时、准确、全面的信息,是调查研究与信息工作的根本目的。领导机关在进行决策、计划、组织、控制、指挥的管理过程中的每一个环节,都离不开信息,离不开信息的传递。

3. 信息的传递是调查研究与信息工作的一个重要环节。人们收集、加工整理信息的目的不是为了收藏,而是为了利用。从整个调查研究与信息工作来看,如果信息不传递,信息的收集和加工整理工作,就成为无效的劳动。信息只有经过传递,才能变为实际利用的资源和现实财富。传递速度越快,范围越广泛,实现的财富也就越多,取得的经济效益和社会效益也就越大。

二、信息传递的方向

（一）信息的内向传递

信息的内向传递是指为了进行协调和合作,企业内部之间进行信息交流。通常用于:传递本单位当前工作的重要安排和部署信息、工作进展情况信息;了解员工对本单位工作的看法;了解公众对企业产品质量、销售情况和售后服务等方面的意见及社会各个方面发展的情况的信息,并将这些信息或意见进行传递。信息内向传递的目的是为了达到单位内部、单位与公众之间的相互理解以及单位与社会发展的协调一致。

（二）信息的外向传递

信息的外向传递是指秘书在日常工作中有效地利用各种媒介传递信息。如通过印刷媒介类的报刊、书籍、宣传材料和电子媒介类的广播、电视等向公众传递信息。宣传企业的经营政策、业务进展、产品销售情况，树立企业的形象，增进社会公众对企业产品及服务的了解和认可。

三、信息传递的要素

信息传递必须具备三个要素，即信源、信道、信宿。

（一）信源

信源即信息的来源，分为原生源和再生源。前者生成的信息以原始信息形式直接进入传递；而后者是指收集、加工后以二次信息的形式进入传递。

（二）信道

信道是信息传递的通道，包括信息传递的媒介和运行方式。

（三）信宿

信宿是信息传递的终点，包括接受信息和利用信息。

四、信息传递的要求

秘书机构提供信息服务，必须符合下列要求。

（一）针对性

针对性即针对不同层次的服务对象、不同时期的工作重心，提供不同内容的信息，以满足各级领导的信息需求。秘书人员要善于把握领导需求，紧贴时代脉搏，掌握基层实际，把领导需要了解和需要领导了解的信息捕捉到、采编好，及时上报。

（二）多样性

多样性，即秘书为领导机关提供的信息，在内容上要有多样性，不能过于单一；在形式上也要有多样性，不能千篇一律。

（三）适时性

适时性，即把握领导者对信息需求的火候，适时提供领导者正需要的信息，犹如雪中送炭、雨中送伞那样适时。

（四）保密性

有些信息在一定的时间内需要保密，秘书在提供信息时必须遵守保密原则，做到上下有别、内外有别，不该传的信息绝对不传，防止信息泄密。

◎ 注意事项

一、区别对象按需传递信息

信息传递要区别对象，高层次决策者需要综合性和预测性的信息，基层管理者则主要需要具体的业务信息。秘书要针对不同对象的不同需求提供信息，因人、因事而异,提高信息的利用效率。

二、做好例行信息的传递工作

信息工作是秘书日常工作的重要组成部分,信息的上承下达都要经过秘书,秘书应做好信息的传输和接收工作。如每天转交当天的邮件、信函,汇报前一天交办事项的执行情况;定期编写内部资料,发布有关信息;定期的例行会议上沟通情况、传递信息。

三、加强非例行的信息传递工作

决策者及有关人员、部门在工作中急需某些信息时,秘书要及时收集有关信息进行传递。如经理要出国与一家公司进行商业谈判之前,秘书应提供有关这家公司的背景材料以及所属国家的社会文化习俗等信息。

秘书从其收集到的信息中发现重要情况时要立即传递信息,如本企业所用原料的国际价格即将上涨;公司发行的股票突然被人大量收进;由本公司独占的产品市场,突然出现某境外公司企图涉足的迹象。秘书一旦接收到这类信息,必须迅速向决策者或有关部门传递。

四、运用现代化信息传递方式

秘书应当发挥现代化的信息交流技术在信息传递中的作用,利用全球联网的电话、电视和数据传递网络、光盘和新的多媒体技术等传递信息。弥补目前在获得信息方面存在的地理、社会和经济上的差距,使信息产生更大的社会效益和经济效益。

第三节　信息存储

◎ 学习目标

本节内容能力要求较高,应采取理论与实践相结合的教学方法。通过模拟仿真操练,使学生掌握运用各种存档装具与设备系统储存信息,并提高及时迅速检索的能力。

◎ 案例分析

秘书张维丽在报纸上看到一条消息:在国新办发布会上,人力资源和社会保障部部长在回答本报提问时说,农民工养老保险办法和城镇职工养老保险转移接续办法,目前都已有初稿,争取能在今年底或明年初推出。部长透露:方案给农民工两种选择,在异地比较稳定就业而且长期居住在工作地的,可以选择城镇企业职工的养老保险。对流动性较强的农民工,就是在单位和个人缴费比例上都要减少,而单位和个人的缴费大部分计入个人账户,可以携带、转移。张维丽想到公司里也用了一些农民工,觉得这是一条有用的消息。连忙将登有该条信息的报纸保存起来,并拿出信息登记簿登记下来。

[分析]

秘书在办公室工作,每天都会通过各种途径接触到各种信息,只要做个有心人,随时记录、收藏、存储,日积月累,就能为自己的工作提供可靠的依据。张维丽注意了信息的保存和登记,这是信息的存储方法。信息存储的方法和过程都有许多学问值得学习。

◎ **理论知识**

一、信息存储的方式

(一)手工存储

所有单位都有纸面记录,需要排序和存储,通常是手工保存在办公室的文件夹或文件柜中。手工存储也可用于存储计算机信息,如磁盘、光盘。

1. 组成手工存储包括信息原价存储和目录、索引存储两方面。

(1)信息原价存储

信息原价存储指文字材料、录音带、录像带、胶卷底片等的存储。

(2)目录、索引存储

对于大量的信息材料,秘书应当另外编制目录或索引卡,与原始信息一并存储,以便检索利用。索引卡是一种厚纸板,可立于文件柜中,隔开文件夹,起到分类作用。索引卡分为有洞和无洞两种。有洞的,可穿在文件柜中的挂钩上,使之不易失落,而分类的顺序也不致弄乱。但若文件柜没有挂钩,就必须用下方无洞的索引卡才整齐。

2. 优缺点

(1)优点

①信息便于利用;

②一旦找到信息能直接阅读;

③存储设备便宜。

(2)缺点

①文件夹、文件柜占用空间大;

②文件可能受到火、潮湿、蛀虫的破坏;

③一旦信息存放排列有误,会给信息查找带来麻烦。

(二)计算机存储

随着计算机技术的广泛应用,秘书可将信息资料制成软件,存储在软盘、光盘或其他电子介质中。以数据库、电子表格、文字处理或其他应用程序的形式形成的信息能以计算机存储保存,例如软盘、硬盘、网络位置、CD-ROM、磁带。无论使用哪一种方法,都应定期备份,并将备份另行存放。

1. 优点

(1)计算机存储的信息量大;

(2)可以节省存储空间;

(3)信息容易编辑或更新;

(4)保存在网络系统的信息,能迅速查找。

2. 缺点

(1)要懂计算机操作;

(2)需要昂贵的设备;

(3)信息能被病毒破坏;

(4)由于软件和系统的提高和升级,长期存储可能成为问题。

(三)电子化存储

电子化存储是新的存储系统领域,称为电子文档管理系统。所有文档存储在CD-WROM(光盘——一次写入,多次读出)盘上。纸面的文档被扫描,而且计算机文档保存在 CD-WROM 盘上。保存的信息能由计算机系统索引,并能以各种方式查找。

1. 优点

(1)电子化存储节省空间;

(2)容易制作备份;

(3)保存在网络系统上的信息能直接由用户从他们的计算机上访问;

(4)查找文件更容易。

2. 缺点

(1)设备昂贵;

(2)查找的质量和使用的程度取决于系统初始设置;

(3)要懂操作知识。

(四)缩微胶片存储

缩微胶片是用照相方法记录保存信息资料。每片缩微胶片尺寸很小,并占用很少的空间。缩微胶片需要使用阅读机显示。一些计算机系统能输出最终文档直接到缩微胶片上,避免了手工存储打印文档,可用在大量标准化文档需要存储时。

1. 优点

(1)节省空间;

(2)减少对纸面文档的需求,节省存储设备费用;

(3)没有必要保留书面备份。

2. 缺点

(1)照相和阅读胶片需要昂贵的设备；

(2)缩微胶片需要加标签、制作索引和排序；

(3)缩微胶片图像的质量会随时间推移而下降；

(4)缩微胶片存储需要如下设备：照相机由原始文档制作底片；阅读机底片上的文档图像非常小，需借助阅读机浏览；打印机有时需要底片上信息的纸面拷贝，这就需要特殊的打印机来制作拷贝；打印—阅读机是一种综合阅读机和打印机功能的设备。

二、信息存储的步骤

信息存储是一个不断积累和规范化、科学化的过程，主要由登记、编码、存放排列、保管等工作环节构成。

（一）登记

登记即建立信息的完整记录，系统地反映存储情况，便于查找和利用。

信息资料的登记分为总括登记和个别登记。总括登记就是对存储信息按批分类登记，一般只登记存入册数、种类及总量等，反映存储信息资料的全貌。个别登记是按信息存储的顺序逐件登记，是对每一类、每一份、每一册信息资料的详细记录，便于掌握各类信息资料的具体情况。登记的形式有簿册式、卡片式，可视具体情况灵活运用。

（二）编码

为了便于信息资料的管理和使用，适应电子计算机处理的要求，对登记储存的信息资料要进行科学的编码，使之科学化、系列化。

信息资料的编码结构应表示出信息资料的组成方式及其相互关系，一般由字符（字母或数字）组成基本数码，再由基本数码结合成为组合数据。

1. 信息资料编码的一般步骤

(1)分析所有预编码的信息资料；

(2)选择最佳的编码方式；

(3)确定数码的位数。

2. 信息资料编码方式

(1)顺序编码法

顺序编码法按信息发生的先后顺序或规定一个统一的标准编码，用于不很重要或无需分类的信息资料的储存。可按数字、字母、内容（如政治、经济、科技、文教……）的顺序排列编号。

(2)分组编号法

分组编号法利用十进位阿拉伯数字，按后续数字来分别信息的大、小类，进行单独的编码。运用这种方法，所有项目都要有同样多的数码个数，左边数码表示大类,而向右排列的每一个数码,则标志着更细的小类。

例如:

1000——市场信息资料;

1100——市场纺织品信息资料;

1110——市场化纤品信息资料;

1111——市场涤纶销售信息。

(三)存放排列

经过科学编码的信息资料还需有序存放排列。常用的排列方法有以下四种。

1. 时序排列法

时序排列法按照接收到的信息的时间先后顺序排列,也是按信息登记号先后顺序排列,适用于信息资料不多、服务对象比较单纯的单位。

2. 来源排列法

来源排列法按信息来源的地区或部门,结合时间顺序,依次排列,便于查找信息源。

3. 内容排列法

内容排列法按信息资料所反映的内容分类排列,可依据信息资料分类号码的大小排列。

4. 字顺排列法

字顺排列法按信息资料的名称字顺排列。

(四)保管

保管是信息的保护和管理,关系到信息的安全、完整和使用寿命。保管中应防止信息资料的污损和丢失,实施科学保管。要及时剔除失去保存价值的信息资料和卡片,建立查阅、保管制度等。

信息的保管主要包括:

1. 防损坏,如防火、防潮、防高温、防虫害等;

2. 防失密、泄密、盗窃等;

3. 定期或不定期地进行清点,发现存储中的问题,提高管理水平;

4. 及时存储、更新,不断扩充新的信息。

三、信息存储装具与设备

信息存储装具与设备有多种,应根据需要和客观条件选择,以便于保管和利用。

(一)文件夹

文件夹为折叠式的,在它的脊背及封面可写上所夹信息资料的名称或类别。常用文件夹有以下几种。

1. 扁平方形文件夹

扁平方形文件夹,即简单折叠的卡片。

(1)优点:使用简单,费用低,宜存储于悬挂式信息系统。

(2)缺点:纸页不固定,不能保持一定顺序。

(3)适用范围:存储临时使用的几页纸。

2. 普通文件夹

(1)优点:存储纸张、文档的规格不固定,易于使用,宜存储于悬挂式信息系统。

(2)缺点:纸张松散,容易变得没有秩序。

(3)适用范围:存储散页、传单;各种规格纸张、不同厚度文档;临时使用文件。

3. 扁平文件夹

扁平文件夹带有金属形物和压缩条,采用不同类型的金属固定方式。纸先穿孔,然后放置在金属叉中;压缩条放置在纸上面保持纸张固定。

(1)优点:保持纸张按正确顺序排列、固定,宜存储在悬挂式信息系统。

(2)缺点:存储费事,存储文件不宜太厚,取出纸页不方便。

(3)适用范围:存储不太厚的文档。

4. 展示文件夹

展示文件夹是高质量文件夹,往往预先在其上打印公司标志和信息。

(1)优点:高质量展示信息,体现公司良好形象。

(2)缺点:费用高,文件不固定,容易无序,不宜日常信息的存储。

(3)适用范围:会议上展示信息材料;向客户展示信息材料等。

5. 环形文件夹

环形文件夹是指带有圆环的文件夹,用于存储穿孔的文件。

(1)优点:文件固定,能保持文档的顺序,单个文件容易取出。

(2)缺点:存储前纸张要打孔。

(3)适用范围:存储常用的文档。

6. 拉杆拱形文件夹

拉杆拱形文件夹带有金属拱形物和夹子。

(1)优点:结实,存储量大,信息固定。

(2)缺点:体积大,占空间,不宜存储于悬挂式信息系统。

(3)适用范围:存储量大的文档,如订购单等。

(二)文件盒

1. 优点:结实,能保持信息材料的清洁。

2. 缺点:体积大,占用空间,不宜存储于悬挂式信息系统。

3. 适用范围:用于不穿孔的文档;存储传单、手册等;存储需长期保存的信息材料。

（三）文件袋

1. 优点：保持信息材料清洁，信息材料可以在以后转移到文件盒或文件夹中。

2. 缺点：信息容易无序。

3. 适应范围：用于当前使用的文档。

（四）文件柜、架

1. 直式文件柜

直式文件柜由一至多个抽屉叠放组成。每年抽屉要贴标签，指示其中文件的内容；要有目录卡，以利于迅速查阅。有的单位在直式文件柜中，使用悬挂式文件夹。悬挂式文件夹有较大的伸展性，有突出的指引卡，可以容纳更多数量的文件。悬挂式文件夹的两侧有挂钩，可以挂在文件柜上，指引卡一般放在方便且明显的地方。

2. 横式文件柜

横式文件柜一般抽屉较少、规格较大，其性质和功能与直式文件柜相同。它长的一边沿墙排，抽屉能向操作者伸出大约 25cm。放在横式文件柜里的文件夹，其正面朝着抽屉的左侧，侧面正对着使用者。横式文件柜的后架可以往前、往后移，操作灵活方便。

3. 敞开式资料架

用敞开式资料架存放信息，能够节省存储空间，便于迅速查阅信息，但敞口大，案卷容易堆积灰尘，查找存放在高处的案卷不太方便，资料架储存适用于有空调、有空气过滤器的办公场所，并要加强对温湿度的控制，保持清洁，防止灰尘堆积，以保证储存设备的正常使用。

4. 卡片式储存柜

有些文件信息可以保存在各种尺寸的卡片储存柜内。卡片式储存可以放置各种规格的卡片，也可隔成不同的宽度，存放若干排卡片。新式的卡片式储存柜装有自动检索装置，能进行信息自动检索。

5. 显露式文件柜

显露式文件柜配有小抽屉，用以放置打印得十分详细的资料目录卡，目录卡仅露出每张卡片的识别端。这些文件柜通常叠层放置，每个抽屉由一个金属盖盖住一部分，这个金属盖有助于使资料平置。通过查阅每一张卡片，人们可以容易地找到所需要的资料。这种文件柜可以用作索引储存器，这种索引用以指明其他资料的存放位置。

四、信息存储管理系统

为了做好信息工作，更好地发挥信息的作用，要建立适合本单位工作特性的信息系统。在一个公司或企业中，既可集中立档，也可分散立档，还可建立计算机信息管理系统。无论建立哪种信息系统，都应做到：便于存放和查询；文件柜大小合适,适当存放各种文件;编目必须简洁清晰,易于查找及归档。

（一）信息集中管理系统

信息集中管理系统就是将所有类型的信息都集中在一起存放管理,在公司或企业中建立一个完整的、标准的信息系统,建立高效率的信息服务体系和案卷借调系统。建立信息集中管理系统也是具有两面性的。

1. 优点

（1）便于实现科学化、现代化管理,使用起来具有整体性;

（2）能有效利用存储空间;

（3）专人负责存储和检索,可以减少各部门内信息的重复存储,保证质量;

（4）能使用标准化的分类系统,实施有序的存储检索。

2. 缺点

（1）具有庞大的分类和编目系统,在归档和查阅时会带来一定的麻烦;

（2）利用信息不如在自己办公室方便;

（3）标准化的分类体系不便于满足各部门的特殊需求。

（二）信息分散管理系统

信息分散管理系统是指所有信息都由单位内各个部门分别保管,查阅方便。

采用信息分散管理系统,各部门信息管理方式有很大的灵活性和专门性,可根据实际情况采用最适合本部门信息特点的立档方式。有些部门可采用分专题的立档方式,而有些部门则采用分地区的立档方式。销售部门可按客户立档,供应部门则可按原材料的产地、种类立档。

1. 优点

（1）部门信息可自行分类编目;

（2）由于内容相对单一,使用起来简洁方便;

（3）规模不太大,易于管理;

（4）适于保管机密文件;

（5）能发挥各部门员工熟悉本部门业务的优势,提高文档质量;

（6）可根据各部门的名称建立一套字母编号,供各部门在来往文件和案卷标题中使用。

2. 缺点

（1）不利于建立统一的分类体系;

（2）不利于信息的综合管理与利用。

（三）信息计算机辅助管理系统

随着社会信息化和办公自动化的发展,很多单位的文件在计算机上产生,在网上处理、传递文件,电子文件大量产生,运用计算机进行信息管理势在必行。信息计算机辅助管理系统是用计算机对信息编目、整理、检索、利用和保管等工作进行辅助管理,是用计算机进行数据处理,管理模式建立在手工管理的基础上。

有些企业,集中系统、分散系统两种管理系统综合使用。机密文档和人事文档在人事部门归档;日常信息或文档在部门内分类存放,一定时期后送中心系统集中归档。

信息计算机辅助管理系统的功能有:

(1)利用扫描技术将信息数字化;

(2)将二次文献信息录入计算机内;

(3)信息数据的加工处理、存储和管理;

(4)信息数据的统计;

(5)信息目录或全文的检索;

(6)根据需要快捷传递信息,提供利用服务,实现信息资源共享。

目前比较理想的信息系统应该是充分利用计算机在各部门立档的基础上,再建立一个有联网功能的集中信息系统。

◎ 知识链接

一、信息存储的意义

信息存储是指秘书机构和秘书人员将有查考实用价值的信息资料经过整理后,以一定的方式保存下来,便于以后使用。信息存储是信息工作的一个重要环节,其意义如下。

(一)有利于充分利用信息资源

信息是一种特殊的资源,信息发挥作用往往具有长期性和连续性。这个特点决定了信息存储的重要性和必要性。对各级领导机关来说,长期地、系统地、完整地提供信息资料,进行分析、比较和科学预测,这是正确进行科学决策所必需的前提条件。因此,秘书部门必须重视信息储存和随时利用信息资料,以充分发挥它的作用。

(二)有利于开发深层次的信息

秘书部门对某些暂不以加工处理的初级信息或信息资料进行有意识、有目的的存储、积累,大量详尽地占有资料,并注意分析资料,随着资料的增多,进行开拓性思维,从而消化资料,酝酿观点,是资料的积累过程,同时也成为思想的积累过程。这样,到了一定程度,即可实现"长期积累,偶然得之"的思想生化突破,在短时间内归纳几个精彩的观点,迸发出灿烂的思想火花,开发出能够揭示事物发展规律的、深层次信息。由此可见,信息存储有利于开发深层次信息。

(三)有利于提高秘书工作效率

秘书平时存储的信息,已经是经过筛选、加工、整理过的有系统的信息,一旦需要,就可迅速提供。这就克服了秘书工作的忙乱状态,能够及时、准确地利用信息为领导工作服务,从而提高秘书工作效率。秘书部门存储的信息一般具有可行性、完整性、系统性,因而能够对信息利用者起到参谋、咨询和顾问的作用,充分发挥信息工作的参谋助手作用。

信息存储能够不断丰富信息资源,利于集中管理信息资料,使信息的查找方便、迅速,减少信息的无序存放和丢失,实现信息资源共享。

二、信息存储的特性

(一)价值性

要选择有使用价值的信息存储,降低人力、财力、物力的消耗,提高信息工作质量。

(二)时效性

要按信息内容确定存储期,已过期的信息要及时进行调整和清理。

(三)科学性

信息存储的科学性包括:采用现代化手段存储;对信息进行科学分类存储;运用科学的保管方式等,防止信息的损坏、失密。

(四)方便性

存储信息一定要注意满足检索方便、输出迅速、使用及时的需要,要保证信息存储的系统性和完整性,便于利用。

三、信息存储的载体

(一)纸质载体

目前,大部分信息是以纸质形态出现的。因为纸张是具有悠久使用历史的记录材料,具有记载和阅读方便自然的特点,纸质文件比磁性或者其他媒体的存档程序相对更具标准化。纸质文件信息依然是办公室的主角,是目前使用最多的存储载体。

(二)硬盘

硬盘是计算机系统中最常用的外存储器,是典型的磁表面存储器。

1. 优点

①存储容量大、存取速度快、传输率高;

②可靠性高,不易受周围环境影响,工作稳定性好。

2. 缺点

①内置式硬磁盘不易拆卸,不易脱机保存;

②不宜用于保存长久性文件;

③不宜用作归档文件的存储介质。

另一种便于拆卸的活动硬盘,它的体积小、容量大,可以作为文件存储介质。

(三)磁带

磁带是最早出现的磁存储载体。磁带是一种磁性带状存储介质,一般缠绕于轴上放入盒中,称为盒式磁带。

磁带作为存储载体宜用在:数据存储按顺序进行处理,并且在每次处理过程中几乎对文件的全部记录都要读取;数据存储量大而读取次数较少;作硬磁盘的备份载体,特别是在网络环境下,为保护数据而进行备份的载体。

1. 优点

①磁带可脱机保存;

②比软盘存储容量大;

③磁带是串行记录,存取速度慢。

2. 缺点

①磁带是接触式工作,易使磁带、磁头磨损;

②使用磁带存储文件;

③信息需要配置相应的磁带机。

(四)光盘

光盘具有存储容量大、可靠性高、保存信息时间长、存取速度快、单位成本低,应用范围广等特点。光盘可以将文字、图像、声音等信息融为一体,这使得客观世界的记录与再现更加接近人们的直接感受。因此,光盘研究在人工模拟、多媒体信息存储与检索、多媒体电子图书等领域显示出了广阔的应用前景。

光盘已成为世界范围内十分普及的一种信息载体。光盘既可以用来记录图像和声音,又可以用来记录文字,甚至可以将不同形式的信息同时记录在一张光盘上,成为目前最理想的多媒体存储介质。

从记录信息的性能上分,光盘有只读式光盘、一次写入式光盘和可擦式光盘三种。

1. 只读式光盘

制作者一次性写入信息后只能供使用者读出信息而不能追加记录或擦除信息。

2. 一次写入式光盘

一次写入式光盘具有随录随放的功能,用户可以根据自己的需要记录信息,但信息一经写入就不能擦除。这种不可逆式的记录介质适合于存储终结性文件,可有效地保持文件的原始性,因此可作为电子档案的存储介质。

3. 可擦式光盘

可擦式光盘具有与磁盘相似的功能,信息能随录随放,可供使用者多次写入、擦除和重新写入信息。这种可逆式光盘特别适合需要经常更新内容的信息的存储,可用于存储需要更改的文件,一般不宜作为电子档案的存储介质。

用光盘作为计算机的外存储设备须配置光盘机。

(五)缩微品

缩微胶卷和缩微胶片也是信息存储的形式之一。它是利用专门的光电摄录装置,把以纸张为载体的信息或机读文件按照一定的缩小比例拍摄在感光材料上,制成缩微复制品。目前,信息缩微化的形式有缩微摄影、激光全息超缩微摄影等,信息经过缩微化的处理,使信息存储密度大大提高。

四、信息存储的要求

秘书机构的信息存储,应当符合下列要求。

(一)认真筛选

秘书部门存储起来的信息,必须是经认真筛选过的、对今后领导工作有参考价值的信息,而不是什么信息都存储,"拣到篮子里的都是菜"。这就要求秘书在信息存储前必须从大量的原始信息中认真筛选,注意把那些具有政策性、指导性、普遍性、倾向性、苗头性、预测性的信息筛选出来,存储起来。筛选信息要求秘书人员具有敏锐的信息意识,主要包括:信息鲜度意识,即能从大量信息中识别出新鲜的信息,如新思想、新动向、新事物、新经验、新问题;信息价值意识,即在筛选信息时,能发现和判断出信息本身所具有的现实价值以及它所隐含的潜在价值;时效意识,即能准确判断出信息价值的时效性,尽量把那些具有长期效用的信息筛选出来,存储起来,淘汰那些过时的、短效的信息。

(二)科学分类

秘书对存储的信息必须进行科学分类,以利于立卷归档,检索方便。分类的方法很多,按信息载体分,可分为文书载体信息和电磁载体信息;按信息形成的时态分,可分为当前信息、历史信息和预测信息;按信息的层次分,可分为初级信息和高级信息;按信息的内容分,可分为政治信息、经济信息、军事信息、科技信息、文化信息、教育信息、管理信息、治安信息等;按信息的范围分,可分为内部信息、外部信息、国际信息等;按信息的强制力分,可分为规范信息和非规范信息。规范信息也可叫政策法规信息,它具有很大的强制力;此外都属于不具有强制力的非规范信息。各单位还可根据各自的实际情况,对信息进行科学分类,没有一成不变的分类模式。

(三)系统完整

秘书部门存储起来的信息必须保持系统性和完整性,才能使其具有分析研究和利用的价值。所谓系统性,是指所存储的各类信息都能系统、全面、成套,相互之间保持有机的联系,能够全面反映出一定时期的历史面貌;所谓完整,是指各种信息所反映的内容必须完整无缺,把每件事情的来龙去脉讲得清清楚楚、明明白白,力求能反映一件事情的全过程,而不是残缺不全,否则就会失去它的应用价值。要做到系统完整,秘书人员必须用系统论思想指导信息存储工作,统筹兼顾,既要注意存储能把领导工作引向深入的纵向信息,又要注意存储与领导工作密切相关的横向信息。对进入存储的信息进行分类、鉴别、比较、分析和补充,使之保持系统和完整,为以后进行分析、综合与利用创造条件。

（四）坚持不懈

秘书存储信息的过程，也是积累信息和思想的过程，它是一项长期的、艰苦的工作，需要秘书人员具有不急不躁、不怕麻烦、耐心细致、坚持不懈的精神。因此，秘书积累信息和存储信息，不能"三天打鱼，两天晒网"，必须长期坚持，保持不间断。只有这样，才能建立起系统完整的信息资料库。

（五）便于检索

信息存储的目的在于信息利用，因此，秘书存储信息时必须符合便于使用者检索的要求，信息存储的方式必须服从这个要求。在以实现信息存储自动化的秘书部门，应按照标注主题词的方法存储各类信息，以便于提高信息检索效率。尚未实现信息存储自动化的秘书部门，应对存储的信息进行科学分类、编目，按照文书立卷的方法，立卷归档，以利于检索。对于以音像制品为载体的各类信息的存储，也应进行合理分类、标目、编号，为信息用户提供方便。

◎ **注意事项**

计算机存储应采取必要的保护措施：

(1)制作备份；

(2)重要信息应制作书面备份；

(3)磁盘存放在磁盘盒中；

(4)给磁盘贴上标签以识别内容；

(5)保证磁盘不放在任何磁性物旁边；

(6)保证访问磁盘信息时，需要密码；

(7)不使用外来的磁盘，防止带来病毒。

◎ **本章小结**

信息处理的方法主要包括系统整理、有效传递和有序存储等。信息系统整理是指对信息进行分类、鉴别、选择、消除信息资料中不真实因素的方法。信息有效传递的形式有信件、备忘录、通知或告示等七种；信息的传递可以使用语言、文字或电讯的方法。信息的有效存储指的是采用现代化的手段，将有价值的信息系统完整地保存，便于利用。

【关键概念】 信息整理 信息传递 信息存储 信息处理 信息资料 信息处理流程

◎ 思考和训练

一、填空题

1. 信息整理是决定信息_____的关键环节。

2. 信息整理的目的是把_____变换成为便于使用的信息。

3. 字母分类法是按照字母的_____分类。

4. 信息资料的编写是信息整理的_____程序。

5. 信息存储是一个不断积累和_____过程。

6. 缩微胶片是用_____记录保存信息资料。

7. _____是指为了进行协调和合作,企业内部之间进行信息交流。

8. 信息只有经过_____才能实现其价值。

9. 信息的传递是调查研究与_____的一个重要环节。

10. _____是指信息的来源,分为原生源和再生源。

二、选择题(每题有一个或多个正确答案)

1. 信息分类的方法有　　　　　　　　　　　　　　　　　　　　（　　）

A. 时间分类法　　　　B. 数字分类法　　　　C. 字母分类法

D. 人物分类法　　　　E. 事件分类法

2. 筛选信息要看来源,一般来说上级形成的信息带有　　　　　　（　　）

A. 重要性　　　　　　B. 全局性　　　　　　C. 综合性

D. 权威性　　　　　　E. 指导性

3. 决定信息取舍要注意的是　　　　　　　　　　　　　　　　　（　　）

A. 注意典型性　　　　B. 富有新意　　　　　C. 突出主题思想

D. 能反映事物特点　　E. 重视宣传性

4. 秘书工作信息传递的主要方法有　　　　　　　　　　　　　　（　　）

A. 语言传递　　　　　B. 文字传递　　　　　C. 电信传递

D. 可视化辅助传递　　E. 电脑传递

5. 信息传递必须具备的要素是　　　　　　　　　　　　　　　　（　　）

A. 信源　　　　B. 信点　　　　C. 信道　　　　D. 信件　　　　E. 信函

6. 信息储存主要有以下几个工作环节　　　　　　　　　　　　　（　　）

A. 登记　　　　B. 编码　　　　C. 归类　　　　D. 保管　　　　E. 整理

7. 信息资料编码的方法有　　　　　　　　　　　　　　　　　　（　　）

A. 分类编号法　　　　　　　　　B. 分组编号法

C. 顺序编码法　　　　　　　D. 字母编码法

E. 拼音编码法

8. 信息资料存放常用的排列方法有　　　　　　　　　　（　　）

A. 时序排列法　　　　　　　B. 来源排列法

C. 内容排列法　　　　　　　D. 先后排列法

E. 人物排列法

9. 计算机存储应采取必要的保护措施有　　　　　　　　（　　）

A. 制作备份　　　　　　　　B. 重要信息应制作书面备份

C. 磁盘存放在磁盘盒中　　　D. 给磁盘贴上标签以识别内容

E. 保证磁盘不放在任何磁性物旁边

10. 秘书机构的信息存储应当符合的要求有　　　　　　　（　　）

A. 认真筛选　　　　　　B. 科学分类　　　　　　C. 系统完整

D. 坚持不懈　　　　　　E. 便于检索

三、简答题

1. 简述信息整理、信息传递、信息存储的含义。

2. 简述信息整理的方法。

3. 简述信息传递的基本形式。

4. 简述信息存储的特征。

四、论述题

1. 分析比较信息分类方法的优缺点。

2. 分析比较信息存储方式的优缺点。

五、实务题

背景说明:你是天津吉利公司行政秘书刘德华,下面是办公室主任孙晓阳需要你完成的工作任务。

备忘录
发给:行政秘书刘德华
发自:办公室主任　孙晓阳
日期:2010 年 1 月 15 日
主题:请你将信息存储的载体有哪些收集整理一下,并于明日上午九点前用备忘录的形式放到我办公桌上。

便　条

刘德华：

　　我公司准备组织一次办公室人员信息工作培训班，请你将信息存储有什么意义收集整理好，于今天下班前交给我。

办公室主任　孙晓阳

2010 年 1 月 8 日

便　条

刘德华：

　　请你帮我收集信息计算机辅助管理系统的功能有哪些；并整理好于明天下班交给我。

办公室主任　孙晓阳

2010 年 1 月 20 日

六、技能训练

　　背景说明：你是刚应聘进入上海美地公司行政办公室的秘书李霞丽，下面是行政办公室主任钱耀铭布置给你的几项任务。

　　1. 前任秘书对信息工作不大了解，常常把公司活动中形成的信息材料往文件柜中一放了事，几年下来已经塞满了好几个柜子了。下周公司将派人前来整理、筛选这些信息材料，请你为他们提供一份信息分类的标准、一份信息资料存放要求。

　　2. 请你选择合适的方法尽快通知 5 位分公司经理明天下午到公司总部开会，并将本公司 CIS 设计说明和一份需要保密的文件迅速传递过去，注意信息传递的基本要求。

第四章　信息利用

◎ **技能要求**

- 进行信息的开发
- 进行信息的利用服务
- 利用信息反馈指导工作

◎ **知识要求**

- 信息开发的基本知识
- 信息利用服务的基本知识
- 信息反馈的目的及特点

第一节　信息利用服务

◎ **学习目标**

掌握信息利用服务方法,主动为各项工作活动服务。

◎ **案例导入**

天津豫园公司拟召开一年一度的职工大会,大会上要做工作报告,进行上一年度的工作总结,部署本年度的工作计划。上司责成孙树童收集报告所需的信息。为了使报告切实反映工作实际,孙树童深入各部门了解情况,听取意见和建议,收集能体现工作实际的信息,并将各部门的总结和计划进行编辑,及时提供信息利用。孙树童的信息定题服务和信息加工服务使报告的拟写建立在充分信息的基础上。

◎ 理论知识

利用是信息工作的出发点和归宿,信息工作的全部意义在于充分利用信息,发挥信息作用。要围绕工作中心,充分利用和开发信息,主动服务,提高工作水平。

一、信息利用服务的意义

信息利用服务就是通过各种有效的方式和方法,将收集、处理、储存的信息资源提供给利用者,发挥信息的效用。信息利用服务的意义表现在以下几点:

(1)有利于实现信息的价值,促进管理水平的提高;

(2)有利于信息的增值和信息资源共享;

(3)有利于提高各级组织决策的成功率。

二、信息利用服务的特点

(一)周期性

信息利用是一种社会现象,受各项工作活动规律的影响,呈现出周期性。如工作任务重要,对信息分析的需求就大;反之,信息利用率就低。

(二)经常性

人们从事任何工作都离不开信息,这就使信息服务呈现出经常性的特点。

(三)广泛性

无论是决策者,还是一般员工,只要其在解决实际工作问题和从事业务工作中需要利用信息,都可以成为信息的利用者。

(四)实效性

信息资源的利用能够带来一定的实效。如在文化、教育等方面产生社会效益,在产品更新、降低成本、节约费用等方面产生经济效益。

三、信息利用服务的途径

(一)信息检索服务

在基本不改变信息资源形态的情况下,有选择地为信息的利用者提供信息服务,如信息复制、信息发布服务。通过索引、目录和计算机检索系统直接利用信息或信息复制品的方式为利用者提供服务。

进行信息检索有四个环节:一是分析信息需求;二是明确检索要求;三是选择检索系统、检索途径和检索方法,确定检索词;四是实施信息检索,获取信息。

利用图书馆公共联机目录查询系统,可以了解图书的基本信息,以借阅或复制的方式获得信息;利用联机信息系统,可以用联机传递或脱机邮寄方式获取信息;利用相关的全文数据库,可以直接打印或下载信息;利用网络搜索引擎,可以直接检索到大量信息。

在实施检索的过程中,可以根据检索结果的情况,调整检索词、检索途径和检索方式,充分利用信息检索系统提供的缩检和扩检功能,提高检索结果的满意度。

信息是工作经验的积累,是知识的存储。做任何工作都不能单纯依靠个人经验,而必须利用全面、充分、准确、有用的信息。如企业研究制订产品开发计划时,秘书应提供有关科学技术论文、专利调查、生产技术转让服务、国内外同行业同类产品的生产和发展趋势材料,有关国内外市场变化、顾客消费习惯、购买力水平资料,有关本行业同类产品的品种、质量、专业化协作程度、经营管理状况、职工技术水平、原材料自给率资料,有关国内竞争对手的社会信誉、产品开发的标准文件、技术进步等材料。只有在这些信息资料的基础上进行决策,才能提供保障。

信息利用中可使用跟踪卡、文档日志记录信息借阅情况。

1. 跟踪卡

当信息被借出后,应建立跟踪卡,放置在信息原存放处,使其他利用者能知道该信息去向。信息归还时,填好跟踪卡。应定期检查跟踪卡,如果信息已借出一段时间,要与对方及时联系。跟踪卡的一般形式如表 4-1 所示。

表 4-1 跟踪卡

借出日期	信息标题	借阅人	部门	归还日期	签名

2. 文档日志

跟踪信息还可用文档日志。当借出信息时,在日志簿上签名;归还时再签名以示归还。如果找不到某信息,可查看日志簿,了解信息利用情况。

(二)信息加工服务

信息加工服务即通过对信息内容进行分析研究、选择、加工、编辑后,利用者利用信息成果的方式。这种利用方式建立在对信息加工的基础上。

(三)定题、查询利用服务

定题、查询利用服务是针对特定的主题和内容向利用者提供需要信息的服务方式。日常工作中,上司、内部机构经常提出一些需要查询的问题,涉及各方面的内容,如查找报刊文献资料,核查具体数据,了解国内外某些重大事件等。查询、解答这些问题,必须记录,存储足够的信息资料,通过查找信息资料,回答问题的全部或部分。

(四)信息咨询服务

信息咨询服务是改变所收集或储存信息的形态而产生的新信息服务。其表现形式有:问题解答、书目服务、报刊索引服务、信息线索咨询服务;数据、事实、统计资料的咨询服务;利用者教育服务等。

（五）网络信息服务

网络信息服务是建立在现代信息技术的基础上,以计算机硬件和通信设备为依托,以应用软件为手段,以数据库信息资源为对象开展利用服务。网络信息服务可将信息提供服务和信息咨询服务统一起来,有助于最大限度地实现个别化服务。主要表现形式有:电子信息的发布、电子函件、电子公告板服务、联机公共目录查询服务、光盘远程检索服务、远程电话会议服务、用户电子论坛、用户定题服务。

四、信息利用服务程序

1. 了解收藏信息的内容和成分,熟悉各种信息检索工具的使用方法;

2. 分析和预测信息的需求特点,把握信息利用需求的发展规律;

3. 向利用者介绍相关的信息线索,开展信息咨询服务;

4. 提供所需的信息及信息加工品。

◎ 知识链接

一、信息利用的前提

针对信息的特点,要合理的利用信息,首先就必须处理好以下五种情况。

（一）吃透"上情",正确理解领导工作思路,有助于确定具体的信息利用方式

秘书人员应该自觉地提高自己的素质,多看一些文件,多听一些报告,多参加一些重要会议,在此基础上,按照理论联系实际的原则,将上级的精神与具体的"小气候"联系起来主动开发有关信息。当然,吃透"上情"的关键在于保持与上级的联系,要多请示、多汇报,以便正确把握行事的方向。

（二）掌握"下情",是秘书人员的职责

任何一项事关群众切身利益的政策的出台,都会引起群众的强烈反响。因此,对于一个秘书人员来说,此时最重要的莫过于注意群众的一言一行、深入群众,将群众情绪这个"晴雨表"及时反映给上级,向上级提供恰如其分的信息反馈。

（三）突出"内情",就是强调地方或行业特色

信息工作在不同的地区和不同的行业有不同的着重点。例如,发达地区或行业,应着重于发展方面的信息;落后地区或行业,应着重于生存方面的信息。

（四）了解"外情",一句话就是要注意观察外部世界的情况

秘书人员在了解"外情"时,要眼观六路,耳听八方,综合了解各方面的情况。大致说来,"了解外情"就是要做到:第一,密切注视外界动态,随时掌握相关地区或行业的情况;第二,搞好与外地信息资料的交流。

（五）注意"时情",也就是信息内容的有效期,要注意信息的时间性

对于时效性强的信息,秘书人员应时刻意识到其紧迫性,一分一秒的耽搁都可能招致巨大的损失。

如果我们能随时注意方方面面的情况，在处理信息时，就能得心应手，游刃有余。

二、信息的利用方法和效果

谈到信息利用的方法，首先应该探讨一下发挥信息的效应问题。这是一个问题不可分割的两个方面。一般而言，信息因其效应具有潜在性，在这种效应的潜力得到充分发挥之前，是谈不上利用的。当我们想将信息运用于实际工作，将信息的潜在效应转变为直接效应，意在引起领导重视，并制定出解决问题的对策时，就必须充分发挥秘书人员的主动性、积极性，在鼓励他们掌握必要的信息的同时，也应主动争取领导对这些信息的重视，扩大信息的双向反馈面，并逐一对同一条信息不断跟踪反馈形成"信息链"，使信息在良性循环中实现连锁效应。

利用信息的具体办法很多，总结起来，大致有以下几点：

1. 与调研相结合。以信息为调研线索，进一步调查研究，同时在调研中发现新的信息线索。

2. 与督察相结合。对于领导批示的信息，由督察机构立案落实、跟踪督办。

3. 与新闻相结合。将一些有价值的信息加工转化成内参、新闻文稿发表，以扩大影响。

4. 发挥决策层信息的权威优势。对领导没有批示但十分重要的信息，可以督促有关部门拿出解决问题的办法和措施。

5. 把重要信息纳入文件传阅渠道，争取更多的领导同志阅示。

总之，只要我们在开发利用信息时多想路子，拓宽思路，信息的效应会从多方面体现出来。

结合信息利用的方法，信息的利用效果就会易见于纸上。比如，在利用方法上，我们突出一点是与调研相结合，若我们在信息的利用中切实贯彻这一点，效果一定会是极其明显的。

从以上可以看出，信息利用的效果，一方面，是看如何使信息为上级领导的决策提供有用、有效的服务；另一方面，是看信息能否较好地反映同级或下级的意愿，从而发挥信息所应具备的作用。

三、信息利用的要求

要提高信息工作的水平和层次，进一步发挥信息在领导决策和各项工作中的效用，在信息工作中必须做到"真"、"新"、"深"。

（一）真，是信息的生命，是衡量信息有无价值的唯一标准

要做到真，我们就应着重练好"实"、"全"两字功。所谓实，就是实事求是，信息都是实人、实事、实情节、实数字、实思想，一切实实在在，道听途说的不能算信息。所谓全，是指信息工作应涉及各个层次，要全面。

（二）新，即信息应反映客观现实中新近的、正在发生的或具有新意的信息

我们的社会处于不断的变化发展之中，新事件、新人物、新风尚层出不穷。要把握这些新信息，并非易事。要准确把握信息的新，就必须练好"快"、"鲜"两字功。所谓快，就是要求比新闻更快，一旦在新闻中已出现了，那此类信息就很难再会引起领导的兴趣。所谓鲜，就是要求信息要对准当今中心工作和社会的焦点、难点、疑点问题和领导重要决策的"口味"。其实，这里所说的鲜就是一种新意。

（三）深，是指挖掘领导在决策和实施中具有见微知著的、高效能的和超前预测引导作用的信息

要想让信息更多更好地进入领导决策层，就需要做到深，成为领导面前的透视镜。相应于深，着重练好的就是"高"、"超"两字功。高，就是向领导多提供高效能、高层次的信息，即善于将分散、零碎、表面化的，缺乏系统性和深刻性的初级信息进行筛选，形成具有一定深度的信息。超，即要有超前意识，要经常围绕决策的目标，及时反映与之相关的动态性、苗头性、倾向性问题，努力捕捉事物变化的前兆。

◎ 注意事项

1. 信息利用服务要严格遵守信息法规。
2. 遵循知识产权保护法、版权法、数据保护法等。
3. 注意信息安全保密。

第二节　信息反馈

◎ 学习目标

掌握信息反馈的方式，能科学反馈信息。

◎ 案例导入

刘海燕担任公司财务负责人以来，工作认真细致，与前任负责人最大区别是，她能定期将各方面财务数据进行分析后，提供给主管领导参考。有一次，她对公司产品价格数据进行了全方位的分析，发现公司为什么产品成本比同类高出不少的原因，她整理了一套信息材料反馈给相关部门和领导。部门和领导从她反馈的信息中，受到启发，对生产工艺进行了改进，有效降低了产品成本，当年公司利润提高了33％以上。公司领导为此嘉奖了刘海燕，并号召全公司员工要做有心人。将有价值信息及时反馈给公司，促进公司更快发展。

［分析］

这个案例告诉我们,在工作过程中,要善于掌握信息反馈的方式,有针对性地科学反馈信息,及时为领导提供决策依据。

◎ 理论知识

一、信息反馈的目的

信息反馈是将信息使用过程中产生的效应及活动中不断产生的信息进行再收集、再处理、再传递的过程。信息反馈的目的有:

1. 检查输出信息的真实性;

2. 对信息传递进行检验与调整;

3. 为决策提供依据。

二、信息反馈的特点

信息反馈的特点主要有以下几点。

(一)针对性

信息反馈不同于一般反映情况,它不是被动反映,而是主动收集,有很强的针对性。

(二)及时性

整个信息工作都要讲实效,信息反馈更要求及时,以便及早发现问题,解决问题。

(三)连续性

信息反馈的连续性是指对工作活动的情况连续、有层次地反馈,有助于认识的深化。

三、信息反馈的形式

信息反馈的形式主要有以下几种。

(一)正反馈和负反馈

1. 正反馈

正反馈是使系统的输入对输出的影响增大,一般为反映决策执行中的成绩、经验方面的反馈信息,对决策者的组织指挥起肯定或加强作用,使工作按既定方向发展。

2. 负反馈

负反馈是使系统的输入对输出的影响减少,一般为反映执行中的问题、失误方面的信息,可以及时发现和纠正系统工程中的偏差,改变已有的工作方向和状态,保证工作达到预期目的。

(二)纵向反馈和横向反馈

1. 纵向反馈

纵向反馈是指自下而上的流动,即在同一系统内向上级管理部门和决策层反映执行指令信息情况的一种反馈形式。

2. 横向反馈

横向反馈指同级组织之间的信息反馈。

（三）前反馈和后反馈

1. 前反馈

前反馈是在信息发出之前,信息的接受对象向信息发出者表示的要求和愿望,希望将要发出的信息能满足自己的需求。如来自基层和群众中的建议和呼声等。

2. 后反馈

后反馈是在信息发出后,信息接受者对信息作出的反应。

四、信息反馈的主要内容

信息反馈是秘书信息工作的重要环节。在各项工作活动中,秘书要及时了解来自各方面的反映,收集公众对已推行政策、实施措施的意见,把各种指令执行情况的偏差信息反馈给决策者,以便发现问题,纠正偏差,修正或完善政策与措施,做出新的布置,发出新的信息。秘书编写简报、送阅文件等,是向上反馈信息的必要途径。

秘书要通过不断的信息反馈将信息使用过程中产生的效应及活动中不断产生的大量信息进行再收集、再处理、再传递。信息反馈的主要内容有:

1. 有关方针、政策和重大工作部署执行情况的信息;

2. 工作中的新事物、新做法和推广意义的经验型信息,以及一些新思想、新观点和独到见解等;

3. 反映工作中存在的矛盾和问题,特别是政策问题和逆向性信息;

4. 对全局有一定影响的带倾向性、苗头性信息;

5. 反映意见、建议、呼声、心态的信息;

6. 反映重大事件、突发事件的信息。

五、信息反馈的方法

（一）系列型反馈信息

系列型反馈信息是指将工作活动的全过程情况,按不同的发展阶段连续反映。

（二）广角型反馈信息

广角型反馈信息是指对工作活动的某个过程,从不同角度、不同侧面进行反映。

（三）连续型反馈信息

连续型反馈信息是指对工作活动中的某个关键问题,在短期内连续不断地进行反映。这种信息有利于对关键问题的发展的认识。

◎ **知识链接**

一、信息反馈的作用

信息反馈在信息工作中占有十分重要的地位,在整个信息环流中,发挥着自己的作用。

归纳起来主要有以下几点。

（一）信息反馈有助于决策的正确实施和进一步完善

任何决策在实施过程中,都有可能出现两个问题:一是决策在实施过程中走样;二是由于决策本身的缺陷所产生的问题,一项决策在开始制定时,往往难于完全符合事物运动的规律,只有在实践中才能发现某些不完善的方面。在决策实施过程中,对这两方面的问题若不能及时解决,就会导致决策的失败。

为了防止决策的失败,必须通过灵敏、正确、及时的信息反馈,不断调整实施行动,纠正偏差,使决策的实施趋于完善,直至达到优化状态。

（二）信息反馈有助于在总结经验教训的基础上制定新的决策

以决策为标准点,信息反馈可以说是决策过程的尾声,又可以说是新的决策过程的序幕。决策、执行、反馈、再决策、再执行、再反馈……如此循环的螺旋式上升,是管理不断进步和完善,逐步实现最佳管理。一个现代管理系统,能否有效地进行管理,不仅取决于控制系统能否及时准确地接受、处理、利用各种信息,而且还有赖于灵敏、高效的信息反馈机制。只有及时发现管理与变化着的客观实际之间的矛盾的信息,才能在总结经验教训的基础上,作出新的决策,以修正原来的管理行为,使之更加符合实际情况。

二、信息反馈的要求

信息反馈的基本要求是:准确、及时、全面。准确,就是要如实地反馈客观实际情况。准确是信息的生命,正确的决策只能建立在准确信息的基础之上。以不准确的信息为依据,势必导致决策的失误,指导工作的失灵,贻误党和人民的事业。及时,就是要最迅速、最灵敏地反馈各方面的信息,讲求信息的时效性。信息的使用价值是随着时间的流逝与动态系统变化而变化的。为了及时反馈信息,处理环节要少,要突出"快"字。全面,就是说信息反馈要有广度、深度,要系统完整,能真实反映客观事物各方面的情况。

要搞好信息反馈,还要注意做到以下两点要求:一是要合理控制信息反馈量。当一项决策实施后,如果对负反馈不加控制,夸大和过量反馈,就会使决策机关怀疑决策的正确性,影响决策的顺利实施。如果对正反馈不加控制,过量反馈,就会淹没负反馈信息,助长盲目乐观,使存在的问题和困难难以及时发现和解决。二是要做好二次反馈。二次反馈是指对上一次反馈所产生的效果的反馈。在反馈的过程中,经一次反馈后,决策系统对反馈信息进行分析研究,制定出纠偏除弊的措施,然后输入实施系统;纠偏除弊的措施实施后,效果如何,要再次反馈给决策系统,以便采取进一步措施,最终使实施效果与决策预期目标基本吻合。

三、信息反馈的工作程序

(一)明确目标

明确信息工作和信息传递活动的具体目标和具体要求,对信息工作和信息传递活动目标的实现情况的评估有明确的依据。

(二)选择信息反馈的方法

根据信息工作反馈要求,选择好信息反馈的方法,从而有效提高信息反馈的准确性和真实性。

(三)获取反馈信息

根据确定的具体目标和具体要求所涉及的内容,及时地搜集和回收各种反馈信息。一般来讲,获取的反馈信息主要包括:有关方针、政策和重大工作部署执行情况的信息;新思想、新观点和独到见解;经验型信息;反映工作中存在问题的信息;对全局有影响的倾向性、苗头性信息;反映意见、建议的信息;反映重大事件、突发事件的信息。

(四)加工分析反馈信息

对搜集上来的反馈信息进行管理、加工、分析,并将其结果与既定目标和要求进行比较分析,找出差距。

(五)传递反馈信息

将反馈信息传递给相关部门或人员。

(六)利用反馈信息

采取各种手段、方法和具体行动,使信息工作和信息传递活动的实施情况回到完成既定目标、满足原有要求的正确轨道上来,为各种工作活动顺利开展打下良好基础。

◎ 注意事项

一、既报喜也报忧

喜忧兼报是科学决策的要求。科学决策必须建立在真实、准确、全面的信息基础上。要做到这一点,既报喜又报忧是最基本的要求。报喜信息是反映成果、正确做法的信息,可以帮助人们总结经验、树立典型、制定政策;而报忧信息则是反映工作失误、突发事件或存在问题的信息,有利于分析工作中带有倾向性的问题,修正错误,有针对性地采取策略,把问题解决在萌芽状态,完善做法,化忧为喜。秘书要明确信息工作的职责,提供全面、真实、准确的信息,既报喜又报忧,科学地反馈信息。

二、做到快准结合

快准结合是指既讲究实效性又把握准确性。

三、做到深浅结合

深浅结合是指既重视初级反馈,也要综合加工深层次反馈信息。

四、做到冷热结合

冷热结合是指既提供当前正在执行的指令的反馈信息,又提供过去或即将进行的指令的反馈信息。

第三节　信息开发

◎ **学习目标**

学习运用专门的信息技术手段对各种原始信息进行加工处理,形成信息产品。

◎ **案例导入**

刘燕红经常翻阅各种国内外经济报刊,广泛涉猎公开出版物的信息,专门从报刊收集消费市场的信息进行分类剪贴,汇集成册,供自己或他人使用。通过对剪报的分析研究,刘燕红挖掘出了有价值信息,得出了服装市场消费者需求变化情况和发展趋势。在此基础上,刘燕红深入市场进行调查研究,取得大量第一手材料,验证了自己的判断,并向上司提供了信息调研报告、调研资料和有关信息材料,为上司把握市场行性、进行产品决策提供了依据。

[分析]

这个案例告诉秘书人员要做好信息开发工作。首先一定要做好信息的收集。在此基础上,根据工作需要有目的做好信息开发的利用。

◎ **理论知识**

信息开发能够扩展信息的涵盖面,增加信息容量,提高信息质量,获得最佳服务效果。秘书应积极开发信息资源,挖掘深层次信息,为管理活动服务,创造社会效益和经济效益。

一、信息开发的意义

信息开发是指对信息进行全面挖掘、综合分析、概括提炼,以获得事物发生、发展、变化的高层次信息。信息开发的要求是扩展信息的涵盖面,增加信息容量,提高信息质量,创造最佳服务。通过各种信息渠道收集的原始信息,消息面庞杂,如果不进行深入开发整理,一揽子提供给领导,领导者的精力、时间和关注点就会被纷繁的原始信息所淹没,不利于决策和提高工作效率。这就要求秘书对大量的、零散的、随机的、个别的信息进行加工、提炼和概括,开发出全面的、系统的高层次信息。从利用的角度看,综合性、预测性、系统性信息对科学管理、生产经营具有更直接的参考咨询价值。

二、信息开发的特性

信息资源的开发利用具有多次性。一般物质资源经过消费就可能丧失其功效,信息资源却具有共享的特性,它可以被存储,并多次被传输利用,不断地补充、完善和扩散,还可以进行综合和归纳,成为可增值的资源。

三、信息开发的类型

按照对信息资源加工的层次,信息开发可分为一次信息开发、二次信息开发和三次信息开发三种类型。

一次信息即原始信息,如会议文件、企业单位的技术文献、产品目录、备忘录、内部报告、信件等。一次信息具有直接参考和借鉴的使用价值。对一次信息进行开发可把无序的原始信息转变成有序的信息,能节省使用原始信息的精力和时间,提高利用率。其主要形式有剪报、外文文献的编译等。

二次信息开发是对一次信息进行加工整理后形成的一类新的文献信息,专门提供信息线索,供人们查阅信息来源。它是对信息加工而得到浓缩的信息,容纳的信息量大,可以在较短的时间范围内对信息有概括的了解。其主要的开发形式是目录、索引、文摘、简介。

三次信息开发是在一次、二次信息的基础上,经过分析研究和综合概括而形成的更深层次的信息产品。其任务就在于从零星无序、纷繁复杂的信息中梳理出某种与特定需求相关的联系,解释某种规律性的认识,并最终形成书面报告,从而为参谋决策服务。三次信息是高度浓缩的信息,提供的是评述性的、动态性的、预测性的信息。其主要形式有简讯、综述、述评、调查报告。

四、信息开发的主要形式

(一)剪报

剪报是根据市场的需求,选择不同的专题,确定时间周期,对报刊资料中有用的信息进行选取、组合、编辑制作、传递等工作,是将繁杂的报刊资料专题化、集中化的一种信息产品。剪报是目前开发信息的普遍方法和有效方法,属于一次信息开发,具有实用性强、使用方便的特点。

剪报方法开发信息成本相对较低,获得的信息总量较多。剪报的许多信息是零散的和缺乏针对性的,有些信息缺乏时效性、可靠性。

剪报的操作步骤：

1. 确定专题；

2. 确定圈选报刊；

3. 准备剪刀、糨糊、储存架、计算机及相关软件用具；

4. 标准化工作。

（二）索引

索引用途广泛，形式多样，编制简便，是秘书快速准确查找信息、提供咨询、开展信息利用服务的必要手段。

信息资料索引可分为篇目索引和内容索引。篇目索引用来指明信息资料的出处。内容索引将信息资料中的事件、人名、地名等一一摘录出来，分别按顺序排列，并指明它们的出处。

（三）目录编制

目录是一系列相关信息的系统化记载及内容的揭示，它依据信息资料的题名编制而成。可供人们了解信息的主题、分类、作者、题名等，进而鉴别和选择信息资料。根据具体情况，可以编制分类目录、专题目录、行业目录、产品目录等。目录编制属于二次信息开发。

（四）文摘

信息资料文摘一方面可以直接向人们提供信息资料的要点和主题，另一方面还可以使人们据此线索，找到原始资料和完整的信息。

1. 文摘的类型

（1）指示性文摘

指示性文摘是一种篇幅短小的摘要，以向利用者指示信息源的范围、使用对象为目。只向利用者提供信息源中涉及的内容纲要，以使利用者正确了解信息为原则。其适用于篇幅长、内容复杂的情况。

（2）报道性文摘

报道性文摘是原文要点较详细的摘要，以向利用者提供信息的实质性内容为主要目的，是信息源的浓缩。其适用于主题比较单一集中、内容新颖的信息资料。

2. 文摘的特点

（1）篇幅短小；

（2）主要内容语义上相同；

（3）对信息进行准确简化；

（4）不加评论和补充解释。

3. 编写文摘的步骤

（1）浏览信息，初步确定编写哪种文摘较适合；

（2）分析信息内容，将有用信息分解为要素，理清主次；

（3）选择与确定内容要素；

（4）概念综合并书写成文；

（5）内容准确性检查与文字的推敲润色。

（五）信息资料册

信息资料册既有历史资料又有近期资料。人们通过它，可以对有关行业、产品的历史与现状有所了解，使用价值很大。

（六）简讯

简讯是一种以简明扼要的语言报道最新动态信息的三次信息产品。它通常用"××快报"、"××简报"、"××动态"、"××快讯"等冠名。三次信息开发工作是根据特定需要，通过充分收集信息整序，使处于分散或无序状态的信息得到利用的一项工作。

（七）调研报告

调研报告是一种在实地调查获得数据、事实的基础上，经过分析研究后得出真实反映有关事件的本质特征信息的三次信息产品。

五、信息开发的基本途径——信息编写

编写是用书面形式对信息进行文字润色、提炼和有序化处理，它对提高信息的质量和实用价值起着至关重要的作用。秘书可利用信息编写摘要、图表、简报、快讯以及撰写综述、述评、可行性方案、调查报告等信息材料，供人们了解信息动态，方便进一步利用信息。编写信息要做到主题鲜明、角度新颖、言语精炼、结构严谨、标题确切、内容客观。

（一）信息编写的步骤

1. 确定主题。无论信息长短，包含内容多少，都要明确说明的问题。只有确定主题后，才能围绕主题组织材料，进行综合分析。

2. 分析材料。围绕主题进行选材，对调查或通过其他渠道获得的原始信息材料进行分析、梳理，决定取舍。

3. 材料组合。按照主题要求，依一定逻辑顺序，把选择、剪辑出来的信息材料有条不紊地组织起来，成为一个有机整体。

（二）信息编写的类型

1. 动态型信息

动态型信息反映某项工作、活动或事件的发生、发展和变化，说明客观情况，可以使领导从大量动态现象中看到问题的本质，预测未来。

动态型信息的编写必须：标题简洁、新颖；内容准确无误；材料重点突出，全面反映客观过程；合理使用背景材料，增强信息的价值作用。

2. 建议型信息

建议型信息一般由标题、背景、建议内容及理由组成。建议型信息的编写要有

针对性，既要反映问题，又要提出解决问题的措施和办法。建议要有理有据，切实可行。

3. 经验型信息

经验型信息是反映一个地区、一个单位、一个部门某方面经验的信息，侧重于对事物发展规律的认识和探索，揭示事物的体质。

经验型信息的编写可采用顺叙法，即先写做法和经验，后写效果；也可采用倒叙法，即先写效果，再写做法和经验。经验型信息的编写必须：内容具体，观点明确，分析透彻，数据充分。经验型信息应典型，具有实际指导意义。秘书要通过调查总结经验，善于借鉴和浓缩有关的调研成果。

4. 问题型信息

问题型信息即负面信息，分为已经发生、正在发生和将要发生三种。它由标题、背景和问题三部分构成。背景是指问题发生的时间、地点、条件、原因等。问题部分事实要准确，表述要清楚。在揭示问题的同时，应提出解决问题的方法。

5. 预测型信息

预测型信息由标题、预测内容和预测根据三部分组成。预测内容包括工作情况、社会动态、经济动态、市场前景等。预测根据必须充分，保证情况真实、数据准确。

六、信息开发的方法

信息开发是在掌握大量信息的基础上，根据决策、管理、经营等需要，利用科学的研究方法，对现有信息进行系统的归纳整理，以事物的发展趋势作出判断和预测，提供全面性、高层次的信息。人们应根据领导决策的不同阶段开发不同内容的高层次信息，为领导工作活动服务。

（一）汇集法

汇集法是指把许多原始信息中的资料按一定的标准汇集在一起。这种汇集要围绕一个主题，把一定范围内的有关资料有机地汇集在一起。其适宜于反映一个地区或一个部门某方面的状况。在信息资料较多、反映面宽的时候较为适用。

（二）归纳法

归纳法是指将反映某一主题的原始信息资料集中在一起，加以系统综合归纳和分析，以便完整、明晰地说明某一方面的工作动态。归纳法要求分类合理、线条清楚、综合准确。

（三）纵深法

纵深法是指根据需要，把若干个具有内在联系、有一定共同点的信息，或几个不同时期的有关信息资料，从纵的方面进行比较分析，以形成一个新的信息资料。要按原始信息资料提供的某一主题层层深入；按某一活动的时间或按某一事件的历史进程深入进去，以搞清问题的来龙去脉。

（四）连横法

连横法是指按照某一主题的需要,把若干个不同来源的原始信息资料从横的方面连接起来,作出比较分析,形成一个新的信息资料。采用连横法应注意:来自不同方面的信息要具有一定的同质性;要选择最能说明主题的信息。

（五）浓缩法

浓缩法是指通过压缩信息资料的文字篇幅,达到突出主题、简洁行文的目的。使用浓缩法要使主题集中,即一篇信息资料只表达一个中心思想,阐明一个观点;要压缩结构,减少段落层次;要精练语言,简明表达含义。

（六）转换法

原始信息中若有数据出现,应把不易理解的数字转换为容易理解的数字。

（七）图表法

如果原始信息资料中的数据有一定的规律性,可以将数据制成图表,使人一目了然,便于传递与利用。

◎ 知识链接

一、高层次信息的概念

所谓高层次信息,是相对于初级层次信息而言的。初级层次信息,也可简称为初级信息,或基础信息。它是直接反映事物的现象和动态的原始信息以及对原始信息进行初加工所形成的信息。高层次信息,则是全面反映事物概貌、揭示事物本质及其规律的深度信息以及对原始信息进行综合处理后提出对策建议所形成的信息。高层次信息必须具备三个要素,即有情况、有分析、有建议,同时还要求情况的明晰性、典型性;分析的深刻性、明确性;建议的创见性、可行性。

二、高层次信息的特点

高层次信息作为与初级信息相比较而存在的一种信息,具有自身的特点。

（一）宏观性

宏观性,就是说,机关高层次信息能够反映某一地区、某一系统、某一方面、某一阶段事关大局的客观情况和问题,使领导比较全面、系统地了解和掌握全局性的综合情况。如国家计委研究所的信息《关于我国今后经济高速发展的问题》,就从高速发展理论、发展阶段、展望及对策建议等方面提出了独到的见解,为党和国家的最高决策层在决策经济发展的速度上提供了重要的参考依据。机关层次越高,越需要具有宏观性特点的高层次信息。与此相反,初级信息常常局限于对某一微观情况作出单一的反映。

（二）完整性

完整性,就是说,机关高层次信息能够完整地反映某一事物发生、发展、结束的全过程情况,对事物的起因和结果、内因和外因、现状及趋势、经验和教训作出全面的反映和分析,使领导比较清晰地了解某一事物的全面情况,做到心中有数。如某市上报省委的信息《×市完善家庭联产承包责任制的做法》,就从这个市当前家庭联产承包责任制的现状、做法、存在问题以及对策措施等方面做了完整的反映,使省委领导比较全面地了解了该市这方面的情况。与此相反,初级信息对事物的反映往往比较零碎。

(三)典型性

典型性,就是说,机关高层次信息能够反映带有普遍性、倾向性的情况。即使有些情况发生的范围比较小,但却能以其独特的典型性,以小见大地揭示带有普遍性、倾向性、规律性的问题,使领导从个别看到一般,进行由点到面的指导。如某市上报省委的信息《××乡发展壮大集体经济的做法及启示》,被省委的信息刊物及时采用。这则信息虽然是一个乡的情况,但对全省其他乡镇具有典型引路的意义。与此相反,初级信息往往只是就事论事。

(四)深刻性

深刻性,就是说,机关高层次信息能够反映事物的本质属性和基本特征,揭示事物的发展规律,找出问题的症结所在,并据此提出解决问题的办法和措施,使领导对事物有深刻的认识,对解决问题有了预选方案。与此相反,初级信息对事物的反映往往是直观的,或者只是作出简单的分析。

(五)预测性

预测性,就是说,机关高层次信息可以通过对事物内在本质和发展规律的揭示,能够预测将要发生、可能发生的事情以及事物发展的前景,使领导有充足的思想准备,并能因势利导地开展工作,及早研究对策。与此相反,初级信息作出的反映往往是滞后的。

三、高层次信息的作用

机关高层次信息的作用,集中体现在为领导决策服务上。具体有以下几方面的作用。

(一)有助于领导作出全面性较强的决策

领导决策特别强调全局性,唯有统揽全局、抓住中心,才能推动工作的全面展开和顺利进行,才能抓住主要矛盾,使其他矛盾迎刃而解。而全局性的决策尤其需要宏观性的信息。秘书对大量微观、局部的信息作出全面综合分析,就可以形成宏观性的信息。高层次信息宏观性的特点,正好满足了领导全局性决策的需要。

(二)有助于作出严密性较强的决策

领导决策,尤其是高级机关的科学决策,是一项极其复杂而精细的系统工程,需要完整而系统的信息为决策提供参考依据,需要经过严密而反复的论证,才能做出慎重的决断。具有系统完整性特点的高层次信息,正是顺应领导层决策需要而产生,为满足领导层决策需求而服务的,因而能促使领导层作出严密性较强的科学决策。

（三）有助于领导作出导向性的决策

领导决策具有较强的导向功能，这种功能表现在能够以点带面指导工作，防止一种倾向掩盖另一种倾向。导向型决策需要典型性信息，因为典型性信息具有代表性。以典型性信息为决策依据，可以见微知著，由点到面，由此及彼，从而使领导层的最终决策带有不同程度的导向功能。

（四）有助于领导作出准确度较高的决策

由于高层次信息是经过调查研究而形成的，不仅是对事物的发生、发展和变化过程有了准确、全面的描述，而且对事物的本质和规律以及问题的症结作出了深刻的揭示，领导据此为参考作出的决策，当然准确性就高，误差率就小。

（五）有助于领导作出超前性较强的决策

一般来说，比较重大的决策都应当具有超前性，否则，决策就失去了其本来意义，领导工作就会大为逊色。而具有超前性特点的高层次信息，可以缩短领导把握事物发展趋势的时间，可以启发领导迸发出更多更好的预测性思想火花，可以完善领导预测性的决策方案。

正因为高层次信息具有以上重要作用，所以，高层次信息在为领导决策服务中占有比其他信息服务更重要的地位。因此，秘书部门应当把开发高层次信息作为信息工作的重点。

四、高层次信息开发的方法

关于高层次信息开发的方法，这里主要介绍以下六种方法。

（一）中心跟踪法

中心跟踪法围绕中心工作，跟踪开发高层次信息。一般应抓住四个环节：首先，在决策实施之初，要立即反映社会各方面的动态，使领导掌握各界对政策的满意程度和参与态度；其次，要尽快反映各单位贯彻落实的情况和采取的措施；第三，要适时地反映工作的进展情况；第四，要挖掘贯彻落实中典型情况和深层次问题，以便领导根据实际情况调整决策，减少工作失误。

（二）热点扫描法

一段时期社会舆论动向的热点，往往是苗头性、倾向性问题的反映，对全局工作有一定的影响。一般说来，热点问题都与群众的切身利益有关，如物价调整、农民负担、企业负担、职工下岗、廉政建设、社会治安、环境污染等。对这些问题了解多少，处理的好坏，直接关系到党和政府的威信，关系到社会的稳定。秘书对热点问题进行扫描，反馈信息，要对准两个方面：第一，对准广大群众对党的方针政策以及重大部署不理解、有缺点的地方和因决策失误带来的问题。因为在改革开放年代，多数人具有双重矛盾心理，对新的改革措施既拥护又担心。对此情况就要有针对性地进行宣传疏导。第二，对准群众反映强烈的问题的解决过程。因为反映这些问题有助于促进问题的全面解决。

(三)难点突破法

领导机关在推动工作中总会遇到一些难题,领导对如何解决这些难题又非常关注。难点突破法从基础信息中剖析出形成难点的症结所在,形成典型经验,为领导推动面上工作服务。"难点"问题主要有两类:一类是政策性难题。秘书把这方面的初级信息综合起来,开发出政策在基层运行中遇到的困难和阻力、形成原因、解决办法的高层次信息,这对进一步抓好政策落实十分重要。另一类是实践难题,即各级领导机关在实践中遇到的突出矛盾和难以解决的问题。秘书应在这方面多加关注,通过开发高层次信息,帮助领导排忧解难。

(四)光点放大法

光点放大法就是从初级信息中发现"闪光点",做到沙里淘金,从而开发出高层次信息。许多初级信息看似平淡,实际上却隐含着较高的价值。有些初级信息素材有一定的价值,但由于主题不鲜明,观点陈旧,给人一种无价值的感觉;有些信息中,无价值的素材和有价值的素材混在一起,淹没了信息中的"金子";有些信息含有普遍意义的问题,但由于反映的是某个点上的情况或某一问题的侧面,未能展示出它的全局性价值;有些信息虽然提出了新观点,抓住了新问题,但由于思想深度不够,论点依据不足,使信息缺乏说服力。从这些初级信息中开发出高层次信息,需要秘书人员具有较高的政治和业务素质,独具慧眼;否则,就不能发现"闪光点"。

(五)超前预测法

预测性信息,是在科学理论指导下,通过科学方法,反映事物未来变化趋势的高层次信息。秘书部门要积极发挥"气象站"的作用,努力开发高层次信息,为领导决策提供超前服务,使领导未雨绸缪。开发高层次信息应从三个方面入手:一要注意从偶然中发现必然;二要从个性中发现共性;三要从苗头中发现倾向性。开发预测性信息,要求秘书人员具有超前意识,提前进行调查研究,预测出可能发生的情况,提出对策意见。

(六)拓展延伸法

拓展延伸法就是对基础信息进行横向拓展、纵向延伸,从而变成高层次信息。有些基础信息,虽然反映了新情况、新问题,但缺乏深度和覆盖面;有的提出的问题缺因少果,脉络不清;有的观点不鲜明,内容不充实,缺少数据、事例;等等。对这些信息就要进行拓展延伸。"拓展"就是扩大反映面,提高信息的覆盖范围;"延伸"就是进行纵深发掘,提高信息的深刻性。这样,信息的潜在价值就显现出来了,就能为领导决策提供高层次的信息服务。

◎ **注意事项**

1. 拓宽信息渠道,广泛及时收集信息,重视信息的积累与升华。

2. 加强对信息的分析综合,提高信息的广度和深度。

3. 注重概括提炼,提高信息的精度和纯度;注重从大量原始信息中提取高层次信息。

4. 加强调查研究,提高信息的可信度和可用性。

5. 建立人机配套的信息网络开发系统。

6. 讲究信息开发技巧,围绕中心开发、抓住热点开发、针对难点开发、找冷亮点开发、超前观测开发、突出特色开发。

◎ 本章小结

本章主要介绍了信息的开发、利用服务与反馈。信息开发部分重点介绍信息开发的意义、特征、类型,开发的主要形式、方法,开发的基本途径。信息利用服务部分重点介绍信息利用服务的意义、特点、途径和程序。信息反馈部分主要介绍信息反馈的目的、特点、形式、方法、主要内容等。

【关键概念】　信息开发　信息编写　信息利用服务　信息反馈　正反馈　负反馈

◎ 思考和训练

一、填空题

1. 利用是信息工作的_____,信息工作的全部意义在于充分利用信息,发挥信息作用。

2. 定题、查询利用服务是指针对特定的_____向利用者提供需要信息的服务方式。

3. 真实信息的生命,它是衡量信息有无价值的_____。

4. 信息反馈是将信息使用过程中产生的效应及活动中不断产生的信息进行_____的过程。

5. 所谓高层次信息,是相对于_____信息而言的。

6. 信息反馈的基本要求是_____。

7. 问题型信息即_____,分为已经发生、正在发生和将要发生三种。

8. 剪报方法开发信息成本_____,获得的信息总量较多。

9. _____就是从初级信息中发现"闪光点",做到沙里淘金,从而开发出高层次信息。

10. 建议型信息一般由_____组成。

二、选择题（每题有一个或多个正确答案）

1. 信息开发的主要形式有　　　　　　　　　　　　　　　　（　　　）

A. 剪报　　　　B. 索引　　　　C. 目录编制　　　　D. 文摘　　　　E. 简报

2. 文摘的特点有　　　　　　　　　　　　　　　　　　　　（　　　）

A. 篇幅短小　　　　　　　　B. 主要内容语义上相同

C. 对信息进行准确简化　　　D. 不加评论

E. 补充解释

3. 信息编写的步骤有　　　　　　　　　　　　　　　　　　（　　　）

A. 确定主题　　B. 分析材料　　C. 材料组合　　　D. 材料编写　　E. 编写鉴定

4. 信息编写的类型有　　　　　　　　　　　　　　　　　　（　　　）

A. 动态型信息　　　　　　　B. 建议型信息

C. 经验型信息　　　　　　　D. 问题型信息

E. 指导型信息

5. 信息开发的方法有　　　　　　　　　　　　　　　　　　（　　　）

A. 汇集法　　　B. 归纳法　　　C. 连横法　　　　D. 纵深法　　　E. 问卷法

6. 信息利用服务的特点有　　　　　　　　　　　　　　　　（　　　）

A. 周期性　　　B. 经常性　　　C. 广泛性　　　　D. 实效性　　　E. 服务性

7. 信息利用服务的途径有　　　　　　　　　　　　　　　　（　　　）

A. 信息检索服务　　　　　　B. 信息加工服务　　　　　C. 信息咨询服务

D. 定题　　　　　　　　　　E. 查询利用服务

8. 信息反馈的特点有　　　　　　　　　　　　　　　　　　（　　　）

A. 连续性　　　B. 针对性　　　C. 及时性　　　　D. 服务性　　　E. 宣传性

9. 信息反馈的方法有　　　　　　　　　　　　　　　　　　（　　　）

A. 连续型反馈信息　　　　　B. 广角型反馈信息

C. 系列型反馈信息　　　　　D. 正反型反馈信息

E. 点面型反馈信息

10. 做好信息反馈应注意的事项有　　　　　　　　　　　　（　　　）

A. 既报喜也报忧　　　　　　B. 做到快准结合

C. 做到冷热结合　　　　　　D. 做到深浅结合

E. 做到高低结合

三、简答题

1. 简述信息开发的主要形式。

2. 简述信息利用服务的特点。

3. 简述信息反馈的形式。

4. 简述信息反馈的注意事项。

四、论述题

1. 论述信息利用服务的途径。

2. 论述信息编写的类型。

五、实务题

背景说明:你是海黎公司行政秘书王燕,下面是行政经理王刚需要你完成的工作任务。

备忘录

发给:行政秘书王燕

发自:行政经理　王刚

日期:2008 年 12 月 19 日

主题:我公司新来的秘书不了解信息开发的类型,也不知道为什么要了解信息开发类型的重
　　要性。请你整理好相关材料给我,以便我对他们进行一次培训。

便　条

王燕:

　　为了进一步开拓产品市场,增强产品的市场竞争能力,扩大产品销售,需要掌握大量的有
关信息,作为分析研究,制定策略的基础。因此,请你完成下面几项工作:

1. 说明信息收集的范围。

2. 说明信息开发的形式。

3. 说明你准备采用哪种形式开发信息。

4. 开发的信息材料要复印 5 份给相关部门,请说明复印应注意的事项。

谢谢。

行政经理　王刚

2008 年 12 月 19 日

六、技能实训题

请用剪报形式做一次有关秘书人员市场需求招聘条件的信息开发。

第五章　信息决策管理

◎ **技能要求**

- 科学地进行信息决策
- 科学地管理信息资源

◎ **知识要求**

- 信息决策服务的基本知识
- 信息资源管理的基本知识

第一节　信息决策服务

◎ **学习目标**

能为决策提供信息保障,能在决策的各个阶段有针对性地实施信息开发利用服务,能运用有效的信息工作方法辅助决策。

◎ **案例导入**

大连海黎公司拟制定新的经营战略,号召员工献计献策。林晓晓积极响应,从以往收集的信息中检索出大量相关信息,并对这些信息进行综合分析,将同行业中的有关公司近五年来每年的营业额、利润指标、资金周转率等方面的数据进行了汇总,编制成图表上报,表后还附有简要的数据对比分析及有关资料,清晰地反映出信息内容。林晓晓提供的信息材料全面、准确,为分析市场需求、变化动态、制定公司经营发展战略提供了信息保证,较好地进行了决策前的超前信息服务。

[分析]

这个案例告诉大家要做好信息决策服务工作,首先,一定要做好决策前的超前信息、服务工作。

◎ 理论知识

信息是决策的基础,帮助人们由表及里、由此及彼地认识事物、问题的客观存在;帮助人们在大量的现象面前作出正确的抉择,消除或减少不确定性,做到去粗取精、去伪存真,从而实现认识和行为上的科学抉择,减少或消除人们行为上的盲目性。秘书应具备信息决策意识,加强经常性的调研工作,做好决策服务。

一、决策信息的来源

为了保证决策活动的顺利进行,秘书要从各种渠道获得大量有效的决策信息。决策信息主要有:

1. 政策、法律、法令及相关规定;
2. 媒体信息,如报纸、杂志、广播、电视、因特网等信息;
3. 信息咨询机构的信息;
4. 决策部门的决策、计划、控制等信息;
5. 参观、访问、学习、交流等信息;
6. 实地调查信息;
7. 决策后的反馈信息;
8. 其他相关信息。

二、信息决策的含义

信息决策就是对信息完备性、精确性及可信性的判断。完备性是指要收集到足够的真实信息。秘书必须明确决策需要的一切必备信息,避免信息不完整导致决策失误。精确性是指每条信息所包含的信息量。判断信息的精确性要以决策的需要为依据。可信性即真实性和可靠性,贯穿于完备性和精确性之中。信息的充分、真实、可靠是科学决策的基础。

三、信息在决策中的功能

科学决策的过程,实际上就是一个信息输入、输出的过程。信息在决策的每一个环节都发挥着重要的功能。

(一)决策有赖于信息发现问题、提出问题

任何决策都是从发现问题开始的。信息是客观事物变化的反映,决策者可以借助信息认识客观事物,感受到某种问题的存在和解决问题的必要性,从而有针对性地提出有待决策的问题。

(二)决策有赖于信息确定目标

决策目标的确定需要进行预测。只有在掌握大量信息的基础上,才能展开分析,确定出准确、清晰、规范的目标。

（三）决策有赖于信息制订方案

围绕既定的目标，需要制定出若干个可供选择的方案。在制订方案时必须占有大量的资料和数据。

（四）决策有赖于信息对方案进行评估、选择

整个决策的过程都要求集思广益，评估、选择方案尤其要求决策层对各个方案充分发表意见。只有决策者充分掌握信息，对情况了如指掌，才能不失时机地作出最优选择。

（五）决策有赖于信息控制实施

决策付诸实施，需要选择最佳信道，借助一定的信息载体将决策传递到执行部门，并能通过反馈信息及时调控，对发现偏离目标的情况，及时予以纠正。

四、决策对信息的基本要求

1. 能直接反映决策项目的具体内容；

2. 能为预测提供佐证；

3. 能反映相关领域的、与决策有关的活动；

4. 能体现相关的历史过程。

五、决策对信息服务的要求

1. 提供决策信息要真实、准确、完整、合理、及时；

2. 提供决策信息要兼顾正、反两方面信息；

3. 提供决策信息既要关注优点、长处和成功经验，又要重视问题、矛盾、缺陷和失败教训；

4. 决策是一个不断修正、调节的动态过程，要高度重视反馈信息。

◎ 知识链接

一、秘书辅助决策的信息服务

（一）决策前的信息超前服务

超前服务是指提供信息的内容、时间要超前。决策需要预测，决策者的远见卓识，很大程度上依赖于预测性信息的启迪。秘书超前信息服务正是为了更好地发挥信息为未来服务的职能，使决策者在掌握预测信息的基础上作出正确决策。在决策的酝酿、准备阶段，秘书超前信息服务的主要工作是：

1. 广泛涉猎信息，调查了解情况，借助信息发现问题、提出问题；

2. 尽可能把全面、真实、准确的信息及时提供给决策者，供其在形成决策意图时参考；

3. 随时把客观实践中涌现出来的新动向、新趋势、新经验、新问题，迅速提供给决策者；

4. 对所提供的信息进行必要的加工与综合处理,使所提供的信息有利于领导决策意图的明晰化。

(二)决策中的信息跟踪服务

1. 利用信息确定决策目标

决策目标是指在一定的环境条件下,在预测的基础上,拟定出的实现目的。决策目标的确定需要预测,要进行预测就必须掌握全面、详尽、真实的历史信息和现实信息。因此,秘书信息工作应当:

(1)围绕目标的确定进行调查研究,全面收集有关的详细资料;

(2)对信息核实后写出调查报告,为决策提供事实依据;

(3)为了降低选择目标的不确定性程度,需对该目标有关的信息加以系统分析,为决策者提供预测信息,供决策者选择目标时参考;

(4)在确定决策目标时,要考虑选择关键目标的需要,紧紧围绕关键性目标,有计划、有重点地传递信息。

2. 利用信息制定决策方案

目标确定后,需对目标进行分析,制定出各种达到目标的方案。

(1)根据决策目标收集信息,包括有利因素和不利因素、确定因素和不确定因素以及方案可能出现的效果信息;

(2)及时了解决策者决策思考的进程及遇到的难题;

(3)在对信息进行充分、系统分析的基础上,有针对性地提供各种信息和有价值的方案、经验,帮助领导消除疑虑,加速决策意图的形成。所提方案可以从多个侧面拟定,提供多套方案供领导思考。

3. 利用信息选定决策方案

决策方案拟订后,需对方案评估、选取其一或综合处理实现优化。在抉择方案阶段,秘书要采用一定的方式、方法,对已经拟定的决策方案进行经济、技术及可行性等方面的分析论证。通过分析,明确决策的正确性与合理性,排除干扰,为决策者选择方案提供可靠的依据。

二、秘书辅助决策的信息工作程序

秘书辅助决策的信息工作程序是:

1. 实地调查,获取大量有效信息;

2. 以信息为依据,对决策方案进行有效论证;

3. 对决策方案进行技术评价和潜在问题分析,编写可行性论证报告。

三、秘书辅助决策的信息工作内容

秘书辅助决策的信息工作内容主要有:

1. 为领导准备好所需的翔实的信息资料,并将这些信息资料系统整理;

2. 为参与方案的专家准备好所需的全部信息资料;

3. 对各次论证会发言要点进行综合，并将主要倾向性意见和建议列出，供抉择；

4. 对决策对象及其所处环境条件变化的信息及时分析综合，供参考；

5. 当选择过程中任何一个层次上发现问题，都必须根据问题产生的原因与性质，及时地将信息反馈到相应层次中去，以便对决策修订、补充；

6. 提供论证依据、评价标准等信息；

7. 对各种决策方案提出综合评价，为抉择提供科学依据；

8. 及时提供决策的背景、条件、目标、策略等信息；

9. 决策后的反馈服务。

决策需要在实践中不断补充完美。因此，秘书为决策信息服务的一项重要功能，就是注意收集决策实施中出现的情况和问题信息，加强信息反馈工作。

1. 模拟试验情况反馈

在抢先决策前要先行试点，取得第一手材料，再由点到面推广，全面实施决策。秘书应将"试验点"的各种信息，如经验、教训、成绩、问题等，及时收集、鉴别、综合，形成文字材料提供利用；若秘书亲自参与"试点"实践的，可以将获取的第一手材料，提供参考。

2. 决策普遍实施情况反馈

秘书要利用各种信息渠道，及时收集执行决策的反馈信息，敏锐地发现各种偏离决策方案的倾向，提出纠偏建议，准确、迅速地传递给决策系统，为决策者实行有效的指挥和控制提供信息支持，以便决策者及时根据客观情况的变化，对决策方案进行相应的调整、补充与修正。对决策执行中出现的新问题、新情况、新机遇要及时反馈，使决策不断优化；通过信息调研及时总结经验，并将经验信息传递，使经验得以推广。

四、秘书辅助决策的信息工作方法

秘书的决策过程，实际上是一个信息输入、输出的过程。信息对决策的基础作用贯穿于决策的全过程。秘书要掌握科学的信息工作方法，实施决策服务。

（一）调查法

调查法是科学决策的重要方法，是秘书发挥辅助领导决策职能的根本途径。秘书通过开展调查研究掌握决策对象各个构成部分的现实状况，掌握精确的数据，以便及时发现问题，避免发生决策失误。要有选择地调查影响决策对象的各种外部情况，对现状进行综合的、本质的了解。

（二）比较法

比较法就是把同类问题在历史上呈现出的不同结果作定性和定量的比较分析，根据对比的差异来研究工作活动的情况及其规律。利用比较法，可以发现和提出问题，达到了解过去、预测未来的目的。比较的结果既要用文字来表述，又要尽可能用统计、图表等方法精确地表达。

（三）预测法

预测是为决策服务的。预测法是根据过去和现在的信息来预测未来；根据历史经验、宏观信息和逻辑推断，推导事物发展变化状况和趋势，得出结论指导未来的行动。科学观测的方法有归纳法和演绎法。归纳法预测的特点是从各方面收集对同一预测对象的预测意见信息，选取其中的一致结论；演绎法预测的特点是根据原理和经验进行逻辑推理和数学演算得出预测意见。在决策时对预测结果经过进一步验证、评价之后，才能将其作为制定决策的依据。

（四）综合法

综合法是从总体上对信息进行系统的归纳、分析和判断，确定信息之间的相互联系，提高信息的真实性和准确度，并将分析得到结果加以整合，为决策提供深层次的信息。它是分析法与统筹法、数学法和逻辑法的统一。

（五）优选法

优选法是在系统综合的基础上，从不同的可行方案和意见中选优，最后决断。选优过程是从比较到决断的过程运用精确的数字、严谨的逻辑、社会科学的方法，全面评价决策的社会价值，权衡决策执行后可能带来的社会效果，最后作出审慎的决策。

五、科学决策的程序

决策程序是指决策过程所要经历的各个环节。

（一）确定目标

决策目标是指在一定的环境条件下，希望得到的结果。它既是行动所要达到的目的，也是评价决策的标准。

（二）拟定备选方案

拟定备选方案，即寻找达到目标的有效途径，制定多种可供选择的方案。决策方案要尽可能创新，每种方案之间必须有原则的区别；方案要有准确的定量分析和明确的定性说明，明确列出限制性因素。

（三）选择最优方案

在对各个备选方案进行评估的基础上，通过总体权衡、对比分析，作出科学判断，选择最优化方案。

（四）贯彻实施和追踪方案

贯彻实施和追踪方案是决策程序的最终阶段。贯彻实施就能最后检验决策是否合理有效，如果发现了设计方案和论证方案时没有考虑到的新问题，必须抓紧作必要的修改。实施以后还要随时检查、验证，按照决策方案进一步对比分析，要跟踪检查不定性因素和限制性因素在决策实施过程中的影响，对未能达到预期效果的项目要找出原因，并进行控制和修正。如图 5-1 所示。

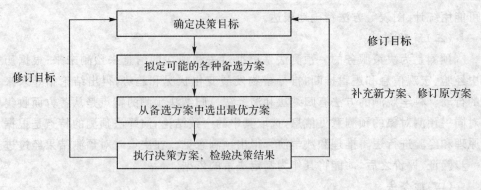

图 5-1　决策过程图

◎ **注意事项**

决策中信息利用应注意的问题：

1. 不同的决策对信息精确度要求不同，应有区别地收集各方面信息，把注意力集中在反映重要事实的信息上；

2. 对决策中使用信息的作用做客观估计，根据信息来源、可靠性和加工程度的不同利用信息；

3. 要做好信息补充收集工作，对决策中信息不完备、条件与环境发生变化而导致结果与预期目标出现偏差的情况进行分析，及时补充信息；

4. 信息收集处理的质量优劣、利用信息层次深度等直接关系到决策的成败；

5. 建立健全信息反馈网络；

6. 将各个稳定提供信息的信息源连接起来，形成能定期或随时向信息中心输送或交换信息的系统。

第二节　信息资源管理

◎ **学习目标**

能参与信息资源管理活动，充分发挥信息的效能。

◎ **案例导入**

海黎公司将信息资源管理作为管理工作的有机组成部分，贯穿于公司管理的全过程。制定了信息管理办法、信息载体和信息设施的保护措施、信息保密办法等规章制度，对员工进行信息工作培训，为信息系统配置科学先进的设备，加强对信息工作的统筹规划,使信息资源在增强企业竞争力和应变能力、提高企业的经济效益、满足工作需要方面充分发挥作用。

[分析]

这个案例说明了只要重视信息资源管理,重视员工在信息管理过程中的作用,全员参与信息资源管理活动,才能充分发挥信息的效能。

◎ **理论知识**

信息作为一种资源重在利用,而信息利用的关键是管理。管理是信息利用成败的前提与基础。要使信息真正成为可开发利用的资源,必不可少的前提条件就是信息资源管理。

一、信息资源管理的要素

信息资源管理的要素是构成信息资源管理活动的基本组成部分,主要指信息流、人员、信息机构、政策法规、物资等,它们相互联系,形成一个有机整体。

(一)信息流

信息流是实现信息资源管理的对象。整个信息系统,既要不断地输入新的信息,也要有反馈信息的作用,形成循环的信息流,才能使信息系统按预定的目标实现其主旨与控制。

(二)人员

人是信息活动的主体。信息资源管理效率的发挥必须以人为本,充分发挥人的主动性、积极性、创造性。人的素质越高,就越能在高的层次上出成效。

(三)信息机构

信息机构是信息管理的中心枢纽,是信息资源管理活动得以科学进行的重要组织形式。只有建立起能执行政策法令、掌握市场规律、适应需要的信息管理体系和组织结构,才能实施科学有效的管理,提高信息资源管理的功能。

(四)政策与法规

政策与法规是确保信息管理活动正常有效运转的依据和保证,它包括有关信息管理的政策、法律、法令、条例、规则和章程等。信息资源管理必须在国家的宏观政策指导下进行。在具体的信息资源管理过程中,必须综合运用政策法规等手段,规范人们开发和利用信息资源的行为,确保各项信息资源工作有章可循、有法可依,确保信息活动的开展。

(五)物资

物资包括各种信息系统的设备、工具、仪器、资源等,它是信息资源管理的必备条件,它形成开展管理工作的环境。信息资源管理系统,一方面要采用先进管理设备,提高信息的收集、组织、加工、传递、存储以及提供服务的水平和能力,另一方面要提高信息开发和利用过程中的物资的利用率。

二、信息资源管理的特征

(一)适应性

信息资源管理要适应竞争环境、适应市场规律、适应各种变化。

(二)社会性

信息资源管理的基本功能在于提高各项活动的社会效果,最大限度地满足社会的广泛信息需求,大力开发信息资源,实现信息资源的社会共享。

(三)整体性

信息资源管理是一个系统工程,管理的各个要素相互联系、相互作用,形成协调一致的系统和流程,使信息工作的各个环节密切配合,发挥整体功能。

(四)预测性

信息资源管理需要制定发展目标和长远规划,了解社会信息需求,明确信息环境的变化动态,部署信息资源管理的任务,具有极强的战略性和预测性。

三、信息资源管理的原则

信息资源管理是一项十分复杂的管理活动,必须符合信息资源运动的客观要求,遵循如下基本原则。

(一)共享原则

信息来源于社会,是社会的宝贵财富,理应为社会所利用。信息利用越广泛,其资源作用就发挥得越充分。要建立社会化信息资源保障体系和高效率的信息流通、传递与利用体系,通过有效的管理,保证信息资源为人们最大限度地利用。

(二)系统原则

要使社会的信息资源,包括各行各业、各个方面、各种类型以及各种渠道获得的信息资源,按照系统科学的要求,形成一个相互联系、相互作用的系统,真正发挥信息资源的作用。随着社会信息化水平的提高,信息环境更加复杂,影响因素更多,信息资源管理坚持系统原则更为重要。

(三)科学原则

科学原则是指信息资源管理要遵循信息运动规律,体现信息管理的特殊性,真正使信息服务于社会,发挥资源作用。要求整个信息运动过程,从信息源到信息的收集、处理、存储、传递、利用乃至反馈,都必须真实、准确和可靠;要求信息资源管理必须从实际出发,根据利用者的现实需要,本着实用和发展的原则,确保信息管理的最佳效用。

(四)安全原则

随着信息资源共享,信息的安全问题日益成为信息资源管理所面临的重要问题。信息安全问题涉及的领域广泛,因素众多。信息资源管理要加强制定信息活动的规范化准则,从全新的角度综合防范和治理。

四、信息系统概念

信息系统是信息资源诸要素的有机结合,是根据特定需要,对信息进行加工处理、选择程序以及流通传播的组织机构。一个典型的信息系统是由信息(数据)库、信息技术设备和信息专业人员组成的。要运用信息技术对收集来的信息进行加工处理,形成信息(数据)库,并根据用户的需要开展信息服务,从而实现开发利用信息资源的系统功能。

五、信息资源管理的要求

(一)信息资源管理要灵活

各项管理方案和计划要适应客观情况,使管理活动始终处于可控的动态变化过程中,以维系信息资源管理系统的正常运行。

(二)信息资源管理要协调

每个信息机构都是国家整个信息管理系统的有机组成部分,必须考虑信息工作任务的衔接与协调,发挥整体功能。

(三)信息资源管理有赖于信息政策法规

信息资源管理需要综合运用各种调控手段,包括政治、法律、经济、行政、技术等,但最基本的调控手段是政策法规。只有在信息政策法规的基础上实施管理,才能确保信息工作持续稳定发展。

六、秘书信息资源管理内容

信息资源管理就是运用管理科学的一般原理和方法,对信息活动的各种要素进行科学规划、组织、协调、控制,确保信息资源充分开发和合理利用。

信息资源管理有宏观层次和微观层次。宏观层次的信息资源管理是解决有关信息资源管理的全局性、战略性、整体性、关键性问题。微观层次的信息资源管理,是指为达到对信息的最佳采集、加工、存储、流通和有效服务的一系列管理工作。

秘书主要实施微观信息资源管理工作,任务是满足各项工作的需要,使信息资源管理的各个要素相互联系,形成一个有机整体,并进行具体的管理系统的操作,实现信息资源的共享。

微观信息资源管理是在宏观管理的框架中进行的,是具体的、带有局部性的信息资源管理工作的实践活动。秘书要确保信息在战备决策中发挥作用,提高信息效率,最大限度地实现共享。

七、秘书信息资源管理工作

信息资源管理包括信息资源的技术管理、人文管理(信息政策、信息法律、信息道德)和经济管理。秘书应具体做好如下信息资源管理工作。

(一)建立健全信息工作规章制度

为了保证信息工作科学地运转,必须有一系列规范化的工作程序、标准和要求。要建立健全信息工作规定和制度,规范业务流程,确立信息管理基础标准,如信息分类标准和分类代码标准,形成包括信息工作组织制度、信息传递制度、信息专报制度、信息专题分析制度、信息存储制度、信息编辑制度、信息审批制度、信息反馈的催办制度等的制度管理体系,使信息工作规范化、标准化。

(二)信息工作指导

任何信息工作都应当符合信息工作的总体目标,而信息政策是实现信息工作目标的指南。要掌握和理解信息政策,宣传信息政策,及时制定或修订信息政策和信息活动规则,运用政策指导信息工作,在宏观上把握方向,在微观上解决应付环境、调整信息工作关系的问题,保证信息工作在一定原则和依据上进行,使信息资源开发策略与管理策略高度协调一致。

(三)信息工作计划

为了使信息工作能有效地满足单位和社会信息需求,要进行信息的总体部署和具体安排,提高信息利用率。信息工作计划的主要内容和工作重点如下。

1. 确定目标与任务

根据工作活动的目标和意图,确定信息工作目标,制定具体可行的信息工作任务,为某个时期或某项工作的决策和运行服务以及企业经济活动目标、任务的制定和实施提供信息材料。

2. 明确信息类型与来源

根据信息工作的目标和任务,确定所需要信息的类型和来源,针对信息的内容和已有工作条件,设计处理信息和传递信息的最有效的方法和途径。

3. 市场调研的可行性分析

为了提高信息工作效率,在进行信息工作安排时要客观分析,决定是否有必要进行市场调研。要分析调研的价值,明确现有信息材料能否充分满足工作的需要,了解通过市场调研取得的信息是否具有重要价值、是否能满足工作活动参考;要分析调研资料的可取性,明确通过市场调研取得所需信息的可能性和可信度;要分析市场调研的效益,明确市场调研所需投入的人力和财力。

4. 规定工作流程和进度

为了控制工作时间,保证如期完成信息工作的总体部署和具体安排,必须规定各项工作的流程和进度,编制工作进度表,绘制出各项工作计划的网络图,以便于控制工作进展,尤其是控制关键工作的进展。

工作进度表一般包括每项工作所需要的时间、每项工作开始的日期、每项工作终止的日期。

工作计划网络图根据工作进度表绘制,是按工作的先后顺序绘制表明各工作间关系的图形。在信息工作中,要控制好各项工作时间,保证整个工作按时完成。

5. 进行工作分工

根据信息工作目标与任务,确定信息工作人员及组织机构,明确职责分工。

(四)信息工作组织协调

信息的有用性,使信息具有使用价值。但是,信息的使用价值要转化为现实价值,很大程度上取决于对信息的管理。信息资源管理的过程就是对信息的产生、形成、利用进行合理组织和有效协调的过程。信息工作组织协调的内容有:

(1)合理组织信息、人员、设备等各种资源要素,实现信息工作最大效益。

(2)针对工作中心和进程,及时调整具体信息工作安排和人员配置。

(3)对整个信息资源的开发和利用活动进行协调。做好日常管理工作,加快信息的流转速度,使各部门、各环节对信息的运转及时、准确。抓好信息利用的有利时机,快速发挥信息的作用,创造社会效益和经济效益。

(4)加强信息沟通和工作协调。为了保证信息资源的共享,要做好信息收集和信息服务的有效沟通和协作。

要把高层管理者的意图、策略和实施方案传递给员工;要把信息资源管理的成果、现状和发展方向等情况传递给高层管理者,能够在工作发展、战略规划、提升竞争实力等方面带有全局性的问题上,及时、有效地向高层管理者提供可供决策参考的信息;要在系统、行业、单位内部进行信息沟通和工作协调。

在信息沟通和工作协调中,要帮助人们树立信息资源管理的观念,让人们认识到信息资源在工作发展中的重要作用,指导人们更好地应用信息资源,为人们提供信息或信息技术的咨询服务。

(五)信息工作控制

对信息工作的控制,是通过对信息工作的目标、管理和信息价值发挥情况的审核检查来进行的。

1. 信息工作目标的审核

检查信息工作有无明确的目标;信息工作目标是否符合单位工作活动的目标;信息工作目标是否切实可行。

2. 信息管理科学性的检查

信息管理有分散管理、集中管理、计算机辅助管理和分散与集中相结合的综合管理。无论采用哪种类型的管理系统,都必须有利于信息的收集、处理和传输,有利于系统现有信息的汇集和提供利用,完成为各项工作活动的进行与决策提供信息材料等工作任务。要审定现有管理系统是否有具有信息功能的实现和信息工作任务的完成,以便及时进行改进和调整。

3. 信息工作质量的检查

检查信息工作进展程度,即信息收集、处理、传递和运用是否及时、有效,是否符合单位工作目标的需要。

检查信息质量和使用价值,鉴别提供信息的真实可靠程度、信息分析的精确度和信息用途的广度与深度,剔除已经没有使用价值的信息。

检查信息使用状况,辨别有无盲目提供信息现象。信息并非越多越好,要为决策者和管理者提供切实可用的信息;要根据需要提供不同层次信息,如有的信息反映工作活动的基本状况可供一般工作查考,有的信息经过汇总和统计分析、预测分析可供决策参考。

检查信息利用服务水平,不仅要提供及时有用的信息,而且要保证信息的准确传递,帮助信息使用者正确接收、合理使用信息。

(六)提高整体信息处理能力

信息处理能力是指信息的收集、组织、分析能力,涉及信息机构、人员素质、设备条件、经费状况等因素。应提高自身素质,借鉴现代化信息管理思想,运用现代化信息技术,提高信息的整合能力。必须做到以下几点。

1. 明确信息需求

信息需求是指系统利用者及其需求,是一种动态的、不断发展变化的现象。只有在认识利用者需求特点和需求变化规律的前提下,才能进行客观分析,寻求满足不同利用者的方法,提供高质量的信息服务。满足信息需求是信息系统的终极目标,是建立和改善信息系统的主要依据。要充分了解利用者的现实和潜在数量、用户类型、需求特点;采用表格调查法、访问调查法、统计分析法等进行利用者需求调查,明确信息需要的主体、种类、时间和信息需要量以及信息传递渠道、传递方式等,这是信息资源管理工作的基础。

2. 科学地处理信息

要对各部门的信息管理提供信息技术支持,进行具体的管理系统的运作,确保采用科学的信息处理技术和方法,对信息进行收集、加工、整理、存储和传递,提高信息的质量,及时提供适用的信息。

3. 完善信息管理系统

要健全信息管理体系,加强对信息工作的指导,实现信息管理的科学化和现代化,提高信息管理的效率效益。

4. 开展信息工作培训

信息工作的任务是对信息实施科学利用,实现对信息的全面收集、科学加工、合理传递与存储、适时应用和反馈。因此,要加强人们信息工作知识、技能培训,提高现代信息技术应用水平。

(七)促进合理配置信息资源

信息存在的意义在于有效利用。信息资源管理的根本目的就是信息的利用。只有合理配置信息资源,才能充分发挥信息资源的作用。

信息收集要完备,保证内容完整、门类齐全,信息的形成既有纸面信息,又有电子信息、缩微信息。

1. 收集的信息具有突出的特色,能系统地反映单位工作状况;

2. 从社会的信息利用实际出发收集信息,以实现信息资源的社会共享;

3. 建立获取信息的各种渠道网络,形成信息保障体系;

4. 深入调查研究,优化信息资源构成,使信息源的类型、分布和开发利用状况更加合理,便于发挥信息资源优势。

(八)为信息系统建设提供基础支持

管理信息资源必须通过一定的组织机构来实施,人们对信息资源进行管理,最后必将回归到对信息系统的管理上。要树立信息意识,做信息的创造者和管理者,为信息系统建设和管理提供支持。

1. 不断丰富信息资源,使信息资源的结构和分布更加合理;

2. 实施科学有效的管理,提高信息资源管理的社会功能和经济效益;

3. 在政策的指导下,确保信息管理活动正常有效运转;

4. 积极运用现代化的管理设备,提高信息工作的水平和能力,实现信息资源管理的目标。

◎ 知识链接

一、信息工作制度的内容及主要制度

(一)信息工作制度的内容

信息工作制度是组织制定的、要求人们共同遵守的、确保信息工作正常运行的各种规则要求,涉及信息收集、整理、传递、反馈和利用的各个环节。信息工作制度包括标题、内容、形成者、形成时间、有关解释与说明,一般应写明适用范围、工作程序、各部门及工作人员职责和违反该制度应承担的责任等。

(二)信息工作的主要制度

要做好信息工作,必须建立和坚持以下制度。

1. 信息专报制度

信息专报制度,即在做好为领导或领导机关决策服务的同时,当年的每月,各信息点都要向信息网络中心上报有一定质量的信息专稿。努力做到每月信息工作的“四个专报”,即全局性问题综合专报、政策性问题专题专报、中心工作系列专报和重要动态随时专报。还应做到当年常规反馈的“六个必报”,即对上级党委和中央的重大决策部署在本地、本部门学习、贯彻、落实情况的反馈必报;各阶层对重要方针政策和改革措施出台后的思想反馈必报;对重要的社情民意和突发性事件的反馈必报;领导对重要信息批件落实情况的反馈必报;需要向上级部门反馈的大事、要事、急事必报。

2. 信息报送数量定额制度

为了保证上级机关能从足够数量的信息中了解和掌握全局情况,各信息点必须向上级机关提供一定数量的信息。中央规定,各省市区党委办公厅每月向中央办公厅报送的动态信息应保持在 200 条左右,最低不得少于 150 条。其他单位也可以根据各自的情况确定报送信息的数量。

3. 紧急信息报送制度

对紧急信息的报送,要做到随时发生随时报送,任何单位、任何个人,都不得迟报、漏报、瞒报紧急信息。中央办公厅《关于加强紧急信息报送工作的通知》中确立建立报送紧急信息责任制,规定:在报送紧急信息方面,各级办公厅要向上级负责,并建立紧急信息责任制,哪一级发生迟报、漏报、瞒报问题,由哪一级负责,哪个省、区、市范围内发生迟报、漏报、瞒报本地区紧急信息问题,由哪个省、区、市党委或政府办公厅负责。

4. 信息稿件送审制度

对信息急件、要件,信息工作者都应及时送交办公室分管同志或主要领导人审阅把关。向上级机关或网络中心报送的重要信息,应由分管信息工作的领导同志审阅同意并签发,方可发出。

5. 信息采用通报送审制度

对信息采用情况定期进行通报讲评,是各单位使用多年的有效制度,对表扬先进、激励后进、提高信息质量、提高信息工作有很大促进作用。各单位还应当不断改进通报的方式,提高通报的效果。要逐步增加质量系数,使通报不仅成为采用数量的罗列,更重要的是成为上报信息质量的反映。特别应加大对紧急信息报送情况的通报力度,对迟报、漏报、瞒报紧急信息的要点名批评,以促进信息工作的健康发展。

6. 信息专题分析制度

根据不同时期的社会热点、焦点问题确定专题,不定期地召开有关部门信息员参加的专题分析会。会后要形成若干有情况、有分析、有建议的较高层次的专题分析信息材料,报送上级机关。

7. 信息业务培训制度

信息工作者必须具备精湛高超的业务水平:要有较强的思维判断能力,通过综合,能够发现和揭示信息的潜在价值;要有较强信息表达能力,能够准确、真实、精练地反映客观情况;要有较强信息处理能力,能够从全局高度对信息进行筛选和加工,及时向领导报送。为此,必须建立业务培训制度,基本方法是:办班培训,跟班练兵,现场取经,提供方便,集体改稿,定期评优,激励竞争,加强联系,不断提高信息人员的业务水平。

8. 信息工作奖惩制度

每年年终结合信息工作总结考评,对成绩显著的信息工作人员,通过授予先进工作者称号、记功、晋级、升职、奖金等形式予以奖励;对不称职者,要适当进行批评教育,限期改正;对严重失职,给工作造成损失者,要视情节轻重给予适当的处分,以激励先进,鞭策后者,推动信息工作向前发展。

二、信息工作制度制定的要求及注意事项

(一)信息工作制度制定的要求

1. 信息工作制度用语应当准确、简洁,使用文字和标点符号应当正确、规范。

2. 信息工作制度可以用条文形式表述,也可以用段落形式表述。

3. 信息工作制度的内容应当明确、具体,具有可操作性。同时,不得与法律、法规和国家的方针、政策相抵触。

4. 如果原制度被新制度所代替,必须在新制度中写明原制度废止的时间。

(二)信息工作制度制定的注意事项

1. 信息工作制度的制定要讲究严肃性、科学性和合理性。

2. 信息工作制度的制定要体现单位的整体战略目标和价值观念。

3. 信息工制度的制定,应当遵循精简、统一、有效的原则。

4. 信息工作制度的建立重在激励、正面引导。

三、建立完善信息工作制度的意义

信息要向规范化、制度化、科学化方面发展,必须有一系列规范化的工作程序、标准和要求。要建立健全必要的信息工作制度,规范业务流程,确立信息管理的基础标准,使信息工作保持高效运行,保证信息网络反应灵敏、采集广泛、传递准确迅速、运行安全正常,以不断适应和满足工作活动对信息的需求。

◎ **本章小结**

本章主要介绍了信息决策服务、信息资源管理的一些基本知识。信息决策服务部分重点介绍决策信息的来源、信息决策的含义、信息在决策中的功能、决策对信息的基本要求、秘书辅助决策信息工作的基本要求等。信息资源管理部分重点介绍信息资源管理的要素、特征、原则、要求以及秘书做好信息资源管理工作的方法等。

【关键概念】 信息系统 信息沟通 信息决策 信息服务 信息协调 信息控制 信息配置

◎ **思考和训练**

一、填空题

1. _____是决策的基础,帮助人们由表及里、由此及彼地认识事物、问题的客观存在。

2. 信息决策就是对信息完备性、精确性及可信性的_____。

3. 科学决策的过程,实际上就是一个_____过程。

4. 超前服务是指提供信息的_____要超前。

5. 秘书为决策信息服务的一项重要功能就是注意收集决策实施中出现的情况和问题信息,从而加强_____工作。

6. 信息作为一种资源重在利用,而信息利用的关键是_____。

7. 信息资源管理的要素是构成_____的基本组成部分。

8. 信息流是实现信息资源管理的_____。

9. _____指信息的收集、组织、分析能力,涉及信息机构、人员素质、设备条件、经费状况等因素。

10. 信息资源管理的根本目的就是_____的利用。

二、选择题(每题有一个或多个正确答案)

1. 属于决策信息范畴的有　　　　　　　　　　　　　　　　　　　(　　)
A. 信息咨询机构的信息　　　　　　　B. 实地调查信息
C. 决策后的反馈信息　　　　　　　　D. 政策、法律、法令及相关规定
E. 决策服务信息

2. 决策对信息的基本要求有　　　　　　　　　　　　　　　　　　(　　)
A. 能直接反映决策项目的具体内容　　B. 能体现相关的历史过程
C. 能反映相关领域与决策有关的活动　D. 能为预测提供佐证
E. 能为决策服务

3. 秘书辅助决策的信息工作方法有　　　　　　　　　　　　　　　(　　)
A. 综合法　　B. 调查法　　C. 比较法　　D. 预测法　　E. 对比法

4. 决策过程所要经历的环节有　　　　　　　　　　　　　　　　　(　　)
A. 贯彻实施和追踪方案　　　B. 确定目标　　　　　C. 拟定备选方案
D. 选择最优方案　　　　　　E. 实施方案

5. 信息资源管理的要素有　　　　　　　　　　　　　　　　　　　(　　)
A. 政策与法规　　　　　　　B. 信息流　　　　　　C. 人员
D. 信息机构　　　　　　　　E. 领导者

6. 信息资源管理的原则有　　　　　　　　　　　　　　　　　　　(　　)
A. 安全原则　　B. 共享原则　　C. 系统原则　　D. 科学原则　　E. 服务原则

7. 信息工作制度的内容包括　　　　　　　　　　　　　　　　　　(　　)
A. 标题　　　　　　　　　　B. 内容　　　　　　　C. 形成者
D. 形成时间　　　　　　　　E. 有关解释与说明

8. 信息资源管理的特征有 （　　）

A. 适应性　　　B. 预测性　　　C. 整体性　　　D. 社会性　　　E. 实践性

9. 信息工作计划的主要内容和工作重点是 （　　）

A. 确定目标与任务　　　　　　B. 明确信息类型与来源

C. 市场调研的可行性分析　　　D. 进行工作分工

E. 规定工作流程和进度

10. 信息工作的主要制度有 （　　）

A. 信息采用通报送审制度　　　B. 信息专报制度

C. 信息报送数量定额制度　　　D. 紧急信息报送制度

E. 信息稿件送审制度

三、简答题

1. 简述信息决策的含义。

2. 简述决策对信息服务的要求。

3. 简述信息资源管理的要素。

4. 简述信息资源管理的要求。

四、论述题

1. 论述秘书辅助决策的信息工作内容。

2. 论述信息资源管理的要求。

3. 论述信息工作的主要制度。

4. 论述信息工作制度制定的要求及注意事项。

五、实务题

背景说明:你是大连海黎公司行政总监王丽燕,下面是总经理王刚明需要你完成的几项任务:

便　条
王丽燕: 　　我在外地开会,需作一场有关信息决策服务方面的讲座,请你为我提供有关做好决策中信息利用应注意的问题的材料,用电子邮件形式发给我。 　　谢谢。 　　　　　　　　　　　　　　　　　　　　　　　总经理　王刚明 　　　　　　　　　　　　　　　　　　　　　　　2010 年 2 月 20 日

便　条

王丽燕：
　　我公司将组织一次秘书培训班,请你就下列问题提供有关培训资料。
　　1.说明秘书辅助决策的信息工作内容
　　2.说明秘书辅助决策的信息工作程序
　　3.说明秘书制定信息工作计划的主要内容和工作重点
谢谢。

总经理　王刚明
2010 年 2 月 25 日

六、技能实训题

　　某公司拟开发新的产品市场,为了确保决策的科学有效,需要以大量的信息为依据,进行开发市场的可行性研究。请以饮料行业某一产品为例,利用信息工作方法中的调查法对市场行情、市场同类产品的特点、价格、消费者需求状况等方面的信息进行调查和分析,完成调查报告,为公司决策提供参考资料。

第二部分

档案管理工作

第六章　档案与档案工作

◎ **技能要求**

- 辨别文书与档案，熟悉常见档案种类，在工作中充分发挥档案的作用
- 开发利用档案为档案工作服务

◎ **知识要求**

- 档案的概念、特点、作用和种类
- 档案工作的内容、意义及基本原则
- 档案工作的特点、原则和要求

第一节　档案的概念、特点和作用

◎ **学习目标**

把握档案的概念、特点、作用和种类等，提高发挥档案在工作中作用的意识。

◎ **案例导入**

2002 年，欧盟打火机制造联合会向欧盟委员会提出反倾销申诉，指控中国生产的一次性燃气打火机在欧洲市场上倾销。当年 6 月 27 日，欧盟宣布对产自中国的打火机进行反倾销立案。

得此消息后，浙江温州、宁波等地的打火机生产企业在有关部门和行业协会的组织下准备应诉，并向欧盟申请市场经济地位和提出"产业无损害抗辩"。

应诉中的关键环节是提供公司生产、内销、外销、财务等各方面的材料和原始单据，以及经营过程中的合同、协议、企业章程、董事会决议记录等，更重要的是还要提供近三年来的财务报表和审计报告等一套完整的档案材料。

由于这些应诉企业平时注重生产、销售和经营管理等方面档案的收集和管理工作,因此,所需要的档案齐全、证据充足。于是,经过应诉企业、代理律师等长达15个月的工作,2003 年 9 月,在针对中国产品的众多反倾销调查案中,一次性打火机生产企业的应诉取得了胜利,成为中国企业反倾销应诉史上的标志性事件。

[分析]

上述案例告诉我们:企业生产和经营活动中形成的各种档案具有重要的作用,有时档案是否完整甚至关系到企业能否生存和发展。并且,在一个单位仅有档案是不够的,有效的档案管理工作才是档案充分发挥作用的前提。

◎ 理论知识

一、档案的概念

档案是国家机构、社会组织和个人在社会实践活动中形成的,保存备查的文字、图像、声音及其他各种形式的原始记录。

这个定义说明了三点:

第一,档案是过去和现在的机关、组织和个人在自身的活动中形成的,它来源于行为主体的特定的社会实践活动。

第二,档案是由文书和信息转化而来的,没有文书、信息材料也就没有档案。同时,文书、信息又和档案相区别,文书、信息是档案的前身,经过转化才能成为档案。转化的条件是:处理和办理社会事务完毕的文书、信息才能转化为档案;对日后实际工作和科学研究活动有一定查考价值的文书、信息才有必要作为档案保存;按照一定的规律,集中保存起来,才能最后成为档案。

第三,档案是保存起来的人们社会活动的原始记录。档案是保存起来的文书、信息材料,是人们当时社会实践活动的原始记录,不是事后另行编写和随意收集的。

二、档案的特点

1. 社会性,即档案是人们在社会实践中直接形成的,其内容就是对社会实践活动的内容、过程及结论的原始记录,而非自然界产物。

2. 历史性,即从时态上讲,档案是过去已经形成的而不是正在形成或尚未形成的东西。这种以往社会实践的原始记录,就可以把过去带到现在和未来,从而将过去、现在和未来连贯在一起,维系人类社会的时空统一与整体连续性。所以,人们一般将档案看做是一种历史遗产。

3. 确定性,即档案内容信息的清晰、确定性和其载体的固化、恒定性。

4. 原始记录性,档案是人们在社会实践中直接形成的原始性信息记录,对社会实践具有直接的原始记录作用,是档案区别于其他事物尤其是相邻事物的独一无二的本质所在,因此是档案的本质特性。它不仅是档案区别于其他事物的根本所在,而且根本上决定其管理方法的基本取向,即对档案的管理方法无论怎样简便、有效,均不能以伤害档案的本质特性为代价。

三、档案的类别

(一)公务档案与私人档案

公务档案是指人们在公务活动中形成的档案,其形成主体主要是公务机关或其他社会组织;私人档案是指人们在私人生活中形成的档案,其形成主体主要为个人。这两个相对性概念解决了档案的归属及所有权问题。

(二)历史档案与现行档案

历史档案是指形成时间较早,离现在较久远且主要起历史文化作用的档案;现行档案是指形成时间较晚,离现在的时间距离较近且主要起现实性参考作用,即对人们的现实工作生活依然有具体实际作用的档案。

(三)文书档案、科技档案与专门档案

文书档案是指行政管理档案,即在社会的行政管理活动中由各种行政性或政治性公文(如请示、批复、决定、决议、法规、法律等)转化而成的档案,其实质是突出强调了行政性在档案大家族中居主导地位。

科技档案是指人们在科技、生产活动中形成的由纯业务性的科技文件材料转化而成的档案,如图纸、设计任务书、科研报告等。它是人类面对自然进行科学研究和物质生产活动的记录。

专门档案是指除文书档案和科技档案之外的,所有在专门活动中形成的档案,如会计档案、人事档案、诉讼档案、医院的病历档案、婚姻登记和工商注册登记档案等。

四、档案的作用

(一)行政作用

档案是企事业单位一系列活动的真实记录,它保持政策、体制、秩序、工作方法的连续性、有效性以及决策的科学性,具有不可或缺、无可替代的凭证和参考作用。

(二)业务作用

档案在企事业单位的每一个业务领域中都发挥了重要的凭证和参考作用,成为业务活动的信息支持和保障,是以往业务活动的记录和继续开展业务活动的条件。

(三)文化作用

档案的文化作用主要体现在两方面:一方面,档案是人类所创造的一种宝贵的精神文化财富;另一方面,档案对于人类社会文化的积累、传播、发展与进步所发挥的各种功能。档案是民族文化的集中体现,是历史文化的积累,是历史文化传承的手段,是文化创新的基础。

（四）法律作用

档案的法律作用是指档案在解决争端、处理案件等活动中所发挥的证据作用。法律作用是档案凭证价值的集中体现。档案是当时、当地、当事人在业务中形成的原始记录,真实性、可靠性强,是令人信服的真凭实据。档案在维护国家、集体、个人合法权益方面的法律作用很突出。

（五）教育作用

在社会教育的诸多素材中,档案以其独特的历史性、直观性和原始性,成为宣传教育的重要材料。档案的教育作用大多通过展览的形式发挥出来,尽可能地让更多的人了解真相,接受历史教育。

五、档案的管理机构

（一）档案室

档案室是集中统一管理本单位档案的部门,是单位内部具有信息服务与咨询性质的机构,一般情况下不对外开放。目前,一般的大、中型单位内部都设有档案室;而在那些规模小、人员少、内部机构少或无内部机构的单位,则可以指定专职或兼职的人员负责档案管理工作。

1. 档案室的职能

根据国家档案局制定的《机关档案工作条例》和《机关档案工作业务建设规范》的规定,档案室的职能主要有以下几个方面:

（1）对本单位文书部门或业务部门文件材料的归档工作,进行指导和监督。

（2）负责管理本单位的全部档案,积极提供利用,为单位各项工作服务。

（3）按规定向档案馆移交应进馆的档案。

（4）办理领导交办的其他有关的档案业务工作。

2. 档案室的类型

单位的性质、职能不同,其形成的档案的门类也有一定的差异,由此,档案室有如下类型:

（1）文书档案室:也称为机关档案室,主要负责保管本单位党、政、工、团等组织的档案;中型以上的单位均设有这类档案室。

（2）科技档案室:是负责保管科研、设计、生产过程中形成的科技文件材料的档案机构;一般设在科研院所、设计院所、工矿企业等单位。

（3）音像档案室:主要负责保管影片、照片、录音带和录像带等特殊载体和记录方式的档案;新闻、广播、电视、电影、摄影部门中设有这类档案室。

（4）人事档案室:是集中保管单位员工档案的机构;一些大型单位在人事部门中设有这类档案室。

（5）综合档案室:是集中统一保管本单位各门类档案的机构。近年来,各单位新型门类档案的数量不断增加,使档案室收藏的档案向多门类发展,许多单一门类的档案室逐渐发展成为综合档案室。

（6）联合档案室：是一些性质相同或相近、规模较小的单位共同设立的档案管理机构；其主要职责是集中统一保管各共建单位形成的档案。联合档案室是一种精简的、集约化的档案管理模式，比较适于规模较小的单位。

3. 档案室的管理体制

（1）文书档案室、综合档案室通常设在单位办公厅（室）的下面，由办公厅（室）主任负责；联合档案室可以与共建单位协商，责成其中的某一个单位负责管理。

（2）科技档案室及其他专门档案室设在相关的业务部门下面，有业务负责人管理。比如，在一些公司，科技档案室设在技术部门下面，由总工程师负责，而人事档案室一般由人事部门的领导负责。

（二）档案馆

档案馆是党和国家设置的科学文化事业机构，是永久保管档案的基地和对外提供档案服务的单位，因此它成为社会各方面利用档案的中心。目前，我们国家各类档案馆的档案主要来源于单位的档案室，这样，档案室和档案馆之间就构成了交接档案的业务关系。由此，单位档案管理的质量将直接影响到档案馆的工作质量和效率。

1. 档案馆的职能

根据国家档案局制定的《档案馆工作通则》，档案馆的基本任务是：在维护党和国家历史真实面貌的前提下，集中统一管理党和国家的档案及有关资料，维护档案的完整与安全，积极提供利用，为社会主义现代化建设服务。其具体职能如下：

（1）接受与征集档案。

（2）科学地管理档案。

（3）开展档案的利用工作。

（4）编辑出版档案史料。

（5）参与编修史、志。

2. 档案馆的设置和类型

（1）综合性档案馆：是国家按照历史时期或行政区划设立的，保管多种门类档案的档案馆。综合性档案馆是对社会开放的档案文化设施，因此又可称为"公共档案馆"。

我们国家的综合性档案馆分为中央级档案馆和地方级档案馆两种类型。中央级档案馆包括中央档案馆（设在北京）、中国第一历史档案馆（设在北京）、中国第二历史档案馆（设在南京），它们保管着具有全国意义的各个时期的历史档案和现行单位的档案。地方级档案馆分为省（自治区、直辖市）级档案馆、地区级档案馆和县级档案馆，它们负责保管具有本地区意义的历史档案和现行单位的档案。

（2）专门档案馆：是在专业系统中设置的负责保管本系统专业档案的档案馆，

例如城市建设档案馆、航空档案馆、照片档案馆、气象资料馆等。

（3）部门档案馆：是一些大型企业集团或事业单位在内部设立的档案馆，它主要负责集中保管集团或联合体所属各单位需要长远保存的档案，例如北京的首都钢铁公司档案馆、南京的扬子石化公司档案馆、上海交通大学档案馆等。部门档案馆一般都是综合性档案馆，既收藏文书档案，也收藏科技档案和专门档案等，其兼有对内服务和向社会开放的双重性质。

此外，随着我国经济和社会的发展，以及社会各界收藏、保管、利用档案需求的增加，近几年来，我国除了国家的档案馆之外，还产生了一些新型的档案机构，例如"文件中心"、"档案寄存中心"、"档案事务所"等。其中，文件中心是为一个地区或系统中若干单位提供归档后档案保管服务的部门；它是介于文件形成部门和地方档案馆之间的过渡性的档案管理机构。档案寄存中心是由国家档案馆设立的，为各类单位及个人提供档案寄存有偿服务的机构。档案事务所则是为单位或个人提供档案整理、管理咨询等服务的一种商业性机构。另外，据报道，在我国的辽宁省和广东省还出现了私人开设的档案馆，收藏和展出一些有关个人的日记、文章、著作，证件、证章，珍贵的历史文献和照片等。

（三）档案局（处、科）

档案局（处、科）的性质是国家指导和管理档案工作的行政机关，也称为档案事业管理机关或档案行政管理机关。它的主要任务是：制定档案管理的规章、办法、业务标准和规范；制定档案工作的发展规划；对档案室和档案馆的工作进行业务指导、监督和检查；组织档案工作人员的业务培训和档案科学研究以及对外宣传工作和国际交流活动等。

目前，我国的档案局是按照行政区划分级设置的，分为国家档案局和地方档案局。地方档案局又分为省（自治区、直辖市）级档案局、地区级档案局和县级档案局，管理本地区的档案事务。

档案处（科）是设置在专业主管机关中的档案行政管理部门，负责指导、监督和检查本专业系统内各单位的档案事务。比如，中国石油化工总公司档案处负责指导、监督和检查该系统下各单位的档案工作。应该说明的是：在专业主管机关中，档案处（科）通常与档案室合署办公，一方面对专业主管机关内部行使档案室的职能，另一方面对本系统其他单位的档案工作行使指导、监督和检查的职能。

◎ 知识链接

一、档案在秘书工作中的作用

档案的根本价值就在于利用。在日常工作中，秘书工作利用档案的频率最高，所以，档案对秘书工作有举足轻重的支持作用。对秘书人员来说，档案是一种重要的信息资源，是秘书人员了解过去、解决当前各类问题和对未来进行预测的依据,是提高机关工作效率和科研效率的重要保证。

（一）为秘书工作人员撰写文书提供材料支持

撰写文书是秘书工作的核心内容之一。秘书人员在撰写文书时对已有的信息材料的借鉴显得尤为重要。完整齐全的档案材料会给秘书提供真实可靠的凭证和参考信息源。秘书人员根据工作实际,将所需的档案信息进行筛选,提炼出可利用的素材,总结出具有规律性的信息,为撰写文书提供支持,可以说档案信息是秘书人员撰写文书取之不尽的源泉。

（二）为秘书工作的辅政提供有用的信息支持

秘书人员对领导的辅助最主要的就是信息辅助和事务辅助。在信息辅助方面,信息的来源渠道很多,其中档案信息以其真实性、原始性、完整性等特点成为众多渠道中重要的一条渠道。秘书人员若要充分发挥其参谋助手的作用,为领导决策、执政提供可靠、有用的信息支持,就必须合理有效地利用好档案信息渠道。

（三）为秘书处理机关工作事务提供查考凭据

档案记录了各种机关、单位过去活动的状况,其中包括处理行政事务的过程与结果以及管理活动的经验,为秘书处理工作事务提供了证据和咨询资料。各种单位为了有效地实行管理,必须切实掌握档案材料,秘书必须借以熟悉情况、总结经验、制订计划、进行辅助决策、处理各种问题。

（四）为秘书经济管理提供参考依据

档案中记载了各种业务活动的情况、成果、经验和教训。业务过程、计划管理和技术等各方面的信息,可以作为单位经济管理的科学依据和参考材料。各种单位为制订经济计划,检查和总结生产情况,推广先进生产技术和管理经验,必须切实地掌握普通档案、科学技术等专门档案。秘书应充分利用有关的档案,加强经济管理,提高经济效益。

二、文书与档案的联系和区别

文书和档案是密不可分的有机整体,文书是档案的前身,档案是文书的延续,两者具有同一性,又各有特殊性。

（一）文书与档案的联系

文书与档案具有密切的联系,在历史上,曾经出现过文书与档案不分的现象,这一方面说明文书档案工作的不成熟、不发展,但另一方面也说明文书与档案的亲缘关系。

文书与档案的密切联系主要表现在三个方面:

第一,两者记录和反映人们社会实践活动的功用相同。文书记录的是现实的活动,档案是保存起来的历史活动的记录,且这种记录具有基本相同的物质载体。历史上文书和档案的主要载体有龟甲、兽骨、羊皮、竹木、绢帛、纸张等。

第二,两者在内容和格式上完全一致。档案直接来源于文书,今天的档案就是

"昨天"的文书,今天的文书就是"明天"的档案,两者的内容和形式完全相同。可以说,文书是分散的"档案",档案是集中保存的"文书"。

第三,两者互为因果。文书是档案的前身,档案是文书的归结,有了文书才有档案,没有文书也就没有档案,文书是因,档案是果。有些情况下,文书的形成又需要查考档案,档案又为文书的形成提供了依据和参考。

(二)文书与档案的区别

文书与档案的区别也主要表现在三个方面:

第一,两者的性质和形成不同。文书是具有现行效用的信息,在处理公务及社会交际活动中具有针对性、指导性、执行性;档案是保存起来的历史信息,在需要查考利用时才具有凭据性、见证性、借鉴性。文书是为了现行应用而产生的;档案是为了今后的应用而按照一定的规律组成和保存的。文书是零散的,单份的;档案是组合的,集中的,多份的。

第二,两者的目的和作用不同。形成文书的目的在于处理现实工作事务,如发布政令、传达指示解决事项、汇报情况、商洽工作等,发挥着工具作用;形成档案的目的在于将处理完毕的文书有规律地组合起来,以备利用,将"昨天"告诉"今天",发挥着历史的价值作用。

第三,两者存在和发挥效用的时间不同。文书由于是现行应用的,因而当它处理完毕以后,就失去了效用,文书存在的使命也就基本完结;档案由于是以备将来利用的,因而具有存在的长期性、永久性,而且在通常情况下,存在得越久,也就越珍贵,它的价值也就越大。

第二节　档案工作的特点、原则和要求

◎ 学习目标

理解和把握档案工作的概念、特点、原则和要求。

◎ 理论知识

一、档案工作的概念与特点

档案工作也称档案管理,就是用科学的原则和方法管理档案,提供档案材料直接为社会的政治、经济、文化、科学等活动服务的工作。档案管理工作是指对于处理完毕并具有保存价值的各种文件实体及信息进行收集、整合、鉴定、保管、开发和提供利用的一系列业务活动。在现代社会,档案不仅使各类单位在行政管理、产品研发、生长和销售、经营管理等活动中必然会形成的资源,而且又是一个单位管理创新、技术创新和提高竞争力的一种重要的信息资源。因此,档案管理成为各单位的一项必不可少的、具有较强专业性的管理工作。因而档案工作具有管理性、服务性、机要性、政治性等特点。

（一）管理性

档案管理有着自己独特的管理对象和范围,其工作的对象是单位在行政和事务活动中产生的档案材料。秘书通过科学管理档案,为单位领导决策和部门开展工作提供利用。档案是管理工作的手段和工具,实际参与了单位的管理活动。档案工作是一项科学性、技术性很强的管理工作,它需要秘书运用科学规范的管理方法和现代化的管理技术,使档案管理科学有序地进行。

（二）服务性

档案管理对单位和部门工作来说,属于一项服务性工作,它通过提供档案材料为单位工作服务。秘书档案工作的服务性,是档案工作赖以存在和发展的基础和动力。单位各项工作的利用需要秘书提供优质高效的档案服务,同时通过服务促使秘书开展利用工作研究,掌握单位和各部门利用特点与规律。

（三）机要性

档案材料记录和反映了单位和部门工作活动的历史面貌,包含进行决策和处理事务的各种信息,因此有些档案需要在一定的时间和范围内适当地保密,以维护涉及单位和部门的各种利益。秘书应树立保密观念,采取一定措施来保护涉密档案。

（四）政治性

在阶级社会里,档案主要产生于一定阶级的思想、言论和行动,体现着一定的社会制度和阶级关系,因而具有很强的政治性。当前,为建设现代化的、高度民主的、高度文明的社会主义强国服务,是我国档案工作的一项政治任务,也是档案工作政治性的体现。

二、档案工作的性质和意义

档案工作是一项重要事业,是实现社会主义现代化建设,开展历史研究,进行各项工作的必要条件。做好档案工作,不仅是当前工作的需要,而且是维护党和国家历史真实面貌的重大事业。

档案工作就其基本性质和主要作用来说,是一项管理性、服务性、政治性很强的工作。

（一）档案工作是一项管理性、科学性的工作

从档案工作自身来说,它属于一种管理性的、科学性的工作。它以专门的工作内容和特点,区别于其他管理工作。表现在:第一,就总的档案工作来看,它是一项专门的管理业务,是专门负责管理各部门形成的历史文件的一种独立的专业,属于国家科学文化事业的组成部分。第二,档案工作有自己科学的理论原则和技术方

法,是一门科学。第三,从特定的部门、一定机关单位的档案工作来看,档案工作又是某种管理工作的组成部分。

(二)档案工作是一项服务性、条件性的工作

从档案工作同其他工作的关系来说,它属于一项服务性、条件性的工作。表现在:第一,档案工作的服务性,是档案工作赖以存在和发展的基本因素。没有服务性,档案的价值就难以实现,档案工作就没有存在的必要,更谈不上发展。这是不以人的主观意志为转移的客观规律。第二,从现阶段看,档案工作是为了满足社会主义事业对档案的社会需求,是为社会发展创造条件、提供服务的,是一项服务性、条件性的工作。虽然档案工作具有研究性,但这并不否认其服务性,其主要目的还是为了更好地适应各界的利用需求,为党和国家各项工作做准备材料。另外,需注意的是,档案工作的服务性并不意味着其地位低下。相反,这是社会分工的需要,是人类文明发展的成果。

(三)档案工作是一项政治性的工作

从档案工作在政治斗争中所起的作用来说,它是一项政治性很强的工作。表现在:第一,档案工作的服务方向是档案工作政治性的集中表现。档案工作历来都为一定的阶级所掌握,为一定的社会制度和一定的路线、政策服务。就是在社会主义社会中,档案工作被谁控制、为谁服务,仍是一个重大问题。第二,档案工作的机要性也是其政治性的表现之一。档案工作的机要性,是由档案本身的特点以及国家利益所决定的。古今中外任何国家的档案工作都有一定的保密要求。当代档案工作者必须树立正确的保密观念,坚持和宣传保密原则,采取各种措施,维护党和国家的机密。第三,维护党和国家历史的真实面貌,是一种严肃的政治斗争。档案工作者必须加强党性,坚持辩证唯物主义和历史唯物主义,实事求是,要有理当不怕杀头的精神,保护档案的真迹不受破坏和歪曲;应积极地提供档案用以编史修志,用档案印证历史、校正历史,使档案得到正常的利用;要同一切破坏档案、歪曲历史的行为进行坚决的斗争。

三、档案工作的任务和内容

档案管理的基本任务是:

1. 坚持集中统一管理档案的原则,建立国家档案工作制度;

2. 科学地管理档案,大力开发档案信息资源;

3. 逐步实现档案管理的现代化,使档案工作更好地为党的总任务、总目标服务,为建设社会主义物质文明和精神文明服务。

档案管理的基本内容包括档案的收集、整理、鉴定、保管、统计和提供利用六项工作。这六项工作通常也称为档案工作的"六个环节",也是档案工作的六项业务和六项任务。这些工作主要是由机关档案室和档案馆进行的,为了做好这些工作,还要对档案事业进行行政管理和业务指导,做好档案教育、档案科学研究工作。因

此，从广义上说，整个档案事业工作包括档案室工作、档案馆工作、档案事业管理工作、档案教育工作、档案科学研究工作五个部分。本书主要是介绍机关档案室工作及档案工作的六项基本内容或业务工作。

档案管理的六项工作内容是一个统一的、有机的整体，各个环节之间互相制约，互相促进。它们的基本关系是：收集、整理、鉴定、保管、统计等各项环节中都贯穿着社会需要和提供利用工作的要求；同时，前者诸环节又都直接影响着档案的提供利用。因此，整个档案工作的内容又可以划分为两个方面：基础工作和利用工作。收集、整理、鉴定、保管、统计等工作是整个档案业务工作的基础，利用工作是在此基础上提供档案服务，实现档案的价值。基础工作为利用工作提供物质前提，创造条件，没有基础工作便无法开展利用工作；利用工作直接体现档案工作的目的和方向，它既反映基础工作的成果，也向基础工作提出要求，没有利用工作，基础工作就失去了存在的意义和工作的目标。

四、档案工作基本原则与要求

（一）档案工作基本原则

1. 集中统一地管理全部档案

一个机关党、政、工、团档案，由机关档案室集中管理，不得分散保存；各级党政机关形成具有长远保存价值的档案由中央档案馆和地方综合性档案馆集中管理，所有档案未经批准不得任意转移、分散和销毁；党的系统、政府系统的档案工作，由档案事业管理机关统一进行指导、监督和检查。

2. 维护档案的完整与安全

维护档案的完整的要求是：保证应该集中和实际保存的档案不致残缺短少，同时维护档案的有机联系，不能人为地割裂分散，或者零散的堆砌。维护档案的安全要求是档案本身不受损坏，延长档案寿命，还要保护档案免遭有意破坏，档案机密不被盗窃，不失密。

3. 便于社会各方面对档案的利用

档案工作必须不断地提高服务效率和服务质量，为档案利用者尽可能地创造方便条件；档案的收集、整理、鉴定、保管、编目等各项工作，都应以便于利用着眼、不能脱离服务为目标。

（二）档案工作基本要求

档案工作的基本要求是完整、安全、有效。

1. 完整，即档案的收集要做到齐全完整，没有疏漏。

2. 安全，主要是保证档案的物质安全和政治安全，防止自然的和人为的损坏以及免遭有意的破坏，不丢失，不泄密。

3. 有效，即能够有效地提供利用，充分发挥档案的作用。

◎ **知识链接**

一、秘书档案工作的内容

1. 做好各类文书档案归档工作。积极改进计算机输出文稿定稿、电传文件和资料、手写文件材料的归档工作。

2. 做好办理完毕而又具有利用价值的文书的收集、保护工作。尽量收集齐全，并及时按文书形成过程中的规律或特点进行立卷、归档。同时注意保护文书原件不受损坏，确保涉密性文件不泄密、不丢失，从而使立卷的文书达到安全和完整。

3. 做好档案开发和利用工作。拟制文稿是秘书工作中一项最基本的工作，秘书人员在将单位和部门的制文意图和领导观点转化为书面文字进行表述时，秘书可利用档案信息，发挥档案信息的凭证作用和参考作用，拟定计划，发文布置工作、解决问题，以保证机关工作的高效运转。

4. 做好辅助领导决策服务工作。秘书可借助相关档案信息为领导决策提供依据和相关咨询材料。另外，秘书人员为领导提供信息，既可提供最新信息，也可利用档案信息提供历史资料，为领导设计、比较、选择最优方案提供有价值的信息。

二、秘书档案工作的原则和要求

（一）强化档案意识

要促使全体秘书人员具有较强的档案意识，就应加强档案工作的宣传教育。档案宣传，可根据不同需要和不同对象而作出不同的选择。可强化机关秘书人员档案意识和引导有关领导重视档案工作。同时，也可通过档案宣传教育、档案专题讲座或报告、档案知识培训班等多种形式，提高秘书人员在档案工作方面的整体素质，以发挥秘书的综合职能作用。

作为秘书人员，要自觉加强档案学和档案专业知识的学习，要不断提高档案方面的理论修养，充分认识档案的价值和作用，认识秘书工作与档案工作的密切关系，使档案在服务于秘书工作中最大限度地实现价值，发挥其积极作用。

（二）科学管理档案

秘书应当具有管理档案观念，充分提高档案意识，科学有序地挖掘、收集、整理和利用好档案基础资源，为各项工作提供依据。这就需要统筹安排，坚持积累和收集，要求秘书人员根据档案管理有关制度，运用先进计算机技术，注意采用集中整理和平时整理相结合的方法，掌握应收集档案的分布、流动和保管情况，统筹安排不同档案及时归档，为档案管理的现代化、科学化和规范化创造条件。

（三）有效利用档案

充分利用已有的档案信息资料，在办理公务中科学规范、准确无误，当好领导的参谋，是秘书人员做好本职工作的基本要求。为此，在领导决策过程中，秘书人员应通过档案资料为领导决策提供依据和咨询资料，使领导决策正确科学。在处理矛盾和问题过程中，秘书人员应凭借有关档案信息，为领导出主意，想办法，妥善解决工作中遇到的矛盾和问题。

三、文书工作与档案工作的联系和区别

(一)文书工作与档案工作的联系

由于文书与档案有着密切的联系,这就决定了文书工作与档案管理工作也具有密切的联系。这种联系主要表现在四个方面:

第一,两者工作的对象相同。文书工作和档案管理工作的对象都是文书文字材料(档案工作还有其他载体材料),一个是形成和处理这些文字材料,一个是有规律地集中保存这些文字材料;一个是前期的处理,一个是后期的处理。两者都是围绕文书材料而展开工作,从而实现其价值和效用。

第二,两者的某些工作环节相同。为了使文书更好地形成档案,归档文书整理的工作由文书部门承担,然后向档案部门移交。归档文书整理工作要符合档案管理的要求,它既是文书工作的任务,又是档案工作的任务,两者不可截然分开。通常情况下,档案部门指导协助文书部门搞好归档文书整理工作,在某些小型机关,往往是档案工作人员与文书工作人员共同进行文书整理工作。同时,文书工作的终结程序——归档,又是档案工作的起始环节——收集,两者从不同的角度履行同一道手续。

第三,两者互为因果。文书工作是档案工作的基础,档案工作又是文书工作的最后归结,有了文书工作,才有档案管理工作,没有文书工作,特别是没有文书整理归档工作,就没有档案管理工作。文书工作是因,档案管理是果。有时文书工作需要利用档案,没有档案管理,也就不能更好地开展文书工作。

第四,两者工作人员的基本素质要求相同。

(二)文书工作与档案工作的区别

文书工作与档案管理工作的区别主要表现在四个方面:

第一,两者的工作任务不同。文书工作的主要任务是高质量地形成文书,有秩序而安全地运转文书,完整妥善地保管文书,正确地发挥文书的作用;档案管理工作的重要任务是集中、统一和科学地管理档案,大力开发档案资源,更好地提供档案利用。

第二,两者的服务对象不同。文书工作的服务对象主要是为机关领导工作和公务办理工作服务;档案管理工作是为全社会以及各行各业开展服务,提供利用,而且提供利用的范围对象愈广泛,其价值效用发挥得也就愈大。

第三,两者工作的目的不同。文书工作的目的主要是实现文书的现实效用,档案管理的目的是实现档案的历史作用。

第四,两者工作的具体内容不同。文书工作的主要内容是文书的形成、文书的处理及文书的管理;档案管理工作的主要内容是档案的收集、整理、鉴定、保管、统计和提供利用等。文书工作主要是每份文书的处理,档案管理工作是将文书以件

为单位按照一定规律排序组合以及保管利用等的管理。

◎ 本章小结

　　档案是人们的日常工作对象,对各项工作具有重要的支持作用,人们工作往往包括档案的形成和提供利用。档案工作与文书工作密切联系,其中档案工作是日常工作的重要组成部分。本章概述了档案和档案工作的基础知识,明确了人们日常工作中常用档案类别和档案工作内容,着重阐述了档案在工作中的作用,主要阐明了档案工作的特点、机构、原则和要求。本章内容知识性、理论性较强,教学中应结合日常工作实际,通过案例分析和讨论使学生对档案及档案工作有深切的了解和认识。

　　【关键概念】　档案　档案工作　档案类别　档案机构　档案室　档案馆

◎ 思考和训练

一、填空题

　　1. 档案是由＿＿＿＿＿＿＿＿＿＿＿＿转化而来的,没有文书和信息材料,也就没有档案。

　　2. 档案是过去已经形成的而不是＿＿＿＿＿＿＿＿＿或尚未形成的东西。

　　3. 档案的法律作用是指档案在解决争端、处理案件等活动中所发挥的＿＿＿＿作用。

　　4. 我们国家的综合性档案馆分为中央级档案馆和＿＿＿＿＿＿＿＿＿＿两种类型。

　　5. 档案的根本价值就在于＿＿＿＿＿＿。

　　6. ＿＿＿＿＿＿＿＿＿＿＿＿是指对于处理完毕并具有保存价值的各种文件实体及信息进行收集、整合、鉴定、保管、开发和提供利用的一系列业务活动。

　　7. 档案管理有着自己独特的管理对象和范围,其工作的对象是单位在行政和事务活动中产生的＿＿＿＿＿＿＿＿＿。

　　8. 要促使全体秘书人员具有较强的档案意识,就应加强档案工作的＿＿＿＿＿＿＿＿＿＿。

　　9. 文书工作是档案工作的＿＿＿＿＿＿,档案工作又是文书工作的最后归结。

　　10. 档案管理工作的重要任务是集中、统一和科学地管理档案,大力开发档案资源,更好地＿＿＿＿＿＿＿＿＿＿＿＿。

二、选择题(有一个或多个答案)

　　1. 档案的特点有　　　　　　　　　　　　　　　　　　　　　　　　　(　　)
　　A. 原始记录性　　B. 历史性　　C. 确定性　　D. 社会性　　E. 程序性

2. 档案的类别有 （　）

A. 文书档案、科技档案与专门档案　　B. 历史档案与现行档案

C. 公务档案与私人档案　　　　　　D. 传统档案与科学档案

E. 组织档案与个人档案

3. 档案的作用是 （　）

A. 教育作用　　B. 行政作用　C. 业务作用　D. 文化作用　E. 法律作用

4. 档案的管理机构有 （　）

A. 档案室　　　B. 档案馆　　C. 档案局　　D. 档案处　　E. 档案科

5. 档案馆的职能有 （　）

A. 接受与征集档案　　　　　　B. 参与编修史、志的工作

C. 开展档案的利用工作　　　　D. 编辑出版档案史料

E. 科学地管理档案

6. 档案工作的特点有 （　）

A. 管理性　　　B. 服务性　　C. 机要性　　D. 政治性　　E. 随机性

7. 档案工作的基本要求是 （　）

A. 完整　　　　B. 安全　　　C. 有效　　　D. 可靠　　　E. 经济

8. 文书工作与档案工作的联系有 （　）

A. 两者工作人员的基本素质要求相同　　B. 两者的某些工作环节相同

C. 两者互为因果　　　　　　　　D. 两者工作的对象相同

E. 两者方法相同

9. 文书工作与档案工作的区别有 （　）

A. 两者工作的具体内容不同　　B. 两者的工作任务不同

C. 两者的服务对象不同　　　　D. 两者工作的目的不同

E. 两者工作的手段不同

10. 文书与档案的区别有 （　）

A. 两者在内容和格式上不同　　B. 两者的性质和形成不同

C. 两者的目的和作用不同　　　D. 两者存在和发挥效用的时间不同

E. 两者方法不同

三、简答题

1. 简述档案的概念与特点。

2. 简述档案的类别。

3. 简述档案工作的概念与特点。

4. 简述档案工作基本原则。

5. 简述档案的作用。

四、论述题

1. 论述档案的管理机构。
2. 论述文书与档案的联系和区别。
3. 论述秘书档案工作的内容。

五、实务题

背景说明：你是青岛海洋公司行政秘书施晓萌，下面是办公室主任王荣刚需要你完成的工作任务。

备忘录

发给：行政秘书施晓萌

发自：办公室主任　王荣刚

日期：2009 年 12 月 18 日

主题：请你将档案在秘书工作中的作用用书面材料收集整理好，于明日上午九点前放到我办
　　公桌上。

便　条

施晓萌：

　　刘丽刚到秘书岗位工作，不太清楚档案工作与文书工作的区别，请你告诉他。

办公室主任　王荣刚

2009 年 12 月 22 日

备忘录

发给：行政秘书施晓萌

发自：办公室主任　王荣刚

日期：2009 年 12 月 25 日

主题：明天我要在公司档案会议上介绍档案工作的性质和意义，请你将档案工作的性质和意
　　义档案用书面材料收集整理好，于今日下班前用备忘录的形式放到我办公桌上。

第七章 档案收集

◎ **技能要求**

- 根据立卷归档文件范围合理组卷
- 按照档案装订步骤方法制作规范案卷
- 运用电子档案常用收集方法进行电子档案的收集

◎ **知识要求**

- 档案(电子档案)收集工作的范围、内容和要求
- 归档包括电子档案归档制度内容和要求

第一节 立卷归档

◎ **学习目标**

能够运用具体措施和办法进行档案收集工作,保证档案齐全完整。

◎ **案例导入**

郭靖玲大学毕业后,被分配到青岛海地公司档案室。一天,档案部门主管叫其收集科研处去年的档案,郭靖玲高高兴兴地去了。到了科研处,当她向相关人员说明来意后,不料,那人说:"还没有到时间呢? 不是最迟到 6 月底吗?"郭靖玲解释说,早点收上来是为了便于档案整理。不料那人又说:"便于你们整理了,就不便于我们利用了。"说完,就不理郭靖玲了。到了 6 月底,郭靖玲又去了科研处,科研处的人说:"我们还没有整理好,你过两天再来吧。"郭靖玲气得满脸通红,大声对那个人说道:"上次我来你说没到时间,这次到时间了,你又没整理好,你到底想怎么样? 归档制度你懂不懂啊?"就这样。两个人吵了起来……

[分析]

郭靖玲是想做好收集工作,其初衷是好的,但她如果动动脑子,想想为什么科研处的人不愿意给她档案,也许结局就不会如此了。科研处不同于公司其他部门,他们产生的档案具有其自身特点,科研处不愿意上交档案,是因为不便于自己利用。档案处在制定归档时,应该根据部门的特点,有区别地对待。对于科研处,可以根据其所做项目的特点,按项目完成时间归档,可以适当延迟归档时间,而不要硬搬归档制度,不讲究灵活性,造成不必要的麻烦,以致影响公司整体工作。

◎ 理论知识

立卷归档是档案工作的第一个环节,立卷归档工作做不好,直接关系到档案管理的其他各环节。立卷是将单份文件组合成案卷的工作。各单位在工作活动中形成的具有保存价值的文件材料,由单位的文书部门或业务部门整理立卷,定期移交给档案室或负责管理档案的人员集中保存,这项工作称为归档。

《中华人民共和国档案法》第十条规定:"对国家规定的应当立卷归档的材料,必须按照规定,定期向本单位档案机构或者档案工作人员移交,集中管理,任何个人不得据为己有。国家规定不得归档的材料,禁止擅自归档。"

《机关档案工作条例》第十一条规定:"机关应建立健全文件材料的归档制度。凡机关工作活动中形成的具有保存价值的文件材料(包括党、政、工、团以及人事、保卫、财会等工作中形成的文件材料),均由文书部门或业务部门进行整理、立卷,并定期向档案部门归档。机关领导人和承办人员办理完毕的文件材料应及时交有关部门整理、立卷。"

文件归档是指各单位处理完毕的具有保存价值的文件,经文书部门或承办部门整理立卷后,定期向档案室或档案人员移交的过程。在一个具体的单位中,文件归档是一项涉及文书部门和档案部门两个部门的工作。文书部门在文件归档中主要做的工作是对处理完毕的文件进行鉴定和整理;档案部门在文件归档中要做的则是接收文书部门移交的案卷。

一、归档制度

在我国归档工作已成为一项制度。《中华人民共和国档案法》规定:"对国家规定的应当立卷归档的材料,必须按照规定,定期向本单位档案机构或者档案工作人员移交,集中管理,任何个人不得据为己有。"收集工作主要是依靠建立健全归档制度来完成的,主要包括明确归档范围、确定归档时间、制定归档份数、履行归档手续和满足归档文件要求。

二、明确归档文件范围

(一)上级来文

上级来文包括:需要贯彻执行的上级重要会议文件;上级业务主管部门的法规

性文件；上级视察工作形成的文件资料；代上级草拟并被采用的文件；上级单位转发本单位的文件等。

（二）本单位形成的各种文件

本单位形成的各种文件包括：本单位代表性会议、工作会议和专业会议的文件资料；本单位颁发的各种正式文件的签发稿、修改稿、印制本等；本单位的请示与上级的批复；反映本单位业务活动和科学技术的专业文件材料；本单位或本单位汇总的统计报表和统计分析资料及财务资料；本单位领导人公务活动中形成的重要信件、电报、电话记录；本单位成立、合并、撤销、更改名称、启用印信及其组织简则、人员编制等文件材料；本单位（本行业）的历史沿革、大事记、年鉴、反映本单位（本行业）重要活动事件的简报、荣誉奖励证书，有纪念意义和凭证性的实物和展览照片、录音、录像等文件材料；本单位（包括上报和下批）干部任免（包括备案）、调配、培训、专业技术职务评定、聘任等文件材料；本单位财产、物资、档案等的交接凭证、清册；本单位与有关单位签订的各种合同、协议书等文件材料；本单位外事活动中形成的材料等。

（三）下级报送的文件

下级报送的文件包括：下级单位报送的重要的工作计划、报告、总结、典型材料、统计报表、财务预算、决算等文件；直属单位报送的重要的科技文件材料；下级单位报送的法规性备案文件等。

（四）相关文件

各种普查工作中形成的文件材料；按有关规定应该归档的死亡干部的文件材料；同级单位和非隶属单位颁发的非本单位主管业务但需要执行的法规性文件；有关业务单位对本单位工作检查形成的重要文件；同级机关和非隶属单位与本单位联系、协商工作的文件材料等。

三、确定归档时间

归档时间是指文书处理部门或有关业务部门将需要归档的文件向档案部门移交的时间。应该根据各种文件的形成特点和规律，具体规定其归档时间。

1. 管理文件，一般在形成的第二年上半年内向档案部门移交归档。

2. 科技文件，根据文件形成的具体情况有不同的要求。一般有以下 5 种情况：

（1）按项目结束时间归档。

（2）按工作阶段归档。

（3）按子项结束时间归档。大型项目或研究课题，往往由若干子项组成，这些子项相对独立，工作进程也不尽相同，当一个子项工程结束后，所形成的文件可先行归档。

（4）按年度归档。对活动和形成周期长的科技文件或作为科技案保存的科技管理性文件，一般按年度归档。

（5）随时归档。对于科技文件复制部门和科技档案部门合一的设计单位的施工图、机密性强的科技文件、外购设备的随机材料以及委托外单位设计的科技文件等，应随时归档。

3. 会计文件，在会计年度终了后，暂由企业财务会计部门保管一年，期满后移交给档案部门保管。

4. 人事文件，一般应在办理完毕后的 10 天或半个月内向档案部门归档。

对于一些专业性强、特殊载体形式的或机密性强的文件，驻地分散的下属单位的文件，形成规律较为特殊的文件及新时期涌现出来的企业文件，为了便于实际的利用和管理，经过一段时间的实践和总结，可适当地调整归档时间，既要便于企业工作人员在文件形成后一定时间内就近利用，也要便于有保存价值的文件及时归档。

四、确定归档份数

归档份数是指企业文件归档数量。总的来说。凡是需要归档的文件一般归档一份，重要的、使用频繁的则需要归档若干份。规定不宜过于笼统，也不能做出过于简单划一的标准。

五、履行归档手续

1. 编制移交清单一式两份，交接双方按移交清单清点案卷。

2. 移交清单清点无误后，双方在移交清单时填写有关项目并签字，各留一份，以备查考。

3. 科技档案还需编写归档文件简要说明，由归档人员编写。一般包括以下内容：项目的名称和代号、项目的任务来源、工作依据和实施过程，项目的科技水平、质量评价和技术经济效益，科技档案质量情况，项目主持人及参与者姓名和分工，文件整理者和说明书撰写人姓名、日期等。

六、明确归档要求

归档要求是单位文书部门向档案部门移交案卷时应达到的质量要求，也是档案部门接收案卷时的验收标准。根据《归档文件整理规则》的规定，应该从下列几个方面检查归档文件的质量：

1. 归档的文件应齐全、完整；

2. 遵循文件的形成规律，保持文件之间的有机联系，区分不同价值，便于保管和利用；

3. 卷内文件经过系统整理和编目；

4. 案卷封面填写清楚，案卷标题准确，案卷排列合理，编号无误；

5. 编制了完整的案卷目录和相关的文件；

6. 对已破损的文件应予修整,对字迹模糊或文件载体存在质量隐患的文件应予复制;

7. 归档文件所使用的书写材料、纸张、装订材料等应符合档案保护要求。

七、电子文件归档

电子文件归档,是将经过初步整理登记的具有保存价值的电子文件,从计算机或网络的存储器上拷贝或刻录到可移动的磁、光介质上并移交至档案室(馆)以便长期保存的工作过程。

(一)电子档案的归档方式

1. 物理归档方式

物理归档包括介质归档和网络归档两种方式。介质归档是指文书部门将电子文件下载到存储介质上移交给档案部门;网络归档是指将电子文件通过网络直接传输给档案部门进行存储。物理归档可以实现档案的集中管理。

2. 逻辑归档方式

逻辑归档是指文件形成部门将归档文件电子档案的逻辑地址通知档案部门,从而使档案部门实施在网络上控制与管理电子档案的归档方式。经逻辑归档后,一方面,电子档案的物理存在位置不会改变;另一方面,文件形成部门可以利用该文件,但却不能对其进行修改和删除。

3."双套制"归档

"双套制"归档是指采取物理归档或逻辑归档的电子档案,同时制成纸质档案予以归档的方式。目前,采取"双套制"归档主要是为了在计算机或网络系统出现意外事故时能够准确确保电子档案信息的完整性和真实性。

实行"双套制"归档并非要求单位将所有的电子档案都输出成为纸质档案;而主要是对那些具有法律凭证作用的需要确保其安全、秘密和真实性的电子档案采取"双套制"的归档办法。

(二)确定电子文件的归档范围

电子文件的归档范围参照国家关于纸质文件材料归档的有关规定执行,并应包括相应的背景信息和原始数据。

电子档案的特性和表现的功能不同于纸质档案,因此造成其收集范围也有所不同:

1. 对起辅助作用或正式作用的电子文件;

2. 对不同信息类型的电子文件;

3. 电子文件在读取、还原时生成的技术设备条件、相关软件和元数据。

(三)电子档案的归档时间与手续

电子档案的归档时间分为实时归档和定期归档两种情况。实时归档是指电子文件形成后即时归档;定期归档是指按规定的归档周期归档。一般情况下,通过计算机网络归档的电子档案应采取实时归档;介质档案可以采取定期归档。

电子归档的手续分为进行技术鉴定和履行归档手续两个步骤。

1. 进行技术鉴定

电子档案在归档时要进行技术鉴定,鉴定的内容包括:档案的技术状况是否完好、支持的软件以及配套的纸质文件和登记表格是否完整等。检验的结果应填写《电子档案接受检验登记表》。

2. 履行归档手续

采用介质归档方式的电子档案,在对归档文件检验合格、清点无误后,移交的双方应在《归档电子文件登记表》、《归档电子文件移交检验表》和《电子档案接受检验登记表》上签字盖章。移交文件均一式两份,交接双方留存备查。

采用逻辑归档或网络归档方式的电子档案,首先由文件形成部门为文件赋予归档标识,然后提交给档案部门;档案部门再给已经归档的文件赋予档案管理标识。实行逻辑归档或网络归档时,计算机系统可自动生成《归档电子文件登记表》,打印输出后,移交双方签字签章、留存备查。

采用"双套制"归档的纸质文件履行与纸质公文相同的归档手续。

明确归档时间。电子文件的归档一般在年度或任务完成后,或一个阶段之后的一段时间内进行归档,可视其具体情况而定。一般是网络归档可实时进行,磁盘归档应按照纸质文件的规定定期完成。

(四)确定归档份数

一般拷贝两套,保存一套,借阅一套。如在网上进行,也要保存一套。必要时应保存两套,其中一套异地保存,以提高安全性和可靠性。

(五)选用归档方法

一是磁盘归档,是将经过整理最终版本的应归档的电子文件存入磁、光载体介质上;二是网络归档,一般在局域网或其他网络环境下采用。将确定要归档的电子文件在网上进行一次备份操作。移交和验收。检查存储载体和软、硬件平台技术条件的一致性。

(六)电子档案的归档要求

1. 齐全完整

电子档案归档的齐全完整是指除了文件内容之外的软、硬件环境信息的收集,如电子档案的设备、支持软件、版本、说明资料等。

2. 真实有效

真实有效是指归档的电子档案应该是经签发生效的定稿,图形文件如果经过更改,则应将最新的版本连同更改记录均予归档。

3. 整理编目

在电子档案归档前,文件形成部门应对文件载体进行整理,并在其包装和表面粘贴说明性标签;对文件的形式和内容进行著录、登记等。归档时,应将有关的目录和登记表同时移交给档案部门。

4. 双套备份

物理归档的电子档案要求复制双套备份脱机文件,其中一套保存、另一套提供利用。重要部门或有条件的单位,最好对电子档案实行双套异地保存,以便于在突发灾难性事故发生时确保单位核心文件的完整与安全。

(七)电子档案的收集要求

电子档案收集是一项经常性的按有关规定和标准进行的工作。为保证归档的电子文件的真实性,电子档案的收集积累工作必须从电子文件形成阶段就开始,贯穿于公文处理和科技工作的整个过程,而且还必须了解和掌握电子文件的形成规律和形成过程。

1. 在计算机网络系统上运转的电子文件,可用记录系统来记载电子文件的形成、修改、删除、责任者、入数据库时间等。

2. 用载体传递的电子文件,要按规定进行登记、签署,对于更改处,要填写更改单,按更改审批手续进行,并存有备份件,防止出现差错。

3. 电子文件的收集积累应由形成部门集中管理,不得由个人分散保管。

4. 对于网络系统,应建立文件数据库,并将对应的电子文件注明标识。

◎ 知识链接

一、电子档案的特点

在单位的计算机信息处理系统中,电子档案是作为管理或经营信息而被保存起来的。它的作用主要表现为两个方面:其一,对于管理或经营活动来说,它是重要的原始凭证,是单位工作目标实现情况的记录,是单位历史面貌的一个组成部分;其二,对于单位的信息系统来说,电子档案是这个系统信息资源的组成部分,它可以直接转化为数据库、资料库中的信息,它是各种信息补充、更新或再生产的重要来源,是系统正常运行的信息保障。

电子档案是电子文件的转化物,具有电子文件的所有技术特性。因此,在管理上它与传统档案有很大差别。电子档案的特点如下所述。

(一)保管位置较分散

传统档案实行实体集中统一管理形式,单位的档案集中于本单位档案室,国家档案集中于各级各类档案馆。而电子档案则不可能按照上述方式集中管理,它的相当一部分是通过档案部门掌握其逻辑地址而进行控制;有些部分是通过下载将信息转移到保存介质上而集中于档案部门;还有一些电子档案是采用在线集中,即将信息转移到档案部门制定的地址中进行管理。电子档案管理相对分散且形式多样的特点,加大了管理的复杂程度。

（二）保管技术程度高

电子档案的生命是由载体、信息和系统三个部分所构成的。这三个部分的存在和影响因素不一致，也不同步。它们之所以能够构成完整的电子文件或电子档案，是人们通过一定的技术手段将其联结在一起的。电子档案的载体——磁盘是化工制品，老化、污染、磁场等都会影响它的质量，从而破坏信息记录；电子档案信息易受误操作、恶意更改或病毒的侵害；计算机软、硬件系统的升级换代会造成原有环境下生成的文件无法识读和利用。对上述三个方面因素进行管理和控制的艰巨性远远超过了传统档案的管理方式，是信息化环境下原始记录保管的重大课题。

（三）信息再利用即时性

电子档案信息在计算机网络系统中再循环的即时性强。传统档案信息在现行活动中的转化方式有两种：一种是在单位使用档案的过程中将有关信息提取出来，融入现行文件当中；另一种是档案部门编辑一些档案参考资料，提供给单位使用。前一种方式的信息使用过程具有一次性；后一种方式的信息虽专题性、系统性强，但转化过程慢，时效性较低。在计算机网络系统中，电子档案信息可以同时以不同的形态分流，即电子档案归档的同时，那些具有数据价值的信息被数据库采集，有资料价值的进入资料库，又成为新的电子文件的来源。

（四）可以在线利用

电子档案的利用可以采用非在线方式，但是更多情况下是采用在线方式。电子档案在线利用的方式对于用户来说基本上摆脱地域和时间限制，调阅文件的主动性强、批量大和表现方式多，使文件查找速度快，可以实现信息或数据的共享，因此这种方式能够充分发挥信息系统的优越性。由于在线利用是一种信息管理者与用户非接触式利用方式，所以，利用过程中的信息真实性证实方式、信息复制和公布的权限、信息拥有者及内容涉及者权益的保护等问题，都是在管理中需要加以解决的。

二、档案收集工作

（一）档案收集工作的含义及意义

档案收集工作是档案工作的起点及第一个环节，即将分散在单位各内部工作机构的有价值的文件材料向单位档案室或负责管理档案人员移交、集中的工作。因此，它是档案集中统一管理的重要内容和一项首要的具体措施。作为档案部门积累档案的手段，为档案工作提供了物质对象。档案收集工作质量的高低直接影响到档案的整理、鉴定和利用等工作。

（二）档案收集工作内容和要求

收集工作的内容一般包括：

1. 档案室对本单位需要归档的档案的接收；

2. 档案室对本单位未能及时归档的档案的补充收集。

档案收集工作要求为：

1. 全面、及时掌握入室档案的形成、流动、管理和使用等方面的情况；
2. 保证归档标准及时和入室档案的齐全完整；
3. 建立、健全机关文件的归档制度，严格按归档制度要求完成；
4. 配合各部门作好档案的平时收集工作。

三、档案室收集工作的职责

在归档工作中，从程序上看，档案室或档案管理人员只是负责验收案卷，但实际上，为了达到齐全完整地将档案集中到档案部门的目的，档案室或档案管理人员不仅需要关注文件归档的结果，更重要的是需要关注和参与文件的形成、运行、立卷归档的全过程。为此，档案室或档案管理人员在收集工作中还要承担如下职责。

（一）监督文件的形成过程

文件的形成是归档的源头。在实际工作中，一些单位因忽视文件的形成而导致档案不完整，因此，不仅要力求将已经形成的具有保存价值的文件收集齐全，而且还应该注意文件在形成和处理过程中的情况。例如，要注意了解本单位是否建立了电话记录制度、会议或活动的记录（录制）制度，本单位的文书工作制度是否完善，等等。

当发现本单位在文件形成和管理过程中存在问题时，应及时向有关部门或领导反映，提出改进的建议。同时，在发现了文件形成的漏洞之后，应该尽量采取补记、补录、补拍等措施补救，以保证重要文件的完整。

（二）督促归档制度的落实

虽然，从根本上说，一个单位归档制度的建立和推行是领导者的责任，然而，由于文件归档的成果最终要由档案部门所接收，所以单位的档案部门和档案管理人员有责任从如下三个方面协助领导督促归档制度的落实：其一，参与本单位归档制度的制定工作。其二，开展归档制度的宣传工作，使本单位的工作人员深入了解归档制度的内容和要求。比如，在宣传橱窗中张贴归档制度和档案利用规定，表扬归档工作做得好的部门和人员等。其三，对单位归档制度的执行情况进行监督，对发现的问题及时提出改进的建议。

（三）指导文书部门的立卷归档工作

档案室或档案管理人员对文书立卷归档的业务指导工作包括如下内容。

1. 协助单位确定立卷地点和分工立卷的范围

立卷地点是指一个单位应该由哪些部门或人员具体完成文书立卷工作；这是在组织上落实直接责任部门或人员。分工立卷范围是指各种内容的文件应该由哪些部门或人员负责立卷；这是为了避免文件重复立卷或遗漏立卷的情况发生。

在确定立卷地点和分工立卷范围时，我们可以有两种选择：其一，单位内部各部门处理完毕的公文，均集中到办公厅（室），由办公厅（室）的文书人员负责立卷工作。一些内部机构少的小型单位,其立卷工作则由专职或兼职的文书人员承担。其二,根据规定的分工范围,由办公厅(室)与各职能部门及其专职或兼职文书人员分别承担相关文件的立卷工作。例如,办公厅(室)负责方针政策性的、全面性的、重大问题的文件及以单位名义发出的文件的立卷;单位的科研、生产、营销等部门负责相关业务性公文的立卷。

除了上述两种立卷形式外,对一些业务部门形成的专门文书,还可以采取单独立卷的方式。如会计、统计、人事、科研、保卫等部门形成的业务文件,由这些部门指定专人负责立卷。

2. 参与编制文件立卷方案

立卷方案包括文件分类表和立卷类目两个部分;有时这两个部分可以各自单独构成文件,有时则可以作为一份文件。立卷方案是对文件实体进行分类和组卷的蓝图。档案室或档案管理人员参与编制立卷方案的工作,有利于及时将国家的有关规定和档案管理的要求体现在文件中,从而保证文件分类、立卷的合理性和系统性。

3. 对立卷操作进行业务指导

立卷的操作就是对归档文件进行系统整理,使其形成有序的保管体系。在这个过程中,档案室或档案管理人员有责任深入立卷工作现场,对立卷操作进行业务指导,帮助立卷人员正确掌握标准,及时解决立卷中出现的疑难问题。

4 进行归档案卷质量检查

在立卷过程中,档案室或档案管理人员应该进行阶段性的案卷质量检查,发现问题及时整改。在立卷工作结束后,档案室或档案管理人员还应进行终结性检查,以从总体上把握案卷质量。

(四)开展零散文件的收集工作

这里所说的零散文件是指单位在收集工作中未及时归档的文件。出现零散文件的原因主要有:一些会议文件、内部文件由于未经收发文登记而在归档时容易被遗漏掉;一些承办部门或工作人员未及时交回文件;等等。由于多方面的原因,单位即使建立了归档制度,开展了正常的归档工作,也难免有零散文件存在。对此,档案室和档案管理人员应开展对零散文件的收集工作。

收集零散文件可以采取下列方法:其一,根据单位内部机构调整、领导干部职务调动、工作人员岗位变动等情况,收集散存在承办部门或人员手中的文件;其二,结合单位的管理评估、安全监察等活动,清理和收集文件;其三,通过编写大事记、组织沿革等参考资料,有针对性地收集一些散存的文件。

对零散文件的收集,并不是一项可有可无的工作,相反,不仅应该纳入工作日程,而且需要有制度保证。我们可以通过协助单位的领导制定会议文件归档制度、干部离任档案移交制度等,将档案文件的收集工作制度化,变被动为主动,保证档案的齐全完整。

四、档案人员岗位责任制

1. 热爱档案事业,认真学习档案专业知识,不断提高专业化水平。

2. 严格执行《档案法》以及党和国家有关档案工作的方针、政策及法规,认真履行自己的职责。

3. 熟悉业务,了解本单位历史和现状;认真编制检索工具,编写参考资料,积极做好提供利用工作。

4. 做好档案库房管理工作,定期对档案库房、设施进行检查,发现问题及时报告,妥善处理。

5. 忠于职守;认真履行档案业务中的监督、检查和指导职责,推进本单位档案管理水平的提高。

6. 认真做好档案管理日常工作;严格各项管理制度,切实做好档案保密,工作防止泄密事件发生,确保档案资料的完整、安全。

◎ 注意事项

一、立卷时无需归档文件范围

1. 上级单位任免、奖惩非本单位工作人员的文件,普发供参阅、不办理的文件材料;

2. 上级单位发来的供工作参考的抄件,上级单位征求意见的未定稿的文件;

3. 本单位的重份文件;

4. 无参考利用价值的事务性、临时性文件;

5. 未经会议讨论,未经领导审阅、签发的未生效文件、电报草稿,一般性文件历次修改稿(重要的法规文件、定稿除外),铅印文件的各次校对稿(主要领导人亲笔修改发稿和负责人签字的最后定稿除外);

6. 从正式文件、电报上摘录的供工作参阅的非证明材料;

7. 无特殊保存价值的信封,一般性表态、询问一般性问题、提出一般性建议意见人民来信;

8. 单位内部互相抄送的文件材料,不应履行公文的行文、介绍信;

9. 本单位负责人兼任外单位职务形成的与本单位无关的文件材料;

10. 以参考为目的从各方面收集的文件材料;

11. 参加非主管单位召开的会议且不需要贯彻执行和无参考价值的文件材料;

12. 非隶属单位抄送的不需要办理的文件材料;

13. 下级单位送来参阅的简报、情况反映、不应抄报或不必备存的文件材料;

14. 越级抄送的一般的、不需要办理的文件材料;

15. 下级单位抄送备案的一般文件材料。

二、档案平时收集注意事项

平时收集主要针对日常工作中的零散文件、账外文件和专门文件。

1. 档案人员明确档案收集意义意识,提高档案收集工作责任感;

2. 主动加强本单位各部门的相互联系,了解档案产生情况,确保档案全部、及时收集;

3. 掌握单位工作活动规律,抓住机会进行收集。

第二节　档案装订

◎ 学习目标

了解和掌握档案装订步骤和方法,制作符合归档要求的案卷。

◎ 案例导入

上海大华公司是一中型公司,档案处有 3 个人,年底档案处在整理档案时,为了降低成本,提高效率,工作人员在批发市场买糨糊和胶水,在装订档案时采用了粘接法。果然,3 个人很快就把大量的档案装订完毕,回家过年去了。第二年的某一天,公司领导要用上一年的一份文件,当档案工作人员找到那份文件时,大吃一惊。因为那份文件糨糊粘接后,经过一段时间,糨糊已经浸到了文字部位,文件早已面目全非。

[分析]

案卷装订的目的是为了固定和保护卷内文件,避免散失和损坏,便于保管。档案装订方法正确与否至关重要,它不仅影响到档案的保管,还影响到档案的利用。如果上例中被破坏的档案是一份重要的机密文件,且没有重份的话,公司的损失将会很大。因此,秘书必须了解档案装订的步骤与方法。

◎ 理论知识

一、整理归档文件

归档文件以"件"为整理单位。一般以每份文件为一件,文件正本与定稿为一件,正文与附件为一件,原件与复制件为一件,转发文与被转发文为一件,报表、名册、图册等一册(本)为一件,来文与复文可为一件。

分类方案的"最低一级类目"是指分类时所确定的类目体系中设在最低一级的类目,例如,按照"年度—机构—保管期限"分类中,"保管期限"即为最低一级类目。

在最低一级目录内，按事由结合时间、重要程度等排列。会议文件、统计报表等成套性文件可集中排列。

二、修整归档文件

（一）修裱破坏文件

修裱是指使用黏合剂和选定的纸张对破损文件进行"修补"或"托裱"，以恢复文件的原有面貌，增加强度，延长寿命。其中，修补主要针对一些有孔洞、残缺或折叠处已被磨损的文件，包括补缺的托补；托裱则是在文件的一面或两面托上一张纸以加固文件。

（二）复制字迹模糊或易褪变的文件

对字迹模糊或易褪变的文件，一般采用复印的方式进行复制。如传真件字迹耐久性差，须复制后才能归案。但复印件本身也存在耐久性方面的问题，如易粘连等，需要采取一定措施加以防范。为减少复印件粘连的几率，复印时墨粉浓度不宜太大，颜色不宜太深，并且最好采用单面复印。

（三）超大纸张折叠

实际工作中，某些特殊形式的文件，如报表、图样等，纸张幅面大于 A4 或 16 开型，而档案盒尺寸是按照 A4 纸张的大小设计的，这就需要对超大纸张加以折叠。折叠的操作要求比较简单，但要注意减小折叠次数，同时折痕处应尽量位于文件、图表字迹之外。文件页数较多时，宜单张折叠，以方便归档后的查阅利用。

三、装订归档文件

（一）常用装订方法

1. 线装式

从档案保护的角度看，线装无疑是最好的选择。但除了较厚的文件，"三孔一线"的装订方法已不再适用于文件档案管理。现在的常见做法是使用缝纫机在文件左上角或左侧轧边，但这种方式存在针角过密、易造成纸页从装订处折断的问题，且设备成本也相对较高。如在文件左上角或左侧穿针打结，操作比较繁琐。

2. 变形材料

使用变形材料装订方法简单，但对材质必须有较高的要求。金属制品如不锈钢夹、燕尾夹等，必须采用质地优良的不锈钢制品，而且必须考虑所在地区气候条件以及库房保管条件，谨慎使用；制品则必须同时有足够强度，以免年久断裂。要注意使用金属装订的归档文件材料不能使用微波设备进行消毒，否则可能引起火灾。

3. 粘接式

一般采用糨糊及脱水粘贴的办法，成本较低。但这种方式存在可逆性差、复印及扫描时不能拆除的缺点，材料的可靠性也有待进一步论证。还有热熔胶封装的办法，但由于成本较高不易推广。

另外,穿孔式的铆接式方法对档案破坏较大,因此不宜用于归档文件的装订。

(二)装订具体做法和要求

1. 确定装订位置,从左到右横写文书左侧装订。

2. 除去金属物,以防锈蚀文件。

3. 修正裱糊破损文件,用白纸加边托裱未留装订线位置或装订线上有字迹文件。

4. 折叠理齐大小不一的纸张和长短不齐的文件。

5. 案卷采用三孔一线的方法装订,结头打在背面。

6. 复制字迹已扩散的文件,并与原件一起装订。

◎ 知识链接

一、归档案卷的质量要求

1. 归档案卷质量总的要求是:遵循文件材料形成规律和特点,保持文件之间的有机联系,区别不同的价值,便于保管和利用。

2. 归档案卷质量具体要求有:

(1)归档的文件材料种类、份数、页数都应齐全完整。

(2)卷内文件材料应区别不同情况进行排列,密不可分的文件材料应依序排列在一起,即批复在前,请示在后;正件在前,附件在后;印件在前,定稿在后;重要法规性文件的历次稿排在定稿之后。

(3)卷内文件应按排列顺序,依次编写页号或件号。装订的案卷,应统一在有文字的每页材料正面的右上角、背面的左上角填写页号。

(4)永久、长期和短期案卷必须按规定的格式逐件填写卷内文件目录,对文件材料的题名不要随意更改和简化;填写的字迹要工整。卷内文件目录放在卷首。

◎ 注意事项

组卷和装订应注意事项:

1. 在归档的文件材料中,应当将每份文件的正件与附件、印件与定稿、请示与批复、转发文件与原文件、多种文字形成的同一文件,分别立在一起,不得分开;文电应合一立卷。

2. 不同年度的文件一般不得放在一起立卷,但跨年度的请示与批复,放在批复年立卷;跨年度的规划放在针对的第一年立卷;跨年度的总结放在针对的最后一年立卷;跨年度的会议文件放在会议开幕年立卷;非诉讼案件放在结案年立卷;其他文件材料的立卷应按有关规定执行。

3. 有关卷内文件材料的情况说明,都应逐项填写在备考表内,若无情况说明,也应将立卷人、检查人的姓名和时间填上以示负责。备考表应置卷尾。

4. 卷内文件要去掉金属物,对破损的文件材料进行修裱。

5. 案卷封皮和其他包装纸应采用无酸纸制作。

◎ 本章小结

　　档案收集是秘书档案工作的起点,是将现行文书转化为档案的基础。文书立卷归档和档案装订是档案收集工作的两大环节,具有规范性、技术性和操作性的特点。本章概述了电子档案收集工作的意义、内容及要求和文书归档制度的内涵,明确了文书归档的具体范围,着重介绍了文书特别是电子文件立卷归档的步骤和方法;明确了归档案卷的质量要求以及组卷和装订时应注意的事项,主要介绍了档案装订的步骤和方法。

　　鉴于本章内容的特点和要求,教学中应实地参观了解案卷制作和有关项目的填写,有条件的话可进行立卷归档的模拟操作和电子档案收集归档的上机操作。

　　【关键概念】　档案收集　立卷归档　档案装订　案卷制作

◎ 思考和训练

一、填空题

　　1. _____ 是将单份文件组合成案卷的工作。

　　2. 国家规定不得归档的材料,禁止擅自_____ 。

　　3. 归档时间是指文书处理部门或有关业务部门将需要归档的文件向_____ 移交的时间。

　　4. 归档份数是指企业文件归档_____ 。

　　5. 电子档案的归档时间分为_____ 和_____ 两种情况。

　　6. _____ 归档可以实现档案的集中管理。

　　7. 电子档案是电子文件的_____ ,具有电子文件的所有技术特性。

　　8. _____ 工作是档案工作的起点及第一个环节。

　　9. 归档文件以____ 为整理单位。

　　10. 穿孔式的铆接式方法对档案破坏较大,因此不宜用于_____ 的装订。

二、选择题(每题有一个或多个正确答案)

　　1. 归档制度的内容主要有　　　　　　　　　　　　　　　　　　　　(　　)

　　A. 明确归档范围　　　　B. 确定归档时间　　　　C. 制定归档份数

　　D. 履行归档手续　　　　E. 满足归档文件要求

　　2. 归档文件范围有　　　　　　　　　　　　　　　　　　　　　　　(　　)

　　A. 相关文件　　　　　　B. 上级来文　　　　C. 本单位形成的各种文件

D. 下级报送的文件　　　　　E. 报纸杂志

3. 科技文件归档时间种类有　　　　　　　　　　　　　　　（　　　）

A. 按项目结束时间归档　　　B. 随时归档　　　C. 按子项结束时间归档

D. 按年度归档　　　　　　　E. 按工作阶段归档

4. 电子档案的归档方式有　　　　　　　　　　　　　　　　（　　　）

A. 物理归档方式　　　　　　　B. 逻辑归档方式

C. "双套制"归档　　　　　　　D. 数学归档方式

E. 文字归档方式

5. 电子档案的归档要求　　　　　　　　　　　　　　　　　（　　　）

A. 双套备份　　B. 齐全完整　　C. 真实有效　　D. 整理编目　　E. 立卷归档

6. 电子档案的特点有　　　　　　　　　　　　　　　　　　（　　　）

A. 保管位置较分散　　　　　　B. 保管技术程度高

C. 可以在线利用　　　　　　　D. 信息再利用及时

E. 容易丢失不宜保存

7. 档案室收集工作的职责有　　　　　　　　　　　　　　　（　　　）

A. 监督文件的形成过程　　　　　B. 督促归档制度的落实

C. 指导文书部门的立卷归档工作　D. 开展零散文件的收集工作

E. 检查文件立卷归档

8. 修整归档文件包括　　　　　　　　　　　　　　　　　　（　　　）

A. 超大纸张折叠　　　　　　　B. 修裱破坏文件

C. 复制字迹模糊或易褪变的文件　D. 所有立卷归档文件

E. 上级重要文件

9. 装订归档文件常用装订方法有　　　　　　　　　　　　　（　　　）

A. 线装式　　B. 变形材料　　C. 粘接式　　D. 穿孔式　　E. 订书钉式

10. 装订归档文件的具体做法和要求有　　　　　　　　　　　（　　　）

A. 确定装订位置,从左到右横写文书左侧装订

B. 除去金属物,以防锈蚀文件

C. 修正裱糊破损文件,用白纸加边托裱未留装订线位置或装订线上有字迹文件

D. 折叠理齐大小不一的纸张和长短不齐的文件

E. 案卷采用三孔一线的方法装订,结头打在背面

三、简答题

1. 简述文件归档的含义。

2. 如何履行归档手续?

3. 电子文件的归档范围有哪些?

4. 档案装订具体做法和要求有哪些?

四、论述题

1. 论述电子档案的收集要求。

2. 说明立卷时无需归档文件范围。

五、实务题

背景说明:你是北京天黎公司行政秘书钟跃宏,下面是办公室主任张国立需要你完成的工作任务。

备忘录

发给:行政秘书钟跃宏

发自:办公室主任 张国立

日期:2009 年 10 月 18 日

主题:请你将归档案卷质量具体要求用书面材料收集整理好,于明日上午九点前放到我办公桌上。

电子邮件

收件人:钟跃宏(邮箱地址可自编)

发件人:办公室主任 张国立(邮箱地址可自编)

日期:2009 年 10 月 20 日

主题:整理档案平时收集的注意事项

内容:我明天要去为公司档案馆的人员培训,请你将档案平时收集的注意事项整理好,于今晚用电子邮件形式发给我。

便 条

钟跃宏:

请你将档案室收集零散文件可以采取的方法用书面材料整理好,于今日下班前放到我办公桌上。

办公室主任 张国立

2009 年 10 月 26 日

第八章 档案管理

◎ 技能要求

- 运用档案分类的常用方法和复式分类法,对档案(包括电子档案)进行分类、检索
- 根据档案价值和档案鉴定方法,对档案划分保管期限并进行安全保管

◎ 知识要求

- 档案整理工作的内容和意义
- 档案检索工作的内容和意义
- 档案鉴定工作的内容和意义
- 档案保管工作的内容和意义

第一节 档案分类工作

◎ 学习目标

理解并掌握档案(包括电子档案)分类方法,根据单位实际情况,选择合适的分类方法,制订合理分类方案。

◎ 案例导入

天津海洋公司为一个小型新建公司,其档案管理由办公室秘书何丽畅一个人负责。何丽畅最初采用组织机构—年度—保管期限分类方案。近两年,公司常常会做一些部门调整,由最初的 8 个部门变为 10 个,后来又变为 5 个。5 年后,公司换了老总,新领导上任,对公司做了"大手术",重新规划为 9 个部门,但何丽畅的分类方案却一如既往。6 年后的某一天,公司老总需要找 4 年前的一份文件,何丽畅

只知道老总所需文件是属于市场调查方面的,但它属于 4 年前的哪个部门她实在是不记得了。于是,她东找西找,找了两天,几乎把 4 年前的档案都翻了一遍,才找到老总需要的那份文件。

[分析]

由此可见,档案分类方案的制订要根据本单位的实际情况。天津海洋公司是一个小型公司,部门变动频繁,适合它的分类方案应该是年度—组织机构—保管期限。而组织机构—年度—保管期限分类方案适合于机构相对稳定的单位,显然,两者是矛盾的,这就注定档案整理的失败。

◎ 理论知识

档案整理工作是指按照一定的原则和方法,对档案进行区分全宗、分类、立卷、编制案卷目录等一系列的活动。这项工作的目的是建立档案实体的管理秩序,为档案鉴定、保管、检索、利用、编研等工作奠定基础。而档案分类是档案系统化的关键性环节,对档案整理工作具有重要意义。只有经过一定的分类,才能为档案整理工作创造有利条件。

一、档案分类

档案的分类根据人们不同的认识角度和方法可有不同的结果,档案分类工作包括选择分类方法、制定分类方案、文件归类等具体内容。

(一)选择分类方法

档案分类,是指全宗内归档文件的实体分类,即将归档文件按其来源、时间、内容和形式等方面的异同,分成若干层次和类别,构成有机体系的过程。档案分类方法主要有以下几种:

1. 职能分类法,职能是一个机构或组织在社会生活中的作用和功能,即按档案内容所反映的管理职能分工来划分档案的类目。如企业的生产部门、销售部门、财务部门、物流部门等的档案分类管理。在中国档案实体分类和信息分类中,职能分类占据着十分重要的位置。

2. 问题分类法,即按档案内容所反映的问题性质来划分档案的类目,又称“事由分类法”。如企业的技术研发问题、职工的保险问题等。其优点:能够集中立档单位具有共同内容的档案,较好地保持文件之间的联系,便于反映立档单位各项工作的情况。缺点:问题分类法在类别设置上需要档案人员根据档案的具体情况归纳、拟订,操作上比年度、机构分类法有更大的困难。

3. 组织机构分类法,即按单位内容设置的组织机构来划分档案的类目。如人事处、办公室等。优点:能较好保持档案在来源上的联系,完整地反映各个内部组织机构活动的情况;内部机构为分类标志,概念明确、客观,有助于文件的准确归类;有共同内容的文件相对集中,便于查找。该方法适用于立档单位内部机构比较稳定。内部机构之间的档案界限清楚,便于识别和区分。

4.年度分类法,即按文件形成或处理的所属时间阶段来划分档案的类目,一般是将文件按其形成年度或内容针对的年度分开,同一年度的文件排列在一起。其优点是:分类标志客观、明确,操作简单易行;符合立档单位按年度归档的制度,文件归类时界限明确;可以较好地体现立档单位工作活动的历史发展进程。

5.型号分类法,即按产品或设备的种类与型号来划分单位的产品档案或设备档案的类目。企业档案,尤其是产品或设备档案较多采用此法,例如按照产品的不同型号与种类划分。

6.课题分类法,即按独立的研究课题(或称专题)来划分科研档案的类目。

7.工程项目分类法,即按独立的基建工程来划分基建档案的类目。相对独立的科技项目是指一项工程、一种产品、一台设备仪器、一个科研课题等。项目较多时还要按项目性质加以归类。

8.专业性质分类法,即按档案内容所涉及和反映的专业性质来划分档案的类目。

9.档案形式分类法,即按档案文件的外形、名称及制作载体等来划分档案的类目。

(二)制定分类方案

分类方案是档案分类的表现形式,是以文字或图表形式表示一个全宗内档案分类方案体系的一种文件,制定分类方案。注意方案要具有统一性、类目要具有排斥性,不能你中有我,我中有你,同时类目要有伸缩性,能随着客观变化而增加或减少。

在单位档案部门的实际工作中,当归档文件数量较多时,分类工作需要分层进行,单纯采用一种分类方法的情况是比较少见的,较多的是将几种分类方法结合使用,称之为复式分类法。下面列举几种常用的复式分类法,并对相应的分类方案加以说明。

1.年度—机构—保管期限分类法,即先将归档文件按年度分类,每个年度下按机构分类,再在组织机构下面按保管期限分类。这种分类方法适用于内部机构虽有变化但不复杂的立档单位。

该方法的优点是不受历年机构变动的影响,每年归档的案卷依次上架,便于接收和保管,是现行机关分类中使用较多的。

例如:如某某食品公司档案分类为例,如图8-1所示。

2.年度—保管期限—机构分类法,就是把一个单位的档案先按年度分开,每个年度内分为永久、长期、短期三种保管期限,然后再按组织机构分开。这种分类方式是年度—组织机构的扩大使用。这种方式的优点是简便易行,与文书处理制度相吻合,标准客观,便于归类,多数单位采用此法。缺点是一个组织机构的档案被年度隔成许多部分,较分散,不便查阅。以某某食品公司档案分类为例,如图8-2所示。

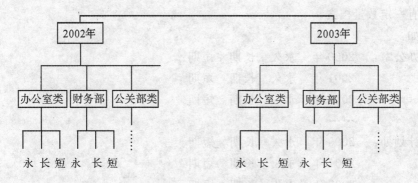

图 8-1 某某食品公司档案

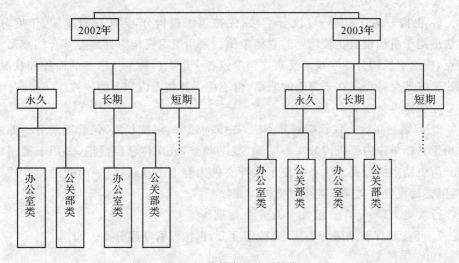

图 8-2 某某食品公司档案

3. 保管期限—年度—机构分类法,即首先按保管期限分类,然后在保管期限下再分年度、组织机构。这种方式按照保管期限分类,有利于区别重点,便于保护重要档案,为档案鉴定、保管和利用工作创造有利条件。如:

永久: 2000 年 办公室

计划处

人事处

长期: 2000 年 办公室

计划处

人事处

......

4. 机构—年度—保管期限分类法,即首先按组织机构分类,然后在组织机构下再分年度、保管期限。此法适用于立档单位内部组织机构分工明确,基本稳定,且具有一定数量档案。

如：

办公室： 2000 年　永久　长期　短期

2001 年　永久　长期　短期

2002 年　永久　长期　短期

······

计划处： 2000 年　永久　长期　短期

2001 年　永久　长期　短期

2002 年　永久　长期　短期

······

5. 机构—保管期限—年度分类法，先按组织机构分，再按保管期限、年度分。此法适用于机构设置比较稳定的立档单位。采用组织机构为首级类符合档案形成特点，按组织机构分能客观地反映立档单位各个组织机构工作活动的面貌和状况，能比较好地保持档案在来源上的联系，但不能保持档案内容上的一致性。如：

办公室　　永久　1995 年

6. 问题—年度—保管期限分类法，先按问题分，再按年度、保管期限分。此法适用于立档单位内部机构分工不明确、变动频繁，或文件已经混淆，多用于撤销机关和历史档案的分类。优点是便于保持文件内容上的联系，同一问题的文件较集中，但类目设置与文件归类难以把握。如：

行政类　1996 年　　永久　长期　短期

7. 年度—保管期限分类法，先按年度分，再按保管期限分类。如：

1995 年　永久

8. 保管期限—年度分类法，先按保管期限分，再按年度分类。如：

永久　1995 年，等。

在分类时应针对不同单位的档案的具体情况，灵活地采用适合本单位具体情况的分类方案。分类方案是进行分类工作的依据，无论采用哪种分类方案进行分类，一个单位的档案分类方法应该一致，而且应保持相对稳定，使分类体系具有科学性，以便于查找利用。

(三)电子档案的分类

随着电子计算机及网络信息技术的迅速发展和广泛应用，机关团体、企事业单位在社会活动中形成的电子文件日益增多，电子文件的处理和电子档案的管理已经成为档案工作者一项新的任务。电子档案是指具有保存价值且已归档的电子文件及相应的支持文件。而电子文件(electronic records)是以代码形式记录于磁盘、磁带、光盘等载体中，依赖计算机系统存取并可在网络上传输的文件。完整的电子文件包括内容、背景和结构三要素。电子档案与传统的纸质档案不同，电子档案的种类有不同的划分标准，目前，主要有以下几种划分法。

1. 按电子档案的住处存在形式分类

(1)文本文件(text)，或称为字(表)处理文件，是指使用文字处理软件生成的文字文件、表格文件以及各种管理活动中形成的公文、报表和软件说明等，由字、词、数字或符号表达的文件。其电子文件类别代码为 T。文本文件应分门别类地加以管理，各机关应根据本机关电子文件形成机构的实际情况建立文件分类体系。

(2)数据文件(data)，亦称数据库电子文件，是指在事务处理系统中单独承担文件职责，或者作为文件的重要组成部分出现的数据库数据对象，也可以说是以数据库形式存在的具有文件属性的记录，即各种类型的分析、计算、测试、设计参数以及管理等数据文件。其电子文件类别代码为 D。在实际工作中，机关、企事业单位形成的各类信息都要建成数据库，因此数据文件是很多单位处理的常见文件。

(3)图形文件(graphic)，是指根据一定算法绘制的图表、曲线图，包括几何图形和物理量如应力、强度等用图标表示的图形等，是由 CAD 系统生成的二维或三维图形文件。其电子文件类别代码为 G 表示。

(4)图像文件(image)，是指使用数字设备采集或制作的画面，如用扫描仪扫描的各种原件画面，用数码相机拍摄的照片等。其电子文件类别代码为 I。

(5)影像文件(video)，是指使用视频捕获设备录入的数字影像或使用动画软件生成的二维、三维动画等各种动态画面，如数字影视片、动画片等。其电子文件类别代码为 V。

(6)声音文件(audio)，是指用音频设备录入或用编曲软件生成的文件。其电子文件类别代码为 A。

(7)命令文件(program)，是指为处理各种事务而用计算机语言编写的程序，是一种计算机软件。其电子文件类别代码为 P。软件是计算机的灵魂，没有计算机软件，计算机就什么也做不了。软件不是无形的东西，看不见，是指挥和控制计算机工作的程序和程序运行所需的数据。计算机软件包括系统软件和应用软件两种。

2. 按文件的功能分类

按文件的功能分类可分为主文件和支持性、辅助性、工具性文件。

主文件，是指表达作者意图、行使职能的文件，是文件内容的依附，是保护的重点。

支持性文件，是指生成和运行主文件的软件，如文字处理软件、表格处理软件、图形软件、多媒体软件等。

辅助性、工具性文件主要是指在制作、查找主文件过程中起辅助作用的文件，如计算机程序类文件往往附带若干辅助设计文件、图形文件，数据库往往附带若干辅助数据库和相应的索引文件、备注文件等。

3. 按文件的生成方式分类

计算机系统中直接生成的原始文件和将纸质或其他载体（如胶片）文件重新录入生成的较换文件。

归档的电子文件由形成部门负责分类整理，档案部门协助指导，总的来讲，产品研制或工程设计过程中形成的电子档案应以产品型号、研究课题或建设项目为单元按电子档案类别分类。图形、图像类文件按产品隶属或分类编号排列，如建设项目可以按设计、施工、结构、维护管理等先分，再结合电子档案类别分类。

◎ 知识链接

（一）档案整理工作的内容和意义

档案整理工作是指按照一定的原则和方法，对档案进行区分全宗、分类、立卷、编制案卷目录等一系列的活动。这项工作的目的是建立档案实体的管理秩序，为档案鉴定、保管、检索、利用、编研等工作奠定基础。

1. 档案整理工作的内容

档案整理工作包括：区分全宗；全宗内档案的分类；立卷；案卷排列和编号；编制案卷目录。

全宗内档案的分类、立卷、案卷排列和编制案卷目录等业务环节一般是由文书部门或文书人员承担的，即文书立卷；归档案卷的统一编号和排列由档案室承担；全宗的划分和排列多由档案馆承担。

2. 档案整理工作的意义

（1）整理工作是整个档案工作的基础。

（2）整理工作是发挥档案效用的前提条件。

（3）整理工作是检查档案收集工作质量的重要依据。

（二）正确判定档案文件所属年度

一个单位的档案，无论是采用哪种分类方法，首先要涉及正确判断文件材料所属年度的问题。判定档案所属年度通常有以下几种方法：

1. 文件上有属于不同年度的几种日期。对此类文件要根据文件的特点，确定最能说明该文件特点的日期作为分类根据。例如，法律、法令和条例等法规性文件，在批准日期为根据（公布生效的文件，以公布日期为根据）；指示、命令等领导性文件以签署日期为根据；计划、总结、预算、决算、统计报表以内容针对时间为根据，如跨年度的计划可放在开始年度，跨年度的总结可放入最后年度；案件或事故的文件一般归入其结案年度。

表 8-1　文件所属年度判断标准表

文件类型	所属年度标准
一般文件	成文日期
法规文件	批准、公布或生效日期
指示、指令性文件	签署日期
计划、总结、预算、决算、统计报表类	内容针对时间（跨年度的：计划归入开始年度，总结归入最后年度）
案件或事故的文件	归入其结案年度

2. 文件上没有注明日期。对此类文件应运用多种方法，判定和考证文件的准确日期或接近日期。其方法是，分析文件的内容，形容文件制成的材料、格式、字体和各种标记，或者通过与已有准确日期的同类文件比较、对照来判定该文件的日期。

3. 按专业年度形成的文件归类。某些专业采用与自然年度不同的年度进行工作，如学校的教学年度——学年，是从每年的 9 月 1 日至次年的 8 月 31 日作为一个学年。如果其所有工作都按专业年度运行，那么其档案也应按照专业年度分类；如果其专业工作按照专业年度运行，而日常行政工作按照自然年度运行，并且档案统一管理，则将专业年度与自然年度相结合运用。

（三）正确判定档案文件所属机构

按组织机构分类时，对涉及几个机构的文件，在一个立档文件内应有一个统一的规定，以便将文件合理而有规律性地分入相应的类别，以便查找起来有规可循。

◎ 注意事项

（一）采用问题分类法的注意事项

1. 类项设置力求符合实际，要按照文件内容中最基本的问题来设置类别，如实地反映立档单位的主要面貌。要参照单位的职权范围和基本工作职能，根据文件的实际状况而设类，不要根据一时的某种需要任意划分类别，也不要随意设虚类。

2. 类目体系力求简明，合乎逻辑。所设的类目，概念要明确，层次要清晰。同一级各类之间应是平等的并列关系，不能互相包容，彼此交叉。为解决全面性、综合性文件的归类，通常应设总类或综合类。

3. 要按文件的主要内容有规律地归类。在实际分类过程中，如遇到既可归入甲类又可归入乙类的或归属不明确的文件，应认真研究并认定文件内容的主要问题归入相应类别。

（二）采用组织机构分类法的注意事项

1. 一般按照立档单位的第一层内部组织机构设置类别，有一个机构就设一个类别，机构的名称就是该类档案的类名。有时也可以到第二层的内部机构，但比较少见。

2. 在类别排列时，一般按照立档单位内部机构的地位来排，一般应将领导机构或综合机构（如党委、党组、办公室等）排在前面，也可按照党、政、工、团的顺序排列。

3. 涉及几个机构的要正确判断归属机构，以正确归类。一般以发文单位为准。如党委讨论决定，又以行政名义发出的文件，一般应归入行政机构；如果是两个以上部门合办的文件，应该归入主办部门，如果分不清主次则归入最后承办部门；如果是联名发出的文件，这类文件一般归入主要起草的部门类内。

第二节　档案检索工作

◎ 学习目标

能够根据情况编制各种检索工作，建立合理的检索体系，实现电子档案检索。

◎ 案例导入

李海洋是一个拥有若干家分公司的大型企业的办公室行政秘书。一天，一分公司售货员来查阅一份档案时说："我用了半天的时间就为了查这份档案。"这件事引起了李海洋的注意，他建议把分公司利用频率高的档案在总公司网站上公布，这样就可以省去了很多时间。目前，分公司已经具备比较完备的纸质检索工作，成功地把档案内容传到了网上。从此，分公司查阅档案再也不用跑到总公司去了。

［分析］

档案检索工具是连接售货员与用户的纽带。检索工作的质量如何，在很大程度上体现在检索工作上。从上例也可以看出，编制纸制检索工作是实现电子档案网络检索的前提。

◎ 理论知识

检索是把档案材料的内容和形式特征著录下来，存储在各种检索工作中，根据利用者的要求，及时把档案查找出来，为各项工作服务，档案是提供利用的先期工作。编制完美的检索工具体系，主要包括以下几个方面。

（一）编制检索工具

档案检索工具，是用以揭示档案的内容和成分，报道和查找档案材料的工具。

检索工具有两个基本功能:存储和查找。两者是互相协调、互相制约的统一体。检索工具将"藏"与"用"这两者连接在一起,架起档案和利用者之间的"桥梁",沟通利用者和管理者之间的关系。为了适应利用者对档案的多种类、多角度的需求,常常需要编制多种类型的检索工具。理想的档案检索工具,必须符合存储档案信息量丰富、检索迅速准确和方便实用的要求。

为了适应利用者对档案全方位、多角度的需求,通常需要编制各种类型的检索工具。

一般来讲,单位根据自己的实际情况,编制检索工具包括以下几种。

1. 归档文件目录

归档文件是由不同条目按照一定的体系和方法排列而成的,条目则是通过对归档文件内容和形式方面的特征进行分析、记录后获得的。归档文件目录以"件"为单位,系统全面地反映了全宗内归档文件的体系结构,包括件号、责任者、文号、题名、日期、页数和备注等项目。如表 8-2 所示。

表 8-2　归档文件目录

件　号	责 任 者	文　号	题　名	日　期	页　数	备　注

件号就是文件在卷内的顺序号;责任者就是文件作者;文号就是文件的发文字号;题名就是文件标题,一般文件都有标题,如果没有,自拟标题加方括号"[ ]"以示区别。

2. 分类目录

分类目录是按照体系分类法的基本原理,将档案主题按《中国档案分类法》的逻辑体系组织而成的目录。它的主要特点是系统性、集中性强,打破了全宗界限,把内容性质相同的档案信息内容组织到一起,便于检索,使利用者从不同的问题、专业查找利用档案,获得有关某个专题的系统、全面的档案材料;灵活性和适用性强,能根据利用档案的不同要求,变换组合成多种性质的专题卡片。分类目录一般采用卡片式,一文一卡或一卷一卡。卡片排列时应按分类号的顺序逐级集中。分类目录是档案室的一种综合性、主导性的检索工具,反映全部馆藏档案内容和成分,具有较强的族性检索功能,在档案检索体系中占有非常重要的地位。

分类目录最重要的问题是对条目的类分。对于一个档案馆来说,档案数量极其丰富,以案卷级或文件级为著录单位,可能著录成几十甚至几百张卡片,数量相当庞大。如何合理准确地对每张卡片进行类分,并不是容易的事情,这就必须参照国家档案局颁布的《中国档案分类法》,因为它是类分条目的依据。

3. 人名索引

人名索引是提示档案中所涉及的人物并指明其档案出处的检索工具。人名索引一般由人名和档号两部分组成。

人名索引，一般按姓氏笔画、汉语拼音字母顺序或四角号码等方法排列。人名索引可以解决查人头材料的困难，利用者借助人名索引，能迅速地查处本馆（室）档案中记载某一人物的材料。其具有迅速、准确、系统的特点，是其他检索工具无法代替的。编制人名索引，排列时可以把同一个人的卡片集中在一起，但要注意区分同姓同名，避免张冠李戴，造成漏检或误检。此外由于历史原因，我国姓氏组成多种多样，姓有单姓和复姓，人名有名、字、别名、艺名、笔名、小名、字号、谥号等，在编制人名索引时，应进行必要的考证，凡有别名时，均按照原文著录，但应将其真实姓名附后，并加"（ ）"，如鲁迅（周树人）。

4. 全宗指南

全宗指南是以文章叙述形式介绍和提示档案室所保存的某一个全宗档案的内容和成分及其利用价值的一种书本检索工具，又称全宗介绍。其作用是介绍和报道某一全宗的历史、档案内容和成分，为利用者提供立档单位和有关档案的线索，便于档案人员掌握全宗的情况，更好地对档案进行科学管理和开展利用工作。秘书要通过全宗指南更好地熟悉档案和开展档案利用工作，提高档案的科学管理水平。

5. 主题目录

主题目录是根据主题法的原理，按照主题词的字顺，打破全宗界限和库藏排架顺序编制的目录。主题目录不受全宗、年度的限制，扩大了信息的存储范围，符合按主题利用档案的特点，查找迅速，检准率较高。它能够集中揭示有关同一事物的档案的内容，具有良好的特性检索功能。

6. 底图目录

编制底图目录，是企业对底图管理的特殊需要。由于底图不能组卷，需要单独平放或卷放，因此必须建立一套与此相适应的检索目录，以便于科学保管和查询利用。底图目录的项目有：序号、归档时间、底图号、底图名称、幅面张数、编制单位、编制日期、备注等。

7. 新型载体档案目录

随着科学技术的发展，特别是网络和多媒体技术的广泛应用，档案中非纸质载体材料的档案数量不断增加。在企业的各种生产经营和社会实践活动中，直接形成了许多有保存价值的录音、录像、照片、影片和磁盘等历史记录。声像档案是企业全宗的重要组成部分，必须由档案管理机构统一管理。不少单位编制的软盘目录、电子文件目录就属于此类。如表 8-3 所示。

表 8-3 电子档案软盘目录

盘号		保管单位名称	
序号	文件名	题名	档号

盘号是以盘为单位编制的顺序号;保管单位名称就是简要表示该盘的内容,如某某部门某年文件;序号是盘中文件的顺序号,用于核对每盘中文件的数量;文件名是指电子文件的全名,即系统文件加扩展名,如"档案管理.doc";题名是指盘中每一个文件的题名;档号是指双套保管的纸质档案的档号。

（二）电子档案检索步骤

电子档案检索是指利用计算机和网络对档案进行分工和存储,并向用户提供档案文献资料。电子档案与纸质档案检索不同,随着计算机技术的发展,很多单位都建立了电子档案检索系统,为用户提供利用,大大地提高了档案检索效率。

电子检索在检索方法和检索性能上与以往的手工检索大不相同,电子检索速度快,检索效率高,只要检索软件设计合理,查准率和查全率都高于手工检索方式;而且不仅可按著录项目进行单项检索,也可把若干项目组合起来检索,还可以对电子文件进行全文检索。而且检索形式灵活方便,既可在档案室和办公室检索,也可异地查询检索,不过它对系统的依赖性较强。建立电子档案检索系统流程具体如下。

1. 建立网站

网站是住处发布源,若要提供电子文件网络检索,建网站是第一步。在我国,只需到相关部门注册域名,购买服务器与相关网络设备,确定与互联网的连接方式,网站即告成立。

2. 加工检索信息,组织检索数据库

第一步,收集数字形式的检索工具和著录条目,对它们之间的联系进行分析,每一种联系都可能成为检索的一条路径。

第二步,在分析的基础上,着手设计站点体系结构和导航方案,实际上就是设计检索的路径,包括按机构、主题、责任者、保管期限等多条途径。导航方案一般为网状结构,各个节点之间的关系包括层次结构、时间关系、水平关系、内容关系等,可以借鉴一些用户网站的经验,提供直接检索(键入主题词、分类号、关键词等)和间接检索(在目录间浏览)两种检索方式。

第三步,根据导航方案,设计数据库。检索数据库一般可分为两种形式:第一,原文数据库,存储的主要内容是电子档案原文,原来是纸质载体的档案,借助于一定的设备和软件通过图像扫描和光学识别转化为电子档案。第二,目录数据库,一般有多个,以表达文件之间的多种联系,如全总数据库、分类目录数据库、主题目录数据库等,应在各个数据库之间建立联系。

3. 实现文件信息的共享

在完成内部检索信息加工后,还应将内部的住处与外部的住处相连,实现馆级联网检索,即链接相关站点,提供通向其他信息资源的途径,使档案信息系统成为通过网络利用电子档案的中心。同时,还可以通过各种途径,将档案站点人为地设成一个链接点,放到其他信息服务机构或政府机构的主页上。

◎ **知识链接**

（一）档案检索工作的内容

档案检索工作是指对档案信息进行加工和存储,并根据需要进行查找的工作。它是档案提供利用工作的基础和先前条件,是开发档案信息资源的必要条件。

档案检索包括档案信息存储和查检两方面工作内容。存储是将档案中具有检索意义的特征标示出来,按照一定的顺序加以编排形成信息库;查检是指利用检索工具查找所需档案。这两个内容是密切联系的,存储是查检的前提和基础,查检则是存储的目的。

（二）档案检索工作的意义

档案检索工作的意义主要表现在:首先,档案检索工具在档案和用户之间架设了一道"桥梁",沟通了两者的供需关系,用户借助检索工作便可以较为迅速准确地获取所需档案。其次,档案检索工具中存储了大量的档案信息,它不仅可以提供查询,同时可以成为档案机构与用户之间的交流工具。最后,档案检索工具记录了档案的主要内容和特征,集中、浓缩地揭示了库藏档案情况。

总之,档案能否及时、准确地提供给用户,充分发挥其作用,在很大程度上取决于检索工作。检索工作是衡量档案工作水平的一个很重要的尺度,有经验的文秘、档案工作者总会不惜时间和精力,认真编制各种档案检索工具。

（三）档案检索体系

档案检索体系是档案管理部门为满足不同需要而编制的各种类型的在功能上相互联系、相互补充的检索工具的集合体。

1. 建立档案检索体系的必要性

档案检索工具的种类很多,但其特点各异,功能也有所不同。为了满足管理、交流和各种用户的不同需求,就需要编制一些既各具特色,又能互相联系和补充的检索工具。

（1）建立档案检索体系是提高检索效率的需要

长期以来,在一些档案部门中,存在着检索工具单一、检索方式落后的情况。比如,有的部门只重视卡片式检索工具的编制,而忽视了其他载体类型检索工具的编制;有的只重视编制手工式检索工具,而忽视了建立机读式检索工具。这样,必然影响检索效率。在今天全社会都讲效率的时代,如果档案部门不想方设法提高检索效率,就会落后于时代。因此,档案部门应该建立起门类齐全、能满足不同用户需求的检索体系,从而提高检索效率,使档案发挥出更大的效益。

（2）建立档案检索体系是扩大档案部门影响、宣传报道馆（室）藏的需要

检索工具不只有检索的作用,其实也可以向外宣传报道馆（室）藏。通过它可

以让社会了解某一个档案部门保管有哪些类型、哪些内容的档案。这样,既方便了社会需求,又扩大了档案部门的影响,还能给档案部门带来一定的经济效益。当然,作为宣传报道性的检索工具应以书本式或光盘式为主,仅靠常规的卡片式是不行的,因此,建立检索体系是非常必要的。

(3)建立档案检索体系是实现资源共享、扩大对外交流的需要

我国加入世贸组织以后,就要遵循国际惯例,在一些行业实现资源共享,档案资源即是其中一种。而像档案馆指南、全宗介绍之类的检索工具就可以充当对外交流、宣传的工具,尤其是电子档案检索工具更便于外界了解档案信息。因此,建立档案检索体系也是实现资源共享、扩大对外交流的需要。

2. 建立档案检索体系的要求

(1)科学、合理

档案检索体系从总体设计上要注意科学、合理。首先,要根据单位的实际情况和用户的不同需求,编制出既能突出馆(室)藏又能满足用户需求的检索工具;其次,检索工具的类型要多元化,既能满足不同用户的需求,又能满足宣传、交流的需要;再次,各种检索工具既要各具特色又能互相补充,但要避免重复交叉。

(2)立足提高检索效率

提高检索效率是建立检索体系的根本目的,为此,检索工具要简便易行,检索途径要多元化,另外还要大力建设计算机检索系统。这样,会从根本上解决目前在一些地方存在的检索效率低的情况。

(3)规范、标准

检索体系的建设要符合国家的各种规范,必须和国家文献管理的标准相一致。这样,既便于提高管理水平,又便于对外交流,实现资源共享。

第三节　档案鉴定工作

◎ **学习目标**

能够全面分析档案价值,确定保管期限。

◎ **案例导入**

钟爱美是一家公司档案管理人员,在一次档案鉴定工作过程中,她发现一份关于一位已辞职的员工的奖励文件,钟爱美当时想,反正那个人已经不在本公司干了,这份文件自然也就没用了,于是,她把那份文件用碎纸机处理掉了。过了3个月,那位辞职员工来索要这份文件,而钟爱美再也没有办法把它找回来了……

［分析］

钟爱美在鉴定档案时及销毁前应该慎重，并应得到档案主管领导的批准。她私自销毁是错误的。另外，奖励文件是属于那位辞职员工的从事档案的一部分，应该还予本人。可见，鉴定工作至关重要，因为一旦鉴定错误，档案被错误销毁后，你就再也找不到它了。

◎ 理论知识

档案鉴定工作，是把真正有保存价值的档案保留下来，同时也是提高档案管理效益的科学措施。一般来讲，鉴定工作包括以下几个方面。

（一）全面分析档案价值

档案价值是指档案这一客体对从事社会实践活动的主体所具有的凭证和参考价值。档案价值具有多维性、潜在性、相对性，因此分析和判定档案的价值应以反映单位基本职能活动为出发点，以分析档案内容为中心，并结合考虑档案的来源、时间、形式等其他因素。

1. 分析档案的内容

档案的内容所记录的信息和反映的情况，是分析判定档案价值的关键因素，分析档案的内容是鉴定档案价值的一个最重要的方面，因为档案的价值往往是通过档案内容体现出来的。分析档案的内容，着重应分析：

（1）档案内容的重要性。例如，反映党的方针政策，反映本部门主要职能活动和业务工作，反映有针对性、依据性需要贯彻执行的文件，反映全局性的文件，反映典型性的文件。内容重要，保存价值较大，保管期限应当从长。而反映日常事务性活动的文件，其保存价值就很小。

（2）档案内容的独特性。档案内容的独特性是指档案内容新颖、独特，能够与时俱进，与一般的档案内容不同。独特性能给人以耳目一新并且能体现时代的特殊性。因此，凡具有本机关、本系统、本地区特色档案，一些特殊事件、特殊人物、特殊产品以及具有新时代意义的新人、新事、新方针政策等的特色档案应尽可能给以保存，延长保管期限。注意：档案内容的独特性要力求减少馆、室档案的重复性。

（3）档案内容的时效性。时效性是指档案在一定时间内具有法律和行政的效力。合同、协议等，一般在特定时间和条件下具有效力，一旦超越了特定时限，其有效性就会消失，档案的价值自然会相应降低，甚至失去保存价值。

2. 分析档案的来源

分析档案的来源就是从考察档案的形成者和文件的责任者入手来分析档案的价值。从单位的社会地位和作用看，首脑机关、重要单位、著名人物形成的档案的价值相对较大；分析档案价值还要看文件的责任者，本单位价值大于外单位；以单位本身名义形成的文件的保存价值大于单位内部组织机构形成的文件等。

3. 分析档案产生的时间

一般情况下，档案形成的时间越早，保存下来得越少，也就越显得珍贵，亦即"高龄档案应当受到尊重"。对于这些产生时间早、数量少的档案应从长保存，不得随意销毁。如古代的甲骨、竹简、钟鼓文等，因时间长，数量少，价值珍贵，应从长保存。

4. 分析档案的名称、稿本和外形特征

档案的名称，表示档案不同的作用。其价值不同，如决议、命令等一般比通知、简报等要重要；成果报告、部件图、竣工图比阶段小结、零件图、施工图价值要大。文件有草稿、定稿、正本、副本等不同稿本，其价值也有较大区别。一般讲，定稿、正本的价值大些，草稿、副本的价值就小一些。档案的外形特点也影响档案的价值，如有些档案上有著名人物的重要批示、签字等，这些档案的价值就大。

5. 分析档案的技术因素

影响和规定档案价值量的技术因素，主要是档案内容的技术水平或其所反映的对象技术价值。档案所记载和反映对象和内容的技术水平越高，档案的价值量也就越大，保管期限也越长。

6. 分析档案的功能因素

档案所具有不同的功能作用对它的价值大小和保管期限长短具有一定的影响和制约作用。如同一项建筑工程的建筑设计图样，对它的形成单位来说，它的基本功能是为新设计复用或供新设计参考；而其基建竣工图的基本功能则是为建筑物的使用、维修、改建、扩建等提供依据。两者功能不同，价值也不同。

7. 分析档案的作者因素

作者因素对科技文件的价值量有较大影响，如个人作者中的名人作者，某些著名的学者、专家进行的设计，绘制的图纸，演算的公式、数据等，除技术水平因素外，作者因素将赋予它们以额外的价值增值。

（二）确定档案保管期限

根据国家档案局颁发的《文书档案保管期限表》规定，我国现行的档案保管期限规定为永久、长期和短期三种。所谓永久保存，就是档案无限期地永远保存下去；长期保存，一般指保存 16 至 50 年；短期保存，一般指保存 15 年（含 15 年）以下。保管期限的计算，通常是从文件产生和形成后的第二年算起。

（三）销毁档案的流程

鉴定档案价值的目的，就是挑选有价值的档案继续保存，剔除无须保存的档案予以销毁。销毁档案的流程如下。

1. 档案销毁清册

鉴定工作结束后，对确保无价值的档案登记造册，以便有关机关审查、批准，并为日后查考档案销毁情况留有凭证。档案销毁清册格式如表 8-4、表 8-5。

表 8-4　档案销毁清册(封面)

全宗号：　　　　　　　　　　　　　　全宗名称：

×××单位

档 案 销 毁 清 册

鉴定时间：　　　　　　　　　　　　　执行销毁时间：

经办人：　　　　　　　　　　　　　　监毁人：

负责人：　　　　　　　　　　　　　　销毁人：

审核人：

表 8-5　档案销毁清册(内页)

序号	案卷或文件标题	起止日期	案卷目录号	案卷号或文件字号	数　量		原保管期限	销毁原因	备注
					卷	张			

2. 撰写立档单位和全宗简要说明

内容包括:立档单位的成立时间、内部机构的名称和工作职能;全宗档案的所属年代、保管期限、保管情况和完整程度以及现在档案的主要成分和类型;准备销毁的档案数量、内容、鉴定工作的概况和销毁的主要理由。

3. 销毁档案的监督执行

档案销毁清册,经批准后就可以销毁档案。可以采用化为纸浆或焚毁,但不得出卖或移为他用。无论采用什么方法销毁均派两人以上监督销毁。

◎ 知识链接

(一)档案鉴定工作的内容

档案价值鉴定,是指档案部门依据一定的原则、方法和标准,科学地判断档案的历史与现实的价值,确定保管期限;并通过价值核查和质量检查,对推动保存价值,或者内容失真和不完整的档案,按照规定的手续进行处理的档案业务管理活动。

具体地说,档案鉴定工作的主要内容包括三个方面:

1. 制定档案价值的统一标准和各种类型的档案保管期限表。

2. 具体分析档案的价值,确定保管期限。

3. 剔出无保存价值和保管期满的档案,按规定进行销毁或做相应的处理。

（二）档案鉴定工作的意义

档案鉴定工作的意义主要在于以下几个方面：

第一,它是解决档案庞杂和精炼之间的主要途径,通过鉴定工作,档案部门进一步掌握了档案的内容和价值,并针对鉴定对象的实际情况,提出开发利用的具体意义和建设,指导档案的利用工作,充分发挥档案的作用。

第二,档案鉴定工作有利于减轻库房和设备的负担,缓和库房和设备的紧张状况,有利于集中人力、物力妥善保管价值较大的档案。通过鉴定工作,将大量失去保存价值的档案清理出库房,不仅有利于提高档案整理和保管工作的效率,而且能节约大量的人力、物力和财力。

第三,便于应付突发事变,有利于保护、抢救重要档案。档案价值大小明确、主次分明、内容庞杂,遇到突发事变,如战争、水灾、火灾、地震等险情,如果档案工作做得好,这时就能够迅速将重要档案抢救和转移,从而把损失减少到最低限度。

（三）鉴定档案价值的原则

鉴定档案价值的原则是：从国家和人民的利益出发,用全面的、历史的、发展的、效益的观点判定档案的价值。

1. 从国家和人民的整体利益出发去衡量档案的价值

从国家和人民的整体利益出发去衡量档案的价值是鉴定工作原则的灵魂和指导思想,也是档案价值评价的基本标准。档案是整个国家和全体人民宝贵的历史文化财富,而它的形成、存在以及如何发挥作用,关系到各方面的利益。在我国社会主义的档案事业中,档案的鉴定工作绝不能以个人的好恶和小团体的利益为准则来定夺,必须站在全体人民的立场上,从国家的整体利益出发,去研究档案的内容实质及其各种因素,充分估计档案对整个社会发展所起的作用。

2. 全面的观点

全面的观点就是全方位、多层次地预测档案利用的需要,从各方面全面地审视档案的内部特征和外部特征。

（1）从档案的来源、内容、时间、文本、外形等方面综合判定档案价值。判定档案的价值仅仅从某一方面去认识,显然是片面的。在分析文件内容时,通常应结合文件的来源、形成时间等因素才能获得比较正确的认识。此外,也有的文件是因时间久远、载体特殊、有名人手迹等而"价值倍增",因此,在分析档案价值时要全面兼顾档案的内外诸特征,不可片面根据某一特征下结论。

（2）把握被鉴定档案与其他档案的联系。档案的产生和存在不是孤立的,这是由机关工作的连续性所决定的。一个机关在工作活动中产生的所有文件都有或多或少的联系,机关在一次工作活动中形成的文件之间具有密切的有机联系。因此,判断单份文件的保存价值,绝不能孤立地只考虑这份文件的自身特征,只有在一定范围内将有关档案材料联系起来,才能准确理解其中每一件(卷)档案的内容和用途,从而对档案的价值做出正确判断。

(3)全面地预测社会对档案利用的需要。社会活动中利用档案的需要是多种多样的,多层次、多角度、多方面的,档案也具有满足社会需要的各种价值形态。有政治、经济、文化、科学等各方面需要的;有用作凭证或参考的;有利用内容或外表形式的;某一机关不需要利用的档案,其他机关可能需要利用;现实生活中不需要查考的档案,可能是后人珍贵的史料;对某一方面毫无意义的档案,可能对其他方面具有重要的查考利用价值。所以在鉴定档案价值时,要在对不同需要及其程度的综合把握中判定档案的价值,切忌仅从本机关的工作需要,或者仅从本机关和社会的某一点需要与否,就轻易地确定档案的价值和保管期限。

3. 历史的观点

档案是人类历史活动的沉积物,它的产生、形成总是同一定的历史条件相联系的。因此,分析档案的价值必须把档案放到它所形成的历史环境中去具体分析档案的内容和形式以及档案文件之间的相互关系,并结合现实需要和未来需要考虑档案的价值。经验证明,离开当时的历史条件,对档案的某些内容就可能难以充分理解,忽略甚至错误地判别其应有的价值,造成确定档案保管期限的失误。

4. 发展的观点

社会是不断前进的,社会需要利用档案的因素也随之变化,档案的作用、价值也将因之而发生变化。这就要求我们必须以发展的眼光认识和估计档案的价值,预测档案的长远的历史意义。事情往往如此:现在有用的档案,将来可能会变得没有多大用处;而现在尚未用到的档案,将来又可能会变得有用。因此,鉴定档案的保存价值,必须坚持发展的观点,要有远见,既要分析档案对当前的作用,又要充分地估计到档案对将来子孙后代的作用。

5. 效益的观点

所谓效益的观点,是指在分析档案价值时要考虑到收益与付出之比,只有当档案发挥的作用超过因保存档案所付出的代价时才能判定其具有保存价值。美国档案学家菲利普·鲍尔博士认为:价值一定要和费用放在一起权衡。他指出:一种严格而实在的费用核算是所有例行鉴定工作的必要条件。保存档案需要库房、设备、装具、管理人员、信息存储(编制手工和机读目录、索引)、复制、修复等多种费用,越是保管期限长的档案所需费用越高。任何一个社会、国家所能提供的档案保存能力都是有限的,人力、物力、财力等因素必然直接制约档案保存的质量和数量。因此,在鉴定工作中应充分考虑到每份档案是否值得保存、值得保存多久。这里所说的效益包括经济效益和社会效益,它不是一个可以完全量化的概念,而是鉴定档案价值时应具有的一种观念、一种指导思想。

(四)影响档案价值的因素

档案的保存价值是由其对于社会的现实作用以及长远的历史作用所决定的。

或者具体地说,某一部分档案、某一案卷、某份档案文件的保存价值,是由档案自身的特点和社会利用的需要两个方面的因素决定的。

1. 档案自身的特点和状况

档案自身的特点和状况,包括档案的内容、形成者、时间、名称、外形特点、可靠程度、有效性和保存状况等。档案本身的特点和状况是决定档案是否具有保存价值以及具有多大的保存价值的依据。

(1)文件的内容。文件的内容所记录的信息和反映的情况是分析判断档案价值的关键因素,因为档案文件的用途是和内容联系在一起的。鉴定档案价值必须分析档案的内容及其意义,但要注意档案内容的可靠性和唯一性。

(2)文件的形成者。形成者是指文件的责任者和立档单位。分析档案的价值,必须站在本机关的角度,同时还应看立档单位在社会上的地位和作用。

(3)形成时间和时效。文件形成时间表明文件产生的历史。产生的时间越早,一般其价值越高。档案价值的时效性,表现为档案可以在不同时期满足不同需要的阶段性,即现实的使用价值、历史的参考价值和鉴赏的文物价值。

(4)文件的名称。文件的名称,表示着文件的不同作用,也在一定程度上反映出文件的不同价值。但要注意的是,由于文件名称用法上的不统一以及实际情况的复杂,有的文件不能仅看名称,所以名称往往只具有参考作用。

(5)文件的外形特点。有些文件从内容上看并不重要,但它的外形特点影响其价值。如制成材料、书法、图案等方面有科研或艺术价值;或者文件上有著名人物的批示、题词、签名等,也影响其保存价值。

(6)文件的可靠程度与有效性。同一文件在撰稿、印制过程中以及根据使用的需要,可以形成各种稿本。不同稿本的文件,在行政效能、凭证作用等方面是有区别的。同时有些文件在一定时期内相当重要,但当条件和环境变化时,其价值会随之消失,所以有效性也是影响档案文件价值的重要因素。

(7)文件的保存状况。主要应从完整程度、是否重复等方面考虑,从全宗文件之间的有机联系出发,全面地考查文件的价值。

2. 社会利用需要

社会的利用需要是决定档案价值关系的主体性因素。一般包括以下两方面:

(1)社会需求的广泛性。社会对档案的需求是多方面和多层次的,而档案的内容无所不包,可以满足社会的广泛需求。档案只要能满足社会需要就具有价值,否则就无价值。需要的满足程度对社会的利益影响愈大,档案的价值就愈大,反之就愈小。

(2)社会需求的阶段性。社会对档案的需求,从长期上可以分为近期利用需求与长远利用需求。近期利用需求主要是档案形成者的需求,长远利用需求则扩展到整个社会。档案的长远利用需求越大,其价值越大,反之越小。

第四节　档案保管工作

◎ 学习目标

掌握档案保管工作的技术与方法,进行档案的安全保管。

◎ 案例导入

某公司在成立之初,考虑到档案工作具有保密性质。于是,领导决定把档案室设置在办公楼最顶层靠里面的一个房间里,这个房间虽然偏僻,但光线很好,一天内有 5 个小时可以接触到阳光,工作人员工作也很清静。可好景不长,由于档案室外阳光太充足,而室内又没有空调等恒温恒湿设备,所藏纸质档案开始变脆,严重影响了档案利用。

[分析]

档案保护的一个要求就是防光,上述案例中把阳光充足的房间作为档案室的做法是不科学的。而且,档案室设在最顶层的房间是不适合的,因为顶层房间有漏水的可能性。如果使用时间长了,下雨房间漏水的话,也会带来隐患。另外,档案室内最好有一些恒温恒湿设备,保持室内温湿度恒定,才能有效地保护档案。

◎ 理论知识

档案保管工作就是根据档案的成分和状况所采取的存放和安全保护措施。要采取适当的措施,克服导致档案损毁的不利因素,维护档案的完整与安全,延长档案的寿命。档案保管主要包括以下几个方面内容。

（一）档案库房管理

档案库房是保存档案的重要基地,是档案保管的最基本的物质条件。库房管理是档案保管工作的主要内容。

1. 合理安排库房布局

库房布局是指对库房的使用安排及对库区房间和保管区段的划分。库房区域尽可能集中,同一基本大类的档案应尽量安排在一个房间或几个相邻的房间中;办公室、阅览室等应靠近库房门口及楼梯间,业务技术用房应布置在库房的一楼;利用频率较高的档案应存放在靠近办公室的房间里。

库房房间较多的档案部门,应编制库房号及库位索引,进行定位管理。库位号一般由房间号、柜架号及搁板号构成。其中,柜架号自房间入口处计,从左到右依次编排;搁板号自上而下依次编号。库位号确定后,应在此基础上制成库位索引。

2. 排列柜架

库房中的档案架、柜、箱等装具,应该排列有序,统一编号。各种不同形状、不同质地、不同规格的柜架应分类集中使用,做到整齐划一。柜架的两端应与墙壁和地面保持一定距离或空间,间隔有度,有利于档案的搬运和取放,不宜过紧或过松。排列方面应与窗户垂直,以防强烈的阳光直接照射,排列有序,有利于通风。

(二)档案日常管理

1. 建立库房管理制度

建立库房管理制度主要包括:安全制度,档案进出库房登记制度,库藏档案定期检查制度,设备管理制度,清洁卫生制度和保密制度等。建立这一制度要统筹兼顾,考虑周密,从详,从序,从细,从实。健全的库房管理制度能够有效加强档案的保存,有序地存储和移动档案,从而服务于档案全局工作。

2. 调节温湿度

温湿度对于档案的保存有直接的影响,温度过高,容易使纸质变干燥;温度过低,容易使纸质变脆;湿度过高,容易使纸质变软、字迹模糊易发霉,这些都不利于纸张的保存。根据有关规定,保管一般纸质档案的温度为 $14\sim20℃$,相对湿度是 $50\%\sim65\%$,一昼夜允许变化范围温度为 $\pm2℃$,湿度为 5%。因为一般微生物繁殖所需温度为 $20℃$ 以上,湿度要大于 60%,纸张的含水量要在 7% 左右。控制和调节档案库房的温湿度一般从以下三方面着手:①做好案柜(架)的间隔距离和案柜(架)与窗户及地面的间距,保持通风状态。②合理安排库房门窗数量和过渡间、密闭窗户等措施,防止和控制库外高温、高湿的影响。③配备温湿度临测仪器和控制调节设备,有效及时地调节温湿度。

3. 档案流动中的保护

在日常工作中,借阅、退还以及必要的再整理、重排架、复制、展览等都要移动档案,搬运档案时要轻拿轻放,运输工作以轻便、牢固、无震荡为宜。工作人员接触档案时,应穿工作服、戴手套,以防汗水玷污档案。档案存放方式要有利于存取,竖放不可太挤,平放不宜过高。存取档案应连同材料一同取出、放回。复制档案时方法应安全,不能损坏档案。

借阅档案必须遵守借阅制度。残旧、脆化等易损档案和特别珍贵的档案一般提供复制品,而且不宜借出档案室外;尚未整理的零散档案,一般不宜借阅;借阅者不得涂改档案或在档案上作标记;禁止使用者在阅览室内吸烟等。

4. 安全检查

定期和不定期地对档案进行安全检查,是库房管理工作的一项重要内容。安全检查的内容主要有:检查档案有无被盗、泄密和受损等情况,及时发现不安全因素,以便及时防治;检查档案有无发黄变脆、字迹褪色、潮湿发霉及鼠害等自然损毁现象,以便及时防治;检查有无火灾、水灾等隐患,用电设备是否完好,消防器材是否齐全,门窗是否牢固,防止意外事故发生。检查可采用定期与不定期相结合,定期检查一般是一年一次,不定期检查一般是在保管人员变动,发生意外事故或结合重大节日、活动时进行。

5. 库房卫生

库房卫生是库房管理中的经常性工作,是档案保护技术中诸多内容的一个重要项目,它与档案生虫、长霉、污染、磨损等有直接关系,必须予以足够的重视。

◎ 知识链接

(一)档案保管工作的内容

所谓档案保管工作,就是指档案的存放管理和维护档案完整的安全的活动。其内容包括两个方面:一是凭借柜具或库房对档案实施的日常管理,主要包括档案库房的使用与安排,档案及其柜具的有序化摆放,与档案检索、提供、利用等环节密切相关的档案移出与收进等。二是对一切可能损毁档案的社会或自然的因素采取必要的措施,防止档案的损坏,延长档案的寿命。档案保管场所的管理要做到八防:防火、防水、防潮、防霉、防虫、防光、防尘、防盗。

(二)档案保管工作的意义

档案保管工作的意义主要体现在以下几个方面:

1. 档案保管工作是档案整体工作的基础。档案工作的前提和基本物质基础是档案,离开档案谈档案工作就失去意义。如果档案保管工作做不好,就会直接危及档案的安全,就可能给党和国家造成严重损失,就会直接影响整个档案事业的发展。

2. 档案保管工作是开展档案工作的前提。科学地保管好档案,可以为档案整理、鉴定、编研和利用工作提供物质条件,是其他环节顺利进行的前提。如果档案保管得杂乱无序、门类混乱,其他环节的工作就无法开展。

3. 档案保管工作直接关系到档案寿命。保管工作做得好坏,措施得当与否,直接影响到档案的寿命。最大限度地延长档案寿命是档案保管工作的根本任务之一。

(三)档案保管工作的要求

1. 注重日常管理工作

为了保持档案库房管理的稳定、有序,注重建立、健全管理规则和制度,加强日常管理,是非常重要的。为此,我们在库房管理中应该做到:归档和接受的案卷及时入库;调阅完毕的案卷及时复位;定期进行案卷的清点和检查,发现问题及时处理。只有持之以恒地坚持严格的日常管理,才能保持库房内档案的良好状态。

2. 预防为主,防治结合

在档案保管工作中,保护档案实体安全的方法概括起来主要有两类:一是如何预防档案实体损坏的方法；二是当环境不适应档案保管要求时或当档案实体受到损坏后如何处置的方法。在归档或接受的档案中，实体处于"健康"状态的档案占绝大多数。因此，在档案保管工作中，积极"预防"档案受到各种不良因素的破坏是主动治本的方法。我们应该采取各种措施，确保这些档案的长期安全。同时，还应该通过加强日常管理和检查，及时发现档案实体出现的"病变"情况，以便于迅速地采取各种治理措施，阻断或消除破坏档案的有害因素，修复被损坏的档案，使其"恢复健康"。预防为主，防治结合，才能全面保证档案实体的安全。

3. 重点与一般兼顾

由于档案的价值不同，保管期限长短不一，所以，在管理过程中，我们应该掌握突出重点，兼顾一般的原则。对于单位的核心档案、重要立档单位的档案、需要长期保存的档案，应该加以重点保护，尽量延长档案的寿命。同时，对于一般性、短期保存的档案也要提供符合要求的保管条件，确保其在保管期限内的安全和便于利用。

（四）档案保管的物质条件

档案保管的物质条件是档案库房管理所需一切物质装备的总称。档案的保管工作必须依托一定的物质条件才能实现。

1. 档案库房

档案库房建筑是档案保管最基本的物质条件，是档案保管中长期起作用的因素，其质量直接影响档案保管中各项设备的采用与效果。为此，国家档案局制定了《档案馆建筑设计规范》，作为档案管理机构建设档案库房的标准。

但是，在实际工作中，因受职能、规模、财力等因素的限制，各档案室（馆）在库房建筑配置上不可能完全一致，因此，应该分情况解决。档案馆应该按《档案馆建筑设计规范》的要求建设档案库房；档案室在档案库房的选址或建造上也应该尽量向《档案馆建筑设计规范》的要求靠拢。在无法达到其要求的情况下，也必须注意：第一，档案库房要有足够的面积，开间大小要适合。第二，库房必须专用，不能与办公室合用，也不能同时存放其他用品。第三，档案库房必须是坚固的正规建筑物，临时性建筑不能作为档案库房。第四，档案库房应该远离火源、水源和污染源，符合防火、防水、防潮、防光、防尘、隔热等基本要求。因此，全木质结构的房屋和一般的地下室均不宜作为档案库房使用。第五，档案库房的门窗应具有良好的封闭性。

2. 档案装具

档案装具是指用以存放档案的柜、架、箱，它们是档案室（馆）必需的基本设备。档案装具在制成材料、形式和规格上的种类很多，其特点各有不同。一般说来，封闭式装具比敞开式装具更有利于对档案的保护；金属的装具比木质的更坚固，并有利于防火。

目前的档案装具中，活动式密集架在有效利用库房空间、坚固、密闭方面具有较好的性能。活动式密集架平时各架柜合为一体，调卷时可以手动或自动分开，比常规固定架柜节省近 2/3 的库房面积。新建库房如果使用活动式密集架则可比使用常规固定架柜节省近 1/3 的建筑费用。但是，安装活动式密集架要求地面承重能力在每平方米 2400 公斤以上，同时还必须考虑整个建筑物的坚固程度以及使用年限等相关因素。

3. 档案保管设备

档案保管设备是指在档案保管、保护工作中使用的机械、仪器、仪表、器具等技术设备，它们主要有：空调机、去湿机、加湿器、通风机、温湿度测量仪、防盗和防火报警器、灭火器、装订机、复印机、缩微拍照及缩微品阅读复制机、光盘刻录机、通讯及闭路电视监控设备、消毒灭菌设备以及档案进出库的运送工具等。

4. 档案包装材料

档案包装材料主要有卷皮和卷盒。现有国家标准《文书档案案卷格式》(GB/T9705-1988) 规定：卷皮分硬卷皮和软卷皮两种。硬卷皮封面及封底尺寸为 300mm×220mm 或 280mm×210mm（长×宽），厚度有 10mm、15mm 和 20mm 三种；软皮卷规格为 297mm×210mm（供 A4 型文件纸用）或 260mm×185mm（供 16 开型文件纸用），且必须与卷盒同时使用，即用软卷皮包装并装订的案卷必须装入卷盒中存放。卷盒的外形规格为 300mm×220mm（长×宽），厚度有 30mm、40mm、50mm 三种规格。卷盒须有绳带等扣紧装置。

5. 消耗品

消耗品是指用于档案保管工作的易耗低值物品，如防霉防虫药品、吸湿剂、各种表格及管理性的办公用品等。

档案库房、装具、设备、包装材料和消耗材料在档案保管工作中构成一个保护链条，共同发挥着为档案创造良好环境、保护档案免受侵害、维护档案完整和安全的作用。因此，档案室（馆）在开展档案保管工作时，应根据档案保管的整体要求和自身的情况，本着合理、实用、有效、节约的原则对这些物质条件进行配置。

◎ 本章小结

档案管理泛泛而讲，是对档案（包括电子档案等特殊载体的档案）实体和档案信息的管理，包括对档案管理工作的起点——档案收集工作。本章主要是指根据社会利用档案的客观需求，科学地对立卷归档后的档案进行科学管理，以实现档案的价值。其工作环节包括：档案整理、档案检索、档案鉴定、档案保管等环节，各个环节又有各自的工作内容和目的。档案管理工作是档案部门大量地日常工作，意义非常重大。档案管理工作的各项内容、各个环节是一个稳定的有机整体，既互相区别又互相联系，既互相制约又互相促进。档案管理人员不能静止地、孤立地从事档案管理工作，而应该按照档案管理工作的内在规律和各环节之间的基本程序科学地去管理,把档案管理工作做好,为社会各项建设服务。

【关键概念】 档案整理 档案检索 档案鉴定 档案保管

◎ 思考和训练

一、填空题

1. 1971—1975 年的工作总结,按年度分类整理归档时,应归入_____ 年度。

2. 长期保管的档案,保管时间是_____ 。

3. 档案保管期限表的最基本的项目是_____ 。

4. 我国档案法规定国家保管的档案,一般自形成之日起满_____年即可向社会开放。

5. 档案库房建设应遵循_____ 的原则。

6. 档案检索工具的基本功能是_____ 和检索。

7. 档案保管单位向申请询问、核查某种事实在所藏档案中有关记载的利用者所出具的书面证明材料,称为_____ 服务。

8. 电子档案价值的鉴定可分为内容鉴定和_____ 两个方面。

9. _____ 是档案保管最基本的物质条件。

10. 档案库房内的温度是直接影响档案自然寿命的环境因素,适宜于纸质档案保存的库房温度是_____ 之间。

二、选择题(每题有一个或多个正确答案)

1. 建立档案实体秩序,使档案系统化的工作为　　　　　　　　　( )

A. 整理工作　B. 收集工作　C. 利用工作　D. 检索工作　E. 分类工作

2. 分析档案价值的一般方法之一是分析档案的　　　　　　　　( )

A. 保密制度　B. 保管期限　C. 完整程度　D. 保管制度　E. 管理制度

3. 档案装具在库房中的排放应该　　　　　　　　　　　　　　( )

A. 紧贴窗户　B. 紧贴墙壁　C. 与窗平行　D. 与窗垂直　E. 与窗交叉

4. 下列著录项目中揭示内容特征的项目是　　　　　　　　　　( )

A. 档号　　B. 作者　　C. 主题词　　D. 载体　　E. 光盘

5. 对档案价值的鉴定应该以( )的评价为标准。

A. 社会利用　B. 主要用户　C. 档案部门　D. 领导　　E. 书记

6. 销毁准销档案时,必须实行( )以上监销制度。

A. 1 人　　　B. 2 人　　　C. 3 人　　　D. 4 人　　　E. 5 人

7. 一般库房的相对湿度应为　　　　　　　　　　　　　　　　( )

A. 14%～20%　　　　B. 30%～40%　　　　C. 30%～50%

D. 50%～65%   E. 40%～45%

8. 档案保管的物质条件有   （ ）

A. 档案库房   B. 档案保管的消耗品

C. 档案包装材料   D. 档案保管设备

E. 档案装具

9. 档案保管工作的要求有   （ ）

A. 重点与一般兼顾   B. 注重日常管理工作

C. 预防为主,防治结合   D. 加强联系

E. 上下互动

10. 下列属于档案保管场所管理"八防"内容有   （ ）

A. 防火   B. 防水、防潮   C. 防霉

D. 防虫、防光   E. 防尘、防盗

三、简答题

1. 档案整理工作的内容与意义是什么。

2. 档案检索工作的内容和意义是什么。

3. 档案保管工作的意义是什么。

4. 如何做好档案日常管理。

四、论述题

1. 论述如何正确判定档案文件所属年度。

2. 论述档案销毁的程序和方法。

3. 论述建立电子档案检索系统的流程。

五、实务题

背景说明:你是杭州邵华公司行政秘书李朝阳,下面是办公室主任孙征刚需要你完成的工作任务。

备忘录
发给:行政秘书李朝阳
发自:办公室主任　孙征刚
日期:2009 年 11 月 18 日
主题:请你将档案在秘书工作中的作用用书面材料收集整理好,于明日上午九点前放到我办公桌上。

便　条

李朝阳：

　　刘晓丽刚到秘书岗位工作，不太清楚档案工作与文书工作的区别，请你告诉他。

办公室主任　孙征刚

2009 年 11 月 22 日

电子邮件

收件人：李朝阳（邮箱地址可自编）

发件人：办公室主任　孙征刚（邮箱地址可自编）

日期：2009 年 11 月 26 日

主题：整理档案平时收集的注意事项

内容：我明天要去为公司档案馆的人员培训，请你将档案平时收集的注意事项整理好，于今晚
　　用电子邮件形式发给我。

五、技能实训

　　1. 某某商贸公司内部机构健全，有时会调整，各内部机构档案分别处理，界限较明确。根据上述情况，分析该公司的档案应采用何种复式结构分类法为宜？为什么？

　　2. 对某单位的档案进行分类整理、鉴定其价值并确定保管期限；参观某单位档案馆，了解档案保管技能。

第九章 档案利用

◎ **技能要求**

- 科学利用档案
- 开展档案信息的深层次开发

◎ **知识要求**

- 档案利用的概念和意义
- 开展档案利用的方式
- 开展档案信息深层开发的途径

第一节 科学利用档案

◎ **学习目标**

掌握并提供多种利用档案的方法和途径。

◎ **案例导入**

案例 1

武汉大地公司于 1970 年成立,是一家拥有设备固定资产 3 亿多元的国有中型独资企业。公司于 2005 年通过 ISO 9000 国际质量体系认证,主要产品被中国统计学会等多家单位评为中国"十大名牌"产品。公司设有设备档案室、土建档案室和人事档案室,其中设备档案室现存档 5000 余卷,底图 36900 余张,常用档案 3500 余卷,底图 30000 余张。

公司档案工作人员抱怨,平时除了完成必要的整理工作,就是看着这堆纸,偶尔为上门查找档案的用户查查档案外,没什么事情做,太无聊了。档案部门负责人李阳了解到这一情况后,首先让档案工作人员进行利用统计,发现近两年在各部门对档案的利用中,只有对设备档案利用频率较高,于是发动档案部门工作人员的积极性,为公司创造了巨大的经济效益。具体结果:2006 年调档 563 次,综合效益412 万元;2007 年调档 220 次,综合效益 552 万元;2008 年调档 415 次,综合效益4060 万元;2009 年调档 550 次,综合效益 5021 万元。

［分析］

档案并不是我们所看到的那些表面静态的纸,其中蕴藏着巨大的价值。但这些价值不是自动能实现的,关键需要档案工作人员对其内容的开发利用。为用户提供利用是档案工作的最终目的。因此,我们应在做好档案整理工作的前提下,重点进行档案信息开发,为用户提供便利的服务,充分实现档案及其工作人员自身的价值。充分发挥档案的作用,实现档案的价值,是档案工作的根本目的。商务秘书要通过各种方式提供档案,满足实际利用的需求。

案例 2

深圳华氏公司档案部门工作人员向于温华反映,很多借阅档案的公司员工不及时归还档案,严重影响了他人的利用。而且,有的人虽然还了档案,但由于其不注重保护,有的档案被褶皱了。于温华通过调查,了解到很多借阅档案的人其实只需利用几分钟就可以解决问题,但由于档案室较小,不方便查阅,于是就带回去看,这一带回去,就不知道还了。针对这种状况,于温华向上级领导申请了一间阅览室供借阅人员使用,并组织档案工作人员制定了档案借阅制度和档案催还制度,保证了档案的按时还归。

［分析］

于温华的做法是站在用户的角度,为用户服务,同时完善自身的制度缺陷,充分体现了档案工作者的桥梁作用,提高了档案工作的地位,实现了档案工作者自身的价值。

◎ 理论知识

一、开展档案利用的方式和途径

数量庞大的档案,通常是根据其自然形成的体系整理和存放的,而档案的使用者则有着不同的、特定的利用需求。为了满足利用者不同的需求,通过各种方式有效地提供档案和有关资料,建立起档案的检索系统,以方便使用者迅速、快捷地查找到档案。开展档案利用的方式和途径有很多,主要的有以下几种。

（一）开设阅览室,直接提供档案原件或复制件借阅

通过开设阅览室,直接提供档案原件或复制件借阅。这种方法,在企业被广泛使用。

阅览室是联系档案的保管者和利用者的纽带,是档案工作发挥作用的主渠道,

是社会各界了解和认识档案事业的窗口。一般要做好以下几个方面的工作。

阅览室的设置需兼顾优质服务和严格管理两个方面。

阅览室要求明亮、宽敞、安静、舒适、清洁和方便。一般应有服务台、阅览桌和存物处等设施。阅览桌以无抽屉为宜，以便于管理人员必要的监护。为方便利用，还应准备一些工具书以及与所藏档案密切相关的参考材料。

(1)建立必要的规章制度以维护阅览室秩序和档案的安全。

阅览室开放制度内容包括：阅览室接待对象、档案材料的阅览范围、批准权限和入室手续、档案索取和归还手续以及利用者应爱护档案的若干具体规定等。

(2)为方便科技人员迅速地大量查阅，在某些企业、事业单位，可以有条件地实行内部开架阅览。

开架阅览的基本做法是：第一，可供阅览的是科技档案副本；第二，开架的科技档案是非密的或密级较低的；第三，提供专门的开架阅览场所；第四，编写开架部分科技档案的检索目录，注明存放位置，并在每个阅览架上编制"科技档案检索图表"；第五，有资格进入开架阅览室的是本单位内部的有关人员。

(二)档案外借

档案外借是指按照一定的制度和手续，将档案携出档案馆或档案室阅览、使用。

档案馆档案一般不借出馆外使用，在个别情况下，为照顾某些工作岗位的特殊需要或必须用档案原件证等特殊需要，才可以将档案暂时借出馆外。在机关和企业内部，尤其是企业，档案携出档案室使用，包括到科研、生产一线现场，则相对多些。但特别珍贵和易损的档案，是禁止借出的。

为了便于掌握档案流动情况和安全检查，档案被借出时，应作借出记录，可以填制"代理卡"放在档案原来存放位置上，借出的档案归还后将代理卡撤出。

(三)制发档案复制本

根据档案原件制发各种复制本，是开展档案利用工作的一种重要方式，又称复制供应。其包括内供复制和外供复制。外供复制又是实现科技档案有偿交流的一个途径。

档案复制本分为副本和摘录两种。复制方法主要有复印、手抄、打字、印刷和摄影等。

这种方式有较多的优点，既可以提高档案利用率，缓和供需矛盾，又便于保护档案原件。这种方式也有一些缺点：第一，利用者查阅档案，总想看到原件，尤其用作凭证时，一般的档案复制本往往不令人满意。第二，由于现代复印技术的快速发展，尤其是静电复印机的广泛应用，有可能使复制本失控，造成多处多份复制，随意公布档案的事情发生，不利于档案保密和维护技术产权等方面的权益。为此，必须对档案复制本制发范围和批准权限作严格管理规定。单位秘书在有关事务中要切实负起责任。

在企业档案部门中,有一种与复制供应密切相关的提供利用服务方式,称为技术市场交流。它是指企业档案部门将企业的科技成果档案制成复制品后,推向市场,参与技术贸易,为企业创造更多的经济利益。这种方式能够给企业带来一定的经济效益,对科技成果的时效性要求较高,在为技术信息市场化服务的过程中,应注意保护企业技术秘密。

(四)出具档案证明

档案证明是档案保管单位向申请询问、核查某种事实在所藏档案中有关记载为利用者出具的书面证明材料。

在社会生活中,有些机关、企事业单位或个人,为处理和解决问题往往需要档案部门提供证明材料。例如,公安、司法、检察部门在审理案件过程中需要证明材料;个人在确认工龄、学历、职称方面需要证明材料等。

出具档案证明,档案人员只有在利用者正式申请下才能进行,而且对申请的审查和证明的拟写,都必须认真对待。申请书应写明要求出具证明的目的以及所查证问题的发生地点、时间和经过。档案证明一般应根据档案的正本或可靠的副本来拟写。在没有正本或副本的情况下,也可利用草稿(草案)。不论根据什么材料,都应注明其出处。出具档案证明时,档案工作人员不能妄加评论和结论,只能对有关材料进行客观地、如实地叙述或摘录,尤其对所要证明的问题起关键性作用的内容应做到原件的字、句,甚至标点完全吻合。证明填写好后,必须加盖公章,这样拟写的档案证明才能生效。

(五)提供咨询服务

咨询服务形式是档案人员以档案为依据,以自己所掌握的业务知识和专业技术知识为基础,对查询者提出的问题进行解答,或指导利用者获得有关某一方面档案的线索。档案人员会接触到各种情况的咨询业务,有一般性咨询,也有专门性咨询;有事实性咨询,也有知识性咨询;有专题研究性咨询,也有情报性咨询。

(六)印发目录

印发目录方式多用于科技档案的利用服务工作。它是将档案目录印制分发到有关部门。其包括内部印发(向内部各机构和下属单位印发)和外部交流两种。其目的是为了交流情况,互通信息。

(七)举办档案展览

档案展览,是根据某种需要,按照一定主题,系统地陈列档案材料。这是通过展示和介绍有关档案的内容和成分而提供利用的一种服务方式。

档案展览的作用突出地表现在两个方面:

第一,有利于宣传档案意义和提高社会档案意识。参展的档案材料一般是经过精心挑选的,容易给观众留下深刻的印象,进而引起人们对档案和档案工作的进一步重视,增强档案意识。

第二,有利于广泛发挥档案的作用。举办档案展览本身就是一种提供利用的方式,而且这种形式能在一定时期、一定范围内满足较多观众的参观要求,服务面广泛。这种形式会使档案的宣传教育作用得到充分发挥,能取得其他任何形式都达不到的广泛、深刻、生动的效果。

举办档案展览,要注意突出其思想性、科学性、业务性和艺术性。为使其达到满意的效果,首先要选好展览主题,然后精心选取和组织材料。档案馆根据自身的条件,可在馆内设长期的展览厅(室);也可平时配合当地各种工作和有关的活动,酌情举办各种类型的档案展览会,如历史档案展览会、革命历史档案展览会、各种纪念活动;或配合机关工作,举办各种小型的展览会,如工作或生产、科研成就、工作成果等。其次要对入选档案合理分类,编写前言、各部分标题、提要和介绍。围绕主题挑选档案,是组织展览过程中最重要的一环。档案展览内容的思想性、科学性和展出的效果如何,往往取决于展出档案的内容和种类,要选择最有价值和最有意义的材料,特别是选择能正确反映历史事件、提示事物本质的材料。此外,还必须注意档案的保护和保密工作。对于机密档案,要严格按照事先确定的范围组织参观。展出的档案一般都用复制品。必须展出原件时,应采用透明装置保护措施,以防止档案的遗失和损坏。

◎ **知识链接**

(一)档案利用工作的内容

档案利用工作,是指采用多种有效的方式直接提供档案及其信息加工材料,及时、准确地满足用户对本单位档案的利用需求的工作。从严格意义上讲,档案利用工作又可以区分为"提供档案利用"和"利用档案"这两个既有密切联系又相对区别的概念。

"提供档案利用"针对档案管理者而言,是指档案管理部门和人员以所藏档案信息资源作为基础,通过一定的方式和途径,直接提供档案,为前来了解查询问题的利用者提供服务的工作;"利用档案"针对利用者而言,是指利用者以阅览、复制、摘录等形式使用档案的活动。善于利用档案馆、档案室的档案,是现代秘书人员的基本功。

档案利用工作的内容主要是:熟悉本单位档案资源的内容成分,了解单位的业务活动及业务流程,掌握用户对档案信息的需求,通过咨询和接待等服务工作,把经筛选鉴别、加工整序、编目汇纂出来的档案信息提供给用户,满足其利用需要。

(二)开展档案利用工作的意义

1. 档案利用工作是档案工作的根本任务

档案事业的发展离不开社会对档案的利用,我们做档案工作不是空头的理论工作,而是要把它付诸行动,应用于实践,为国家和社会的各项工作服务。各机关、企事业单位设置档案室和专职工作人员,其目的就是利用档案为国家服务。由此可见,档案利用工作是实现档案工作目的的关键,是手段,是档案工作的根本任务。

2. 档案利用工作为档案工作提供了展示平台

档案利用工作运用各种形式为档案工作提供材料,为社会服务,利用工作可以通过宣传,使人们认识其社会价值和重要地位,或者直接与利用者发生关系,体现档案工作的服务性和政治性,进一步提高自身的利用价值。因此,有人总是把档案利用工作比喻成联系社会的一个窗口,利用工作做得如何,是衡量档案室(馆)业务开展的程度、工作好坏的主要标志。

3. 档案利用工作是档案工作中最富有活力的一环

档案利用工作与社会服务者有着密切的关系,是利用者与被利用之间的桥梁和纽带。档案利用工作为服务者提供材料,服务者可以为档案工作着力宣传,两者之间相辅相成,休戚与共。另外,档案利用工作对整个档案工作有着检验和督促作用,平时工作中要监督各项工作做到防患于未然。在利用工作中可能会遇到各种各样的困难,或意想不到的事件,这时就需要我们有着严谨的态度去发现档案工作中出现的问题,看看材料收集是否齐全,整理是否系统,鉴定是否准确,保管是否安全,且做到合理修补。

(三)人事档案的利用规定

干部人事档案管理的最终目的是为了更好地利用干部人事档案,开展干部人事工作,管理人员资源。但干部人事档案的利用不同于一般的档案材料,它必须按照干部管理权限确定的范围进行。对查阅、借阅不同层次干部的档案,国家规定了相应的审批制度。尽管各地区、各部门具体的审批办法有所不同,但最基本的规定是,因工作需要才能查阅和借阅干部人事档案,并且必须遵守下列规定:

第一,查阅单位应填写《查阅干部档案审批表》,按照有关规定办理审批手续,不能仅凭调查证明材料、介绍信直接查阅档案。

第二,档案管理单位有权根据规定,确定是否提供和提供哪些材料。

第三,凡查阅干部人事档案,利用单位应根据有关部门的具体规定,派可靠人员到保管单位查阅室查阅。

第四,档案一般不借出使用。如有特殊情况借出使用时,要说明理由,经过主管部门负责人批准,并严格履行登记手续,限期归还。借阅单位不得擅自转借他人。

第五,任何人不得查阅或借阅本人及其直系亲属的档案。

第六,查阅档案,必须严格遵守保密制度和《中华人民共和国档案法》有关规定,严禁涂改、圈画、抽取、撤换档案资料。查阅者不得泄露或擅自向外部公布档案的内容。

　　第七,借用、查阅档案的单位或个人,不得擅自复制档案内容。因工作需要从档案中取证的,必须请示干部档案主管部门审查批准后才能复制(拍摄)。

第二节　开发档案信息资源

◎ **学习目标**

　　根据实际需要编写各种档案参考资料。

◎ **案例导入**

　　浙江大田公司是一家高科技公司,公司有很多科技成果。一天,经理和一客户谈判,经理向客户说本公司有好多科技成果,客户听了,问道:"贵公司有没有科技成果简介? 能否给我看一下?"经理哑然。原来,公司的档案工作一直由一办公室人员兼管,没有得到完全重视,只做些基本的整理工作,别说科技成果简介,就连系统的检索工具都没有。

　　[分析]

　　对于高科技公司,编写科技成果简介这样的参考资料是必要的,这是深层次开发档案信息内容的一个重要途径。编写适合本单位使用的档案参考资料是档案开发利用的一项重要工作。试想,如果大田公司编写了本公司的科技成果简介,也许会帮助公司接受更多的项目,为公司创造巨大的经济价值。

◎ **理论知识**

　　档案信息开发的途径和方式很多,其中最主要的是编写档案参考资料。

　　档案参考资料,是档案部门或人员按照一定的题目,对有关档案材料的内容进行研究、综合、加工而成的,可供利用者直接阅读使用的一种档案材料加工品。档案参考资料改变了档案原来的形式,具有问题集中、内容准确、文字精练、概括性强的特点,不仅能起到一定的介绍和报道档案情况的作用,而且更重要的是,可以直接为利用者提供有实际内容的档案材料。参考资料的最大优点在于利用者不必翻阅大批档案,便可简明扼要地得到所需的材料。下面介绍几种常用的档案参考资料的编写。

　　(一)大事记

　　大事记,就是按照时间顺序,简要地记载一定历史时期发生的重大事件的一种参考资料。它是一种以时为经、以事为纬,简明地记载和反映一定范围内各种重要史实的资料书和工具书。它可以向利用者提供某一问题的历史梗概,便于人们研究史实的演变及其规律性,是总结工作、编写资料、考证历史的重要依据。

大事记的特点是必须严格地按照时间顺序记载有关历史事实;使用编年纪事体。编年纪事体是一事一记,逐年、逐月、逐日以事件发生的时间先后为序记述,一日数事,则分条记述。

秘书人员编写的大事记主要是持续反映本单位情况的单位大事记。

编写大事记应尊重历史、尊重事实,维护事物的本来面目,客观地加以记述。其具体要求有三:第一,观点正确,用材真实;第二,大事突出,要事不漏,小事不记;第三,系统条理,简明扼要。

大事记的内容,主要由大事时间和大事记述两部分组成。

1. 大事时间

大事时间,一般要求记载准确的日期,并按照大事时间的先后顺序排列,以便反映事件发生、发展进程;每件大事年、月、日齐备,有的甚至写明确切的时、分、秒。对时间不确切的事件,应尽力进行考证。先排有确切日期的大事,后排接近准确日期的大事,日期不清者附于月末,月份不清者附于年末。

2. 大事记述

大事记述是大事记的主要组成部分,通过许多重大事件的记述,反映历史发展的概貌和规律。大事的合理选择,是撰写这部分内容的关键。如何选择和确定大事,需要考虑如下三方面因素:

(1)要立足于本单位,突出本身活动。属于全国或其他较大范围内的大事,只有与本单位密切相关的大事才记;否则,不予记述。记述的目的在于说明大事的背景和由来。

(2)要根据本单位的性质、任务和主要职能活动选择大事和要事。一般情况下,反映主要职能活动的重要事件,才能列入大事记的范围。

(3)要体现本单位的特点,突出一定时期的中心工作、重大事件和要事。

(二)组织机构沿革

组织机构沿革是以文字或图表形式,系统记载一个单位或专业系统的体制、组织机构和人员编制变革情况的一种文字材料。

1. 内容

组织机构沿革的内容大致包括单位(系统)概况、机构名称改变、地址迁移、成立、撤销或合并时间、隶属关系、性质和任务、职权范围、领导人员变动、编制扩大与缩小以及内部机构设置等方面变化情况。

2. 编写体例及格式

组织机构沿革可以采取文字叙述或图表的形式,也可图文并茂。根据组织发展特点,选择不同的编写体例:一是编年法,即按照年度依次列出组织结构的演变发展;二是阶段法,即按照组织机构重大变革的若干历史阶段,分别记述各历史阶段组织机构的演变发展；三是系列法，即按照组织机构变化的主要内容，分别记述演变发展情况。

（三）统计数字汇集（基础数字汇集）

统计数字汇集是以数字语言反映某一单位或某一地区、某一系统的某一方面情况或若干方面基本情况的一种参考资料。它是反映一个单位、系统或某一方面基本情况的一种数字材料，是了解情况、研究问题、制订计划、指导工作和总结经验不可缺少的依据和参考。

统计数字汇集按其内容可分为综合性和专题性两种。综合性的统计数字汇集则是记载和反映一个单位、系统全面情况的，包容性强，篇幅较大。专题性的统计数字汇集则是记载一个单位或系统在某个方面的基本情况的。

整体结构：

1. 总标题：单位、内容、名称、时间；

2. 编制说明；

3. 正文。

（四）会议简介

会议简介是简明扼要地记述会议基本情况的一种文字材料。广大机关、企事业单位干部经常需要查询会议的档案材料。例如，筹备一个会议之前，先行查阅以往有关会议的档案材料，许多程式性的内容便可延用旧例，以收到事半功倍之效。

会议简介的主要内容应包括会议届次，召开的时间、地点、主持人、参加人（代表名额、分配情况、列席范围），会议议程，讨论与会议决策事项以及选举结果等。

（五）科技成果简介

科技成果简介是科技档案的编研成果之一，是指对获得成果的科研设计项目的档案资料，扼要摘录其内容，汇集编印成册的一种参考资料。其内容一般包括：项目名称、项目内容、投资费用、主要技术经济指标或主要技术参数、经济效益、应用推广情况、鉴定评审情况、获奖情况、转让方式和费用等。

（六）企业年鉴

企业年鉴是记录和汇集一个企业一年间的生产、经营、基本建设、科学研究等各类大事的有关文献、照片和统计数据等的综合性参考资料。

企业年鉴的特点是，利用年度的各种文字总结、数据报表、照片和说明文字等，记述和反映一个企业的综合发展状况。它一年编制一个卷册，年年记录汇录，但又前后连贯。

企业年鉴对于了解企业的综合情况和数据，进行工作总结、预测未来、计划决策，以及进行科学研究和编史修志等，可以提供比较系统和全面的档案材料。它被誉为"办公桌上的档案数据库"。

（七）企业史志

企业史志是依据企业档案信息撰写的史料性质的编研成品。从内容上划分，有就企业全部生产经营活动编写的综合性史志,也有针对某项专业活动撰写的专门性史志。企业史志史料性强,是以客观反映和系统阐述企业生产经营、科技工作及其各项管理的发展历史与发展规律为目的的,因此一般具有较高的和长远的利用价值。

（八）科技图册

科技图册也称科技图集,是以图样为主体,配以必要的文字和数字说明的编研成品。图样可以是设计图,也可以是简图或示意图等。图册主要用来表示产品或设备的规格、结构、性能、技术参数等,或表示基建工程设施的规模、布局、走向、结构、数据等。图册根据用途不同而有所区别,有为产品研制服务的图册,有为设备管理或工程设施管理服务的图册,有为技术交流或产品加工订货服务的图册等。

（九）科技手册

科技手册是以科技档案信息为依据,简明、扼要地概述特定范围的科技活动或专业的基础知识与规范的资料性工具书。所谓基础知识,是指专业性的基本数据、常用的计算公式和测试方法等。这些基础内容多是经过实践验证的成果和经验总结,带有一定的规律性,具有某种规范意义,是从企业档案中筛选出来,为企业各级领导、各种业务管理部门和技术人员、管理人员经常使用的,在形式上是可以随身携带备用的一种工具书。

（十）科技简报

科技简报是连续地报道科技档案信息的活页式编研成品。为了提高档案部门的信息反应速度,近年来许多档案部门分别创办了《档案信息》、《档案信息快报》等,是及时、定向地传递科技档案信息为主要目的的刊物,受到科技档案利用者的好评。科技简报就是这类刊物的代称。科技简报可分为定期与不定期两种。

◎ 知识链接

一、档案开发利用工作的特点

（一）档案开发利用工作能更集中、更全面地提供档案信息,更好地发挥档案的作用

档案开发利用工作向需要者提供的不是档案材料中的原始信息,而是经过档案人员提炼、整理、编辑出来的二次信息。这些信息不再像原始信息那种处于一种分散、凌乱的状态,而是组织成一个有机的整体。这些整体向我们清晰地展示出一个事物、一段历史、一类产品、一项工程的前因后果、来龙去脉及全部特征。对需求者而言,既可以省去查找、摘录、分类的烦恼,又可以迅速掌握某一问题的详细资料,取得较好的利用效果。

（二）档案开发利用工作能够有效地保护档案的原件,广泛传播档案信息

一方面,由于档案开发利用工作编研的各种资料上的信息均来源于原始档案,

同样能作为各项工作的凭证和依据,通过利用各种资料能有效避免对档案原件的反复使用,减少利用带来的损耗,起到保护档案原件的作用。另一方面,由于各种资料上的信息又不完全等同于单份档案,它比单份档案更加丰富、全面和系统,加上资料可以大量印制甚至出版发行,因而开展档案开发利用工作能够广泛传播档案信息,扩大档案利用范围和影响面,帮助更多的需求者利用到档案资源。

（三）档案开发利用工作能够帮助档案人员提高业务水平,促进档案工作各环节的开展

档案开发利用工作是一项专业性、研究性、综合性较强的工作,对档案工作人员的素质有较高的要求。它不仅要求档案工作人员有一定的政治思想修养和理论水平,还要求精通档案专业知识,熟悉本单位档案的内容和价值,以及利用需求和特点,同时还应具有较强的综合分析能力和文字能力。所以,开展档案开发利用工作实际上是对档案人员基本素质和业务能力的一次检验和推动。

档案开发利用工作的开展还需要以坚实的基础工作为前提。如果基础工作达不到一定的要求,面对一堆杂乱无章的档案,是无法进行深加工的。因此开展档案开发利用工作,还可以推动档案管理水平的全面提高。

◎ 注意事项

档案参考资料是档案开发利用的一项重要工作。编写各种档案参考资料应注意以下几点:

1. 要广泛征集资料,熟悉馆藏的内容,掌握一定的原始材料以供编写。

2. 注意材料真实、准确、表述恰当。

3. 注意实用性。编研成果能否受到社会欢迎和重视,主要取决于它的现实有用性,因此档案部门要积极调查,了解社会需求,按需编研。

4. 注意保密性。档案本身就有一定的保密性,因此在编制档案参考时,要注意保密,确保档案信息的安全。

第三节　提供档案服务

◎ 学习目标

能够针对单位不同工作人员需要提供档案服务。

◎ 案例导入

哈尔滨哈斯公司是一家设计公司,最近,公司接受了一个新项目,是关于一生

活小区的建筑设计。办公室工作人员李阳知道这一信息后,立刻从档案室找出了公司以前做过的所有的关于生活小区建筑的设计图纸,当他把这些图纸拿给设计人员时,设计人员说:"太感谢了,我们正想找这些呢!"

[分析]

这个案例告诉我们:在提供档案服务时,要根据档案用户需求,及时提供有针对性和利用价值的档案服务。

◎ 理论知识

档案的价值是由档案自身和档案用户两方面的因素决定的。档案利用服务是联系这两方面因素的纽带,因而也是实现档案价值的基本途径。档案用户需求,决定着档案开发利用的活动规律,影响提供利用服务方式方法的选择。在本章第一节已介绍了档案提供利用服务的方式方法。本节的主要目的是告知办公室工作人员在熟悉档案利用的基础上,还应了解档案用户的需求特点,以便提高服务的主动性、针对性和及时性。

一、满足不同档案需求者对档案服务的要求

（一）满足计划决策人员对档案的需求

计划决策人员包括两个层次的管理人员:中层管理者和高层领导者。计划决策人员是档案部门利用服务的主要对象,满足其对档案的利用需求主要有以下几个方面。

1. 提供档案信息的性质和范围方面。

计划决策人员要求利用综合性的、可靠的、涉及面比较广泛的档案材料,越是高层的管理者,因为其考虑问题越要全面,决策越为关键,所以越需要档案人员提供经过加工的概括性、综合性强的高层次信息,越要求信息可靠,也越需要提供综合参考的非档案类的外部信息。

2. 提供档案信息内容方面。

有两方面的材料是所有计划决策人员共同关注的:其一,政策性文件和分析论证材料;其二,历史上处理类似问题所形成的材料,包括决策方案、决策依据、反馈意见等。例如,本单位的机构沿革,工作或经营活动方面的历史情况和统计数据;有关本单位工作业务的国家和地方、上级部门的法律、法规、行政规章;有关某方面工作成功和失败的典型案例分析;国内外同行业的情报材料等。

3. 提供时间和方式方面

有特殊要求的计划决策人员希望用较少的时间了解较多信息内容,经过加工、汇集而成的信息密集度高的材料更受欢迎。此外,计划决策人员很少有时间亲自到档案部门查阅,利用过程常常是委托进行,在服务方式上最好做到主动上门服务。

（二）满足基层管理者对档案的需求

基层管理者主要从事具体的业务管理、事务工作。不同性质、不同规模的组织机构，其具体的基层管理工作存在着一定的差别，一般包括生产、财务、人事、行政、销售等部门所进行的业务、事务活动。满足其对档案的利用需求主要有以下几个方面。

1. 提供档案信息的性质方面

要提供具体、详尽、实用性强的信息，能对具体工作给予帮助。档案工作人员应编制详细的检索工具，以方便查询。

2. 提供档案信息的内容方面

往往需要提供关于管理对象的有关信息，范围相对固定，如行政管理人员经常利用文书档案，会计人员经常利用会计档案，销售人员经常利用销售档案，等等。

3. 提供信息的范围方面

主要是单位内部信息，且其利用比较有规律。

（三）满足科研人员对档案的需求

单位内部的科研人员，一般从事的是应用技术的研究，也有少数是开展基础研究的。另外，单位外部从事基础研究和应用技术研究的科技人员，有时也需要到单位来查询利用相应的科技档案。满足其对档案的利用需求主要有以下几个方面。

1. 提供信息的范围方面。

科技人员的利用需求比较稳定，通常表现为对某一个或多个相关主题的档案信息的需求。

2. 满足其利用信息的形式方面。

科技人员他们更愿意利用原始材料。

3. 对查全率要求比较高，要求提供关于某一专题的完整、准确、系统的成套材料。

4. 利用时间上，相对宽松。

（四）满足工程技术人员对档案的需求

工程技术人员进行应用技术的研究，从事具体的工程、产品和其他科技任务的设计、施工、生产或管理、操作、维修等工作，属于具体的生产技术和生产工艺性质的活动。满足其对档案的利用需求主要有以下几个方面：

1. 提供档案信息的性质方面，要提供具有针对性强和内容具体的信息材料，如查用某个具体的图形、数据、报表等。

2. 提供档案信息的内容方面，比较注意专利文献和标准化材料，需要同类客体、同类项目或同行业的最新信息。

3. 提供时间方面，要求迅速和及时。

◎ 知识链接

一、开放档案的含义

开放档案就是将保密期满和其他可以公开的档案,解除"封闭",向社会开放,只要履行一般的手续即可通过一定的方式进行利用。

《中华人民共和国档案法》第十九条规定:"国家档案馆保管的档案,一般应当自形成之日起满 30 年向社会开放;经济、科学、技术、文化等档案向社会开放的期限,可以少于 30 年;涉及国家安全或者重大利益以及其他到期不宜开放的档案向社会开放的期限,可以多于 30 年,具体期限由国家档案行政管理部门制订,报国务院批准施行。"《中华人民共和国档案实施办法》第二十二条也作了规定:"中华人民共和国公民和组织,持有介绍信或者工作证、身份证等合法证明,可以利用已开放的档案。外国人或者外国组织利用我国开放的档案,须经我国有关主管部门介绍和所前往的档案馆同意。"

二、档案提供服务工作的要求

档案提供服务工作是档案工作中一个十分关键的工作环节,在开展时应该按照以下要求进行。

(一)明确提供档案服务工作的意义,树立服务思想

开展档案服务工作的一个首要问题就是在思想上认清提供服务工作的意义,努力摆正这一环节在整个档案工作中的位置。具体而言,要从各单位的实际出发,正确处理档案的存与用、基础工作与服务工作、档案工作与各项业务活动的关系,明确档案工作的根本目的、基本职能;要打破档案服务工作旧的封闭的思想观念,面向市场,紧紧围绕经济建设这个中心,克服档案服务工作上的模糊认识,克服重视"看好门、守好摊"而轻视面向市场经济的观念。

所以,档案人员职业道德规范之一的服务思想,对于开展档案服务工作同样有着不可忽视的作用。如果一名档案工作者的服务意识没有树立起来,服务态度不端正,提供档案服务工作也绝不可能达到较高的水平。

(二)加强各项基础准备工作,调整供求关系

如果说档案工作人员的思想观念决定着档案提供服务能否正常开展,那么各项基础准备工作的好坏则直接影响着档案提供服务工作质量的高低。基础工作是服务工作的前提和条件,任何一个档案部门都不可能抛开基础工作空谈服务。当前有些机关单位的档案部门由于基础准备工作薄弱,造成档案信息供求关系不平衡,经常是"保存的档案没人要,需要的档案找不到",在这种情况下,档案服务工作只能是一句空话。反过来说,如果没有档案服务工作作指导,档案基础工作也不可能真正落实到位。以归档工作为例,一些单位由于偏离了档案服务工作这一中心,一味从丰富馆藏出发,虽然档案数量在逐年增多,但却常常是鱼目混杂、良莠不分,

难以真正发挥作用。所以,档案部门必须保证档案数量齐全、内容丰富、特点鲜明、整理系统、鉴定科学、保管得当、检索工具完备,档案提供服务工作才能最终发挥出巨大的潜力。

（三）对内熟悉档案管理,对外了解服务需要

熟悉本单位保存档案材料的内容与价值是档案工作者的基本功,是开展日常工作所必需的。为了提高档案服务工作的质量和效率,档案工作人员平时要注意熟悉和掌握本单位保存档案的内容、种类、成分、价值、应用范围等各方面情况,真正做到心中有数,了如指掌。只有这样才能避免服务工作的被动、盲目、质量低、效果差等问题,为利用者提供更加优质的服务。在熟悉档案的同时,档案工作者还应当通过用户研究,及时了解利用者的利用特点、规律、习惯和心理,努力在档案信息与利用者之间架起一座畅通无阻的桥梁。

（四）完善档案提供的服务方式,提高利用效率

长期以来,一些基础单位档案提供服务工作的形式一直比较单一,许多档案工作人员只习惯于"坐等利用者上门"、"为利用者找档案"的被动服务方式,在利用中主要以直接提供服务方式为主,档案利用率低,利用效果不明显。这种状况无疑与现代社会追求速度、追求效率的要求相距甚远。要改变这种现状,档案工作人员必须利用各种渠道,通过直接、间接等多种服务方式,"为档案找利用者"、"送信息上门",让档案信息尽可能地发挥它应有的作用,把档案部门真正变成一个单位、一个地区档案信息存储、传递、交流、利用的中心。

三、档案的电子化服务

档案的电子化服务是计算机技术迅猛发展的形势下兴起的一种档案的新型利用方式。它是指档案部门利用电子化办公设备和现代通信技术,向利用者提供非纸质载体的数字化档案。

由于办公自动化的进一步扩展和深化,特别是电子计算机和通信技术相结合形成了信息技术产业,过去的文字、图表、图形、影像、科技文件材料等各种档案形式都可以采用电子档案的形式进行处理和利用。同时,在国家的倡导下,政府各部门、各企事业在开展网络办公、电子办公等工作中形成了大量电子文件,随着这类档案在各级档案部门中的增多,电子化服务将会在今后得到越来越广泛的运用。

实现档案信息开发利用的电子化具有诸多优势:首先,能将文字、声音、图像结合起来,向利用者提供多媒体信息;其次,能使利用工作变得方便高效,电子化服务通过多媒体的超文本技术,可将计算机存储、表现信息的能力与人脑筛选信息的能力结合在一起,提高检索效率;再次,能够提供超时空、全方位的信息服务。

档案电子服务化的方式主要有以下几种。

（一）直接利用

直接利用即到档案部门直接查询电子档案。这一方式要求档案部门建立完善

的档案数据库,配备拥有先进的硬件设备和实用、标准的软件环境的电子阅览室,以便利用者方便高效地利用电子档案。在直接利用中应注意对利用者的利用权限的限定,无论采取哪种方式,系统都应对利用者进行全程跟踪监控,并自动进行相关记录,以保证档案信息的安全,同时也作为对利用工作查证的依据。

（二）提供拷贝

提供拷贝即向利用者提供记录在特定载体上的电子档案,所用的载体应随不同利用对象而异。对使用大型电子计算机设备的利用者,以提供磁带为宜;对一般的微型电子计算机的使用者,如果档案数据量较少,可用软盘进行提供,若是大量的电子档案,则可考虑用只读式光盘进行提供。在提供拷贝时,应将电子档案转化成通用的、标准的存储格式,由利用者自行解决恢复和显示的软硬件平台。

（三）通信传输

通信传输即通过网络环境直接传递档案信息。这种方法比较适用于馆际之间档案信息的互相交流和向相对固定的档案用户提供档案资料,可以通过点对点数据通信或互联网来实现。这种方式可以在较短时间内提供大量的档案信息,内容丰富、速度快捷、效果良好。

（四）网络服务

档案网络服务是近几年来基于互联网建立起来的一种全新的档案提供利用方式。其具体方法是档案部门将经过提炼加工后的档案信息连接在专门的网站和网页上,利用者根据自己的需要随时进行异地查阅。网络档案信息服务超越了时空界限,充分发挥了网络的互动功能,利用超文本链接提供多媒体服务,效果十分理想。但网络技术目前的一些明显的缺点妨碍了网络服务的开展:一是大量的电子档案不可能都存储在网络中,否则将会对网络资源带来浪费,档案部门虽可以采用根据利用者的需求定期向系统加载信息的方法解决这一问题,但毕竟影响了档案信息作用的全面发挥。二是档案利用权限不易控制,档案信息与一般网络信息不同,它有着较强的政治性和机密性,一旦失控,将会给国家和单位造成不可挽回的损失。目前我国网络的安全性还存在着较大的隐患,防范能力差、抗攻击能力弱等技术缺陷,硬件设施、软件环境依赖国外等问题都会影响网络服务的正常运行。三是网络资源需要定期维护、定期更新,需要必要的人力、财力、物力的支持,对档案工作人员的素质也有着较高的要求。就目前的情况来看,一些档案部门的网络服务还流于形式,有些跟着政府上网的大潮,建立起自己的网站,但却不知道如何发挥作用,因而其网站除了一个并不漂亮的主页外别无他物。还有的内容几年如一日,除了一些档案部门的基本信息,如电话、地址、机构设置外,没有真正可利用的内容。如何最大限度地利用网络资源,更新档案提供利用的形式,对档案部门提出了新的挑战。

档案网络服务不仅是现代社会的档案需要,而且也是贯彻我党提出的建设政治文明的重要举措。要保证档案网络服务的顺利进行,各级档案部门应从思想上高度重视,把它作为档案提供利用的重要措施和社会民主化进程的重要举措,在技术、人才等方面加大投入,尽快完善网络服务的技术环境,适应时代发展的要求。

四、档案用户的特点

要掌握档案用户的特点,首先应从档案用户分类入手,根据不同类型的档案用户,加以区分对待。从不同的划分标准出发,可以把档案用户划分为以下几类。

(一)按基本性质分,档案用户可分为团体用户和个人用户

团体用户是档案部门的主要对象,他们利用档案的频率高,查询范围相对稳定,档案发挥作用明显。档案部门应有意识地与团体用户加强联系和合作,及时了解他们的工作任务和利用要求,有针对性地编制一些档案检索工具和参考资料,积极主动地为他们服务。

个人用户尽管只是档案用户中的一小部分,但近几年人数已呈上升趋势。这类用户除了少数专职研究人员外,大多不太固定,往往是为了某一个具体问题来查找档案。他们的要求复杂,档案发挥作用有限,但满足他们需要却是实现档案价值、扩大档案工作的影响、提高人们的档案意识、争取更多的利用者的有效途径。

(二)按与档案部门的关系分,可以分为主要用户、次要用户和潜在用户

主要用户是指与档案部门关系密切、长期利用档案的单位或个人,在利用工作中应优先解决他们的需要;次要用户的利用频率虽然没有主要用户那么高,但与档案部门联系也较为密切,是档案部门不可忽视的服务对象之一;潜在用户是指那些有利用档案的动机,但尚未采取行动的用户。潜在用户的存在往往是由于档案部门与用户之间的信息沟通不畅,用户不了解档案部门的收藏内容、查找方法,档案部门应正视潜在用户的产生原因,通过一定的途径加强信息交流,最终使潜在用户转化成实际用户。

(三)从利用档案的目的分,可分为研究型用户、事务型用户和咨询型用户

研究型用户是为了进行学术研究或编史修志等目的来查找档案,他们往往需要集中查阅大量的档案史料,在提供利用过程中应注意信息的系统、全面和完整,而有些分析、综合、提炼工作则可以有利用者自己完成。事务型用户的查找目的比较单一,只是为了解决工作中的某一个具体问题,他们所需要的是准确、迅速地利用档案,因此在提供档案的过程中应注意提高查准率,不要让用户花过多的时间进行寻找、分析、比较。咨询型用户一般只需要了解有关某一问题的基本事实,在利用中可以采取口头或书面回答用户提问或为用户提供档案证明等形式来满足利用者的需求。

(四)按利用者的利用频率分,可以分为长期用户、周期用户和临时用户

长期用户一般需要档案为其提供经常性服务,他们对档案管理水平、检索质量要求较高,档案部门应与他们建立良好的协作关系,经常听取他们的意见来改进自

己的工作。周期用户的利用有一定的规律,每逢一些周期性的活动、重大事件、重要节日或纪念日,他们会在较短时间内利用大量的档案材料。档案部门应注意掌握其中的规律,尽可能在事前做好各项准备工作,如编制专题目录、文件汇编等,变被动服务为主动服务。临时用户尽管利用时间短,要求比较简单,但在接待中如能热情主动地为其提供优质服务,充分满足他们的需要,增强他们对档案部门的信任感,就有可能使他们变为长期用户或周期用户。

◎ **注意事项**

（一）档案服务的针对性

1. 要了解本单位业务、形势和工作进展情况,增强超前意识,有的放矢、快速高效地做好档案服务工作。

2. 要善于提供经过筛选、综合、归纳和提炼而成的档案编研成品,还要善于利用国家各级各类档案馆的档案,甚至要提供由档案、图书和情报综合而成的信息。

3. 要对不同级别的用户分别对待,明确不同用户的不同利用权限。一般来说,决策层、高级管理者、高级技术人员的利用权限大于一般职工。

（二）注意提供档案利用与利用档案的关系

"提供档案利用"与"利用档案"是档案利用工作的两大方面。"提供档案利用"是从档案管理者的角度来讲的,是指档案管理部门利用现有的档案信息资源,通过一定的方式和途径,向档案用户提供档案的一项业务工作。"利用档案"是从档案用户角度来讲的,是指利用者为研究或解决某实际问题,以阅览、复制、摘录等形式利用档案的活动。

"提供档案利用"与"利用档案"两者之间的关系非常密切,是一项活动的两个方面。

有利用需求,才有档案利用工作,有档案利用工作才能实现对档案的利用。这两者表现为一个过程的两个方面。"提供档案利用"是"利用档案"的前提条件,"利用档案"是"提供档案利用"的目的。

◎ **本章小结**

档案利用工作是档案整体工作中最活跃的一环,是检验和衡量档案部门工作水平的一个标准。档案部门收集、保管档案的目的不是为了"存",而是为了"用",因为档案价值不是自动能实现的,它需要档案工作人员对其内容的开发利用。为用户提供利用是档案工作的最终目的。为了更好地服务社会,档案部门在开展利用工作时,重点介绍了开展档案利用的方式和途径,如档案阅览、档案外借、档案复制等;开发档案信息是开展档案利用服务的前提。开发的途径和方式很多,主要是编写档案参考资料;提供档案服务的要求,满足不同对象对档案的需求,从而提高档案利用服务的价值。

　　【关键概念】 档案利用　档案开发　档案服务　档案价值

◎ 思考和训练

一、填空题

　　1. 大事记的内容,主要由大事时间和_____两部分组成。

　　2. 统计数字汇集,以_____反映某一单位或某一地区、某一系统的某一方面情况或若干方面基本情况的一种参考资料。

　　3. 我国档案法规定国家保管的档案,一般自形成之日起满_____年即可向社会开放。

　　4. 档案复制本分为副本和_____两种。

　　5. _____是联系档案自身和档案用户两方面因素的纽带,因而也有实现档案价值的基本途径。

　　6. 简要叙述会议过程和基本情况的参考资料是_____。

　　7. 按利用者的利用频率分,档案用户可以分为_____。

　　8. 档案网络服务是近几年来基于互联网建立起来的一种全新的_____方式。

　　9. 档案价值是由_____和_____两方面的因素决定的。

　　10. 档案的电子服务是计算机技术迅猛发展形势下兴起的一种_____方式。

二、选择题(每题有一个或多个正确答案)

　　1. 下面关于开放档案的公布权的叙述正确的是　　　　　　　　　　　(　　)

　　A. 属于国家所有的档案,我国的任何组织和个人均有权公布

　　B. 在遵守国家有关规定的前提下,个人所有的档案,档案的所有者有权公布

　　C. 省级档案馆可以自行公布上级机关制发的文件

　　D. 用户在研究著述中引用的开放档案内容,不必注明出处

　　E. 用户在研究著述中引用的开放档案内容,必须注明作者

　　2. 以下属于档案参考资料的是　　　　　　　　　　　　　　　(　　)

　　A. 丛编　　　B. 丛刊　　　C. 辑录　　　D. 统计数字汇集　　E. 副编

　　3. 以文章叙述的形式介绍某一个全宗档案内容和成分及其意义的一种检索工具是　　　　　　　　　　　　　　　　　　　　　　　　　　(　　)

　　A. 全宗指南　　　　　B. 专题指南　　　C. 专题概要

　　D. 统计数据汇集　　　E. 重点反馈

4. 按时间顺序简要地记载一定历史时期发生的重大事件的参考资料是 （ ）

A. 组织沿革　　　　　B. 专题概要　　　　　C. 统计数字汇集

D. 大事记　　　　　　E. 简报编辑

5. 档案业务管理工作中最有活力的一环是 （ ）

A. 收集工作　B. 鉴定工作　C. 保管工作　D. 利用工作　E. 检索工作

6. 档案电子服务的方式主要有 （ ）

A. 直接利用　B. 提供拷贝　C. 通信传输　D. 网络服务　E. 间接服务

7. 从利用档案的目的分,档案用户可分为 （ ）

A. 研究型用户　　　　　B. 事务型用户　　　　　C. 咨询型用户

D. 利用型用户　　　　　E. 服务型用户

8. 通过网络环境直接传递档案信息(通信传输)的优点有 （ ）

A. 在较短时间内提供大量的档案信息　　　B. 内容丰富

C. 速度快捷　　　　　　　　　　　　　　D. 效果良好

E. 互相服务

9. 会议简介的主要内容应包括 （ ）

A. 会议届次

B. 召开的时间、地点、主持人、参加人(代表名额、分配情况、列席范围)

C. 会议议程

D. 讨论与会议决策事项

C. 选举结果

10. 科技成果简介的内容一般包括 （ ）

A. 项目名称　　　　　　B. 项目内容　　　　　　C. 投资费用

D. 主要技术经济指标或主要技术参数　　　E. 经济效益

三、简答题

1. 如何组织档案展览?

2. 如何选择和确定大事?

3. 档案提供利用的方式有哪些?

4. 怎样做到档案服务的针对性?

四、案例分析

1. 一天,某档案馆接待了一位为了落实自己在待遇方面的政策而需要开具档案证明的老干部。为此,档案工作人员需要向这位老人说明制发档案证明的手续和方法。根据所提供的情况,思考下列问题:

(1)用户需要履行什么手续才能开具证明?

（2）档案部门如何为用户制发档案证明？

2. 某培训中心根据本单位档案利用工作的需要，将在办公楼里设置一间档案阅览室。办公室的赵主任责成档案室工作人员小郑提出档案阅览室的设置要求，以便进行实际工作。根据上述情况，思考下列问题：

（1）档案阅览室内部应配备哪些设施才能满足需要？

（2）档案阅览室应为读者提供哪些工具书？

（3）档案阅览室应制定哪些规章制度作为保证？

五、实务题

背景说明：你是厦门白鸽公司行政秘书王晓春，下面是办公室主任李雨阳需要你完成的工作任务。

备忘录

发给：行政秘书王晓春

发自：办公室主任　李雨阳

日期：2010 年 1 月 8 日

主题：近期我准备给我公司档案管理工作人员作一次培训，请你将档案用户的特点分析用书
　　　面材料收集整理好，于明日上班后交给我。

电子邮件

收件人：王晓春（邮箱地址可自编）

发件人：办公室主任　李雨阳（邮箱地址可自编）

日期：2010 年 1 月 10 日

主题：提供档案服务的注意事项

内容：我在上海参加有关提供档案服务方面的培训，请你收集一下提供档案服务的注意事项
　　　方面的资料并整理好，于 1 月 12 日前用电子邮件形式发给我。

便　　条

王晓春：

　　请你收集一下满足科研人员对档案的需求方面的资料并用书面形式整理好，于今日下班前放到我办公桌上。

办公室主任 李雨阳

2010 年 1 月 15 日

六、技能实训题

根据实际需要编写某种档案参考资料，如某单位大事记、组织沿革等。

第十章 档案管理制度

◎ **技能要求**

- 设置适应本单位需要的档案机构
- 拟订本单位的档案管理制度
- 进行特殊载体档案保管和利用

◎ **知识要求**

- 档案微观管理体制的内容
- 档案机构的类型
- 特殊载体档案特点和作用

第一节 制定档案管理制度

◎ **学习目标**

能够根据单位档案管理实际需要制定系统的档案管理制度。

◎ **案例导入**

宁波海神公司总经理很重视档案工作,一天他路过档案室,听见一个人对另外两个人说:"这是你们要的那卷吗?"另外两个人看了看,点点头,拿着那份案卷走了。两个人走后,总经理问道:"档案室可以随便进吗?"那位工作人员说:"当然可以。"总经理回去后,立刻打电话严厉地批评了档案工作主管,责令其立刻建立档案管理制度。

［分析］

档案室是保管档案的重地,不是任何人可以随便进入的地方。如果人人都可以随便出入,就无法保证档案的安全与保密。

◎ 理论知识

建立完善的档案管理制度才能保证档案管理工作的顺利进行,而档案管理制度建立的完善与否,直接关系到档案管理工作的质量。

一、档案管理制度的内容

档案管理制度是人们科学管理档案、做好档案工作的重要依据,也是监督、指导、检查本单位档案工作的必要手段。档案管理制度有档案行政管理制度和档案业务管理制度两大类。档案行政管理制度,是保证档案工作在本单位全面落实的行政性管理制度,如档案管理办法、档案工作岗位责任制、文件材料立卷归档办法,具有适用范围的广泛性和发挥作用的间接性的特点。档案业务管理制度,是关于档案收集、整理、鉴定、保管、统计、利用等业务工作的操作性的制度,如档案分类编号办法、档案库房管理制度、档案鉴定销毁制度、档案保密制度、企业特殊载体档案管理制度(包括音像档案、电子文件和电子档案、实物档案等管理制度),具有使用范围的专有性和专业性的特点。

二、档案管理制度制定的要求

档案管理制度的制定要求有:

1. 要符合有关法律法规的要求,不能互相冲突,要有一定的灵活性;

2. 要与单位内部其他各项管理制度相衔接;

3. 要符合本单位工作活动及形成文件的实际;

4. 制度的内容要具体、明确,可操作性强。

三、建立档案管理制度的意义

建立档案管理制度的意义有:

1. 档案管理制度是单位档案管理行为的准则和档案业务建设的依据;

2. 建立健全并严格执行档案管理的规章制度,可以为实现档案科学管理和有效开发利用创造条件;

3. 建立健全并严格执行档案管理的规章制度,是单位加强基础管理、全面提高竞争力的客观需要。

四、档案管理制度的涉及范围

一般来讲,一个组织的档案管理制度主要涉及以下几个方面。

(一)档案管理办法

档案管理办法规定档案管理的总体要求和原则,明确档案事务中的各种关系。内容包括:总则、档案管理体制及其职责、文件材料的形成与归档、档案的管理、奖励与处罚等。

（二）文件立卷归档制度

文件立卷归档制度既是组织职能部门进行归档工作的基本规范,又是组织档案部门指导、监督和检查文件归档工作的依据,也是做好档案收集工作的依据。归档制度内容主要包括归档范围、归档时间、归档分数、归档要求和归档手续等。

（三）档案借阅制度

档案借阅制度内容包括阅览室接待对象、档案材料的阅览范围、批准权限和入室手续、档案索取和归还手续以及利用者应爱护档案等若干具体规定等(如开放档案范围、开放档案利用要求、利用方式、利用手续以及复制、公布等事项)。

（四）档案保管制度

档案保管制度内容包括档案安全问题、进出库房登记、库藏档案定期检查、设备管理、清洁卫生等方面。

（五）档案鉴定工作制度

档案鉴定工作制度内容包括各种类型的档案的保管期限的确定、档案鉴定工作负责人、鉴定程序、销毁档案的审批程序等。

（六）档案保密制度

档案保密制度内容包括保密工作的组织、档案保密措施、保密人员要求、密级档案的保管、利用密级档案的审批程序、利用密级档案应遵守的规定、密级档案的降密和解密、泄密应承担的责任等。

（七）档案人员岗位责任制度

档案人员岗位责任制度内容包括每个档案人员的职责、权限、任务、考核和奖励措施。

（八）档案库房管理制度

档案库房管理制度内容包括档案库房管理的原则、档案安全保管的总体要求、库房管理措施、库房温湿度的控制和有关的纪律规定。

◎ 知识链接

一、档案工作的组织领导

由于设有专门的档案事业管理机构,因此,档案工作是在党和国家的领导下,通过档案事业管理机构进行统一领导和管理的。

中央为了管理全国的档案工作,设立了国家档案局。国家档案局是全国档案事业的最高领导机关,在集中统一管理党和国家档案工作的原则下,对全国档案工作进行指导、监督和检查。地方各级档案局(处、科)在地方党和政府的领导下负责统一掌管地方档案事务,对所属地区内档案工作进行监督、指导和检查,在业务上受上级档案事业管理机关的指导。

档案事业管理机构对档案工作的组织领导的职责主要体现在:拟定档案工作

规章、办法,建立国家档案工作制度;指导和监督各机关、单位的档案工作;规划和筹建档案馆,在业务上指导档案馆工作;研究和审查有关档案保存价值、保管期限的原则和标准,监督和审查有关档案的销毁;组织和指导档案干部间工作业务经验的交流,档案工作干部的专业教育和档案科学的研究;党和国家领导机关交办的有关档案工作的其他事宜。

二、档案管理工作人员的素质要求

档案工作人员含义较为清楚,主要是指从事档案管理工作的人员。这些人员包括机关档案室、各类档案室以及档案管理事业机构的工作人员。档案人员目前国家有专门的职务序列职称。

文书工作和档案管理工作人员是文书工作和档案工作的主体,没有这些人员的辛勤劳动,文书工作和档案工作就是一句空话。文书和档案工作人员具有相同的素质要求,这些要求主要有以下几条:

第一,要有高度的政治责任心和思想觉悟,忠于职守,廉洁正派。

第二,要有现代科学文化知识和基本业务技能,知识丰富,技能熟练。

第三,要有严谨细致的良好作风,埋头苦干,任劳任怨,甘当无名英雄。

第四,要有守口如瓶、严守机密的保密观念,不传密、不泄密,保证党和国家以及本机关单位机密的安全。

◎ **注意事项**

一、档案管理制度的制定符合国家有关档案法律法规和企业法律法规的要求,不能相互冲突,同时具有一定的灵活性。

二、档案管理制度的制定,要符合本单位的生产经营活动及形成文件的实际。

1. 档案管理制度的制定需与单位内部其他各项管理制度相衔接。

2. 制度条文必须明确,可操作性强。

第二节　档案机构设置

◎ **学习目标**

能够设置适合本单位的档案机构。

◎ **案例导入**

1996 年杭海公司成立,当时公司有 50 个人,档案工作由负责行政事务的刘林兼管,档案工作也只仅限于档案收集、整理。经过 5 年的发展,公司越做越大,员工发展到1000人,档案工作依然是刘林负责,他建议领导建立一个专门的档案机构,设置几名档案专员负责档案工作。领导考虑到实际情况,听取了他的建议。因此,档案管理工作没有被忽视,并从此走上了正轨。

[分析]

由此可见,档案机构的合理设置,是档案工作的组织基础,机构设置的合理与否,直接关系到档案工作的质量。

◎ 理论知识

各单位在设置档案机构时,要充分分析本单位的实际情况,包括本单位的性质、规模、人员构成情况、内部机构设置、资金条件等,根据需要建立适合本单位的档案工作机构,同时要考虑本单位的未来发展方向,设置经济适用、切实为广大用户服务的档案工作机构。

一、档案机构类型

在我国档案工作的长期实践中,档案工作机构的组织形式大致有以下两种类型。

(一)分立型档案工作机构

所谓分立型档案工作机构,是指仅仅负责管理组织某一类的档案机构。由于只各自管理一类档案,所以在一个企业内部往往要设置若干个不相统属、各司其职的档案工作机构。例如,管理组织党务、行政、群团等方面档案的"文书档案室";管理企业产品、基建、设备等方面档案的"科技档案室";管理企业职工人事方面档案的"人事档案室"等。这些机构的领导关系是各不相同的,如文书档案室归档组织的党办或厂办领导,科技档案室则归企业技术负责人领导,同时,这些机构之间也少有往来,缺乏业务上的联系。

分立型档案工作机构是档案工作发展过程中自然形成的,带有自发性的特点。过去的档案工作内容较单一,涉及的档案类型不多,利用要求不高,所以逐步形成了分立管理的模式。在新的形势下,这类机构也不太适应企业改革和档案工作发展的要求,并暴露出一些问题。例如,在某些档案材料的归属上容易发生矛盾,难以提供综合性信息,查找利用不太方便,不便于统筹规范,容易产生人、财、物的浪费等。

(二)综合型档案工作机构

所谓综合型档案工作机构,是指统一管理组织的全部档案、归口负责全部档案工作的机构。

综合型档案工作机构又可分为若干具体类型:档案处、档案科、档案馆、档案室、档案资料信息中心等。这些机构有的主要以行政机构的形式出现(如档案处、档案科),有的主要以事业机构的形式出现(如档案馆、档案资料信息中心);有的适合大(中)型企业(如档案处、档案馆),有的适合中小型企业(如档案室)。一个企业一般只需要采取其中的一种具体类型。

综合型档案工作机构的领导关系,由于机构具体类型的不同,也可分为几种情况:其一,大型企业设立的直属的综合型机构,直接由企业分管负责人(一般为副厂长、副县长、经理或总工程师)领导;其二,中型企业设立的综合型机构,由企业分管负责人领导,如属非直属机构,可以挂靠在企业行政办公室,由行政办公室主任具体负责;其三,小型企业设立的综合型机构,也要有一名企业负责人分管,如属非直属机构,可以交由企业的行政办公室或总工程师办公室领导。

在实际操作中,大多数组织采用建立综合型的档案工作机构。因为,与分立型机构相比,它具有以下明显的优点:

(1)有利于档案工作机构的稳定。实行档案综合管理,档案工作机构得到调整和充实,有的成了组织内部直属单位,其稳定性增强,受组织内部机构改革的冲击减弱,可以在一定程度上保证档案工作的持续、稳定、健康发展。另外,综合性档案工作机构在对外联系和交往方面更加便利、有效,组织档案工作与国家整个档案事业体系的关系更为密切。

(2)有利于档案工作职能的发挥。综合型的档案机构归口统一管理组织档案工作的所有事务,其业务管理和行政管理双重职能的行使以及相关的编制、经费等问题的落实,既能受到国家有关档案工作的政策法规的保护和支持,也容易得到组织本身的认可和肯定。

(3)有利于档案工作所需人力、物力和财力的保障。实行档案统一管理,通过适当的安排和统一调配,档案工作所需的人力、物力和财力可以得到进一步的保证,甚至有一定的节约。例如,通过换岗、轮岗使档案工作者一专多能,通过统一调配使用保证库房、设备、装具的规范、美观和节省,通过资金的集中使用能开展一些大的项目等。

(4)有利于档案工作业务的开展。档案工作应该采取何种管理体制和管理模式,关键是要看这种体制及模式是否有利于业务工作的开展,是否更有利于提高业务工作的水平和质量。实行档案综合管理,统一了各类档案的业务管理制度和要求,使档案的业务管理水平上了新的台阶,管理更规范,保管更安全,查找更便捷,利用更有效。

◎ 知识链接

一、常见的档案工作机构

(一)档案室

档案室是各组织(包括团体、学校、工厂、企业、事业单位等)统一保存和管理本组织档案的内部机构,是整个组织的组成部分。从全国档案工作来说,档案室是国家档案工作组织体系中最普遍、最大量、最基层的业务机构。

我国档案室数量多、分布广、类型复杂。归纳起来主要有以下几种类型：

1. 普通档案室。

2. 科技档案室，即保管科技档案（一般也管理科技资料）的专门档案机构。

3. 音像档案室，即保存影片、照片、录音等特殊载体的档案室。

4. 人事档案室。

5. 综合档案室，它统一管理本单位形成的各种普通档案、专门档案和特殊载体档案。

6. 档案信息中心。

一些大型企业单位正在试行档案、图书、情报的一体化管理，它是在原有图书机构、档案机构或情报机构的基础上设立的统一的信息管理机构。这种组织形式便于建立计算机管理系统，只有利于现代化管理，同时也有利于实现对信息资源的联合开发利用。

（二）企业档案馆

企业档案馆是 20 世纪 80 年代中后期以后出现的一种档案馆类型。企业档案馆是收藏和管理本企业的档案，并主要为本企业服务的档案馆。企业档案馆在保管范围上与综合档案馆、专业档案馆有所不同，收藏和管理的是本企业的档案；企业档案馆在服务的方向和范围上主要是面向企业内部，同时又要在一定程度上向社会开放。

二、建立企业档案馆的基本条件

建立企业档案馆，有利于企业档案工作的健康发展，但并不是每个企业都具备建立企业档案馆的条件。国家档案局的有关规定是：

规模为国家统一标准确定的大型以上的企业和企业集团，特别是密集、技术密集、生产过程联系紧密、对专业化分工协作和规模经济要求较高的企业，以及特殊行业、国家垄断性行业的大型以上企业。

企业内部职能部门较多（15 个以上），下属单位较多（10 个以上），有接收下属单位档案任务的企业。

企业本身的历史较长（建立 25 年以上），形成的档案资料数量在 3 万卷、册以上（或排架长度 600 米以上）的企业。

根据有关规定，一个企业只要符合上述建馆条件中的任何一条，就允许建立档案馆。

三、档案工作的管理体制

档案工作的管理体制，是指广义上的档案工作的机构设置及隶属关系、行政职权的划分及运行等各种相关制度的总称。因广义的档案工作有不同的层次，所以其管理体制也可以划分为宏观和微观两个方面。

所谓档案工作的宏观管理体制,是指国家对档案工作进行管理的行政体制,包括管理国家档案事务的行政机构的设置、职能分工、运行方式等方面的内容。它是整个国家行政体制的一个必要组成部分。

所谓档案工作的微观管理体制,是指单位对其本身的档案工作进行管理的内部体制,包括档案工作的领导关系、档案工作机构的设置及其职责、档案工作人员的配备等方面的内容。它是组织内部管理体制的一个重要方面。

四、档案机构的职责与设置原则

档案机构是一个组织的档案工作任务的主要承担者。《档案法》第七条指出:"机关、团体、企业、事业单位和其他组织的档案机构或者档案工作人员,负责保管本单位的档案,并对所属机构的档案工作实行监督和指导。"《国营企业档案管理暂行规定》更进一步要求:"要加强和充实企业档案管理机构,集中统一管理企业档案工作。"档案机构已成为档案工作建设和发展的重要条件和标志。

(一)档案机构的职责

根据国家有关法律、法规的规定,档案工作机构的主要职责包括以下几个方面:

1. 贯彻执行档案工作的法律、法规和方针政策、建立健全本单位档案工作的各项规章制度;

2. 负责统一管理本单位的档案和档案工作;

3. 对本单位下属二级单位的档案工作进行监督和指导;

4. 对本单位各业务职能部门文件材料的形成、积累和整理归档工作进行指导。

(二)档案机构的设置原则

档案工作机构的设置要以科学的论证为基础,其设置原则应该包括:

1. 组织自身依法设立、自主决定的原则;

2. 与组织和组织档案工作的现状和发展相适应的原则;

3. 保证组织档案完整、完全和有效利用的原则;

4. 节约档案管理成本的原则。

第三节 特殊载体档案管理

◎ 学习目标

能够妥善保管和使用本单位的照片、音像档案、电子档案。

◎ **案例导入**

玉源食品公司将要举办成立25周年庆祝活动,公司发展史展览是其中一项重要的内容。为此,庆祝会筹备组到公司的档案室查找公司成立以来重要活动的有关音像材料,但是却遇到了一些麻烦。

其一是档案室的音像材料不全。原因在于,有的活动的音像材料由公司办公室的专门摄影和摄像人员拍摄,有的则由各部门的人员拍摄,许多材料在拍摄完毕后没有归档。音像材料的分散保存,造成收集公司发展史音像材料的困难。

其二是许多音像材料在形成后没有编写相应的文字说明,致使一些材料因所记载的活动的确切日期、参加者、内容等无法辨别而不能采用。

其三是一些音像材料在形成后未加整理和专门的保管,造成音像材料之间的联系不好确认,照片的底片丢失、划伤、变质以及磁带的消磁等情况,使得该材料无法复制和使用。

鉴于上述教训,音像档案的管理制度和规范,统一公司音像档案的管理,并由办公室主任协调与相关部门的关系。

[分析]

现在,绝大多数的单位在工作中都会形成照片、录音、录像、电子档案。这些特殊载体形态档案的产生途径、归档时间、整理和保管要求往往与纸质档案不同,如果不加以充分的关注和及时的处理,就会造成档案的散乱或丢失。所以,我们应根据这些特殊载体档案的特点,建立相应的管理制度,并按照国家的规范,采取有效的方法对其实施管理。

特殊载体的档案是指单位在工作中形成的照片、录音、录像、影片、电子档案等,它们与纸质档案相辅相成,共同记载了一个单位工作活动的面貌,具有独特的价值。由于它们的制成材料、记录方式和形成规律与纸质档案有很大差别,因此在管理上也有其特殊的要求与方法。

◎ **理论知识**

一、照片档案的构成

照片档案主要由底片、照片、文字说明构成。

(一)底片

底片是照片档案最原始的材料和最重点的部分,分为原始底片和翻版底片。原始底片是照片在形成过程中最初产生的底片,为防止磨损一般不外借;翻版底片是原始底片的复制品,又称复制底片,作用是保护原版底片,用于外借或补充原始底片的缺损。

（二）照片

照片是通过底片洗印而成的图片，它直接再现被拍摄物体的形象，是人们利用照片档案的主体。

（三）文字说明

文字说明是对照片的事由、时间、地点、人物、背景、拍摄者等情况的简短介绍性文字，对于档案管理人员和利用者解读照片档案的内容具有重要的作用。因此，照片档案必须编写文字说明，两者相辅相成，是不可分割的整体。

二、照片档案的管理

照片档案是指国家机构、社会组织及个人在社会活动中直接形成的，有保存价值的，以感光材料为载体，以影像为主要反映方式的历史记录。在摄影技术普及的今天，照片档案作为人类记录历史、传递信息、交流情感的重要工具，在人类社会生活中所起的作用越来越明显，已经成为档案宝库中一个重要的组成部分。

（一）照片档案的收集

1. 收集范围

按照《照片档案管理规范》的规定，照片档案的收集范围主要包括：

(1)反映本单位主要职能活动和工作成果的照片档案；

(2)领导人和著名人物参加与某单位、某地区有关的重大公务活动的照片档案；

(3)本单位组织或参加的重要外事活动的照片档案；

(4)记录本单位、某地区重大事件、重大事故，自然灾害及异常现象的照片档案；

(5)与其他载体档案有密切联系的照片档案。

总之，只要是能反映本单位、本地区重大活动、重大事件、重要人物的最具特色或典型意义的具有查考利用价值的照片、底片都应该及时归档保存。

2. 归档要求

(1)及时归档。按规定照片档案应与其他文件材料一样在第二年上半年归档，如有特殊情况经协商可以提前或推迟。

(2)严格按照归档范围归档。归档之前应认真研究本单位照片档案的收集范围，严格按《照片档案管理规范》有关规定，让本单位有保存价值的照片档案完整齐全地集中到档案部门。

(3)归档照片应底片、照片和文字说明三部分齐全。

(4)底片与照片影像相吻合。

(5)照片档案的影像清晰，无损伤。

（二）照片档案的鉴定

档案部门必须对照片档案进行认真鉴定，验收合格后才能整理组卷。照片档案的鉴定主要包括以下几方面：

1. 鉴定照片档案是否完整齐全。一方面要鉴定反映某一事件、某一问题的照片档案是否齐全；另一方面要鉴定每一件照片档案中照片、底片和文字说明是否齐全、是否符合规范。

2. 鉴定有关照片是否属于照片档案的范畴。

3. 鉴定照片的质量。首先应注意归档照片是否曝光正确、影像清晰，不应出现划痕污点、发黄褪色等现象。其次还应该注意照片的加工制作是否完全，有无有害物质残留。

（三）照片档案的整理

1. 照片档案的分类

由于保管的要求不同，照片档案中底片与照片应分别整理分类。对底片的分类可以将一个全宗内的底片分成负片和反转片两类，分别整理存放。底片编号可以在全宗内编底片流水号，其格式：全宗号—底片号。照片的分类应在全宗内按"年代—问题"进行分类，根据分类情况将照片与说明一起固定在相册的芯页上，并组成案卷。照片档案立卷后要通过编制案卷目录来固定其分类体系和排列顺序。

2. 照片文字说明的编写

文字说明应包括事由、时间、地点、人物、背景、摄影者六要素，要求文字简洁、语言通顺，一般不超过 200 字。文字说明的几个部分要分段编写。

（四）照片档案的保护

按国家有关规定，照片档案中底片保管温度为 13～15℃，相对湿度为 35%～45%，照片的保管温度为 14～24℃，相对湿度为 40%～60%。保管照片档案的库房内昼夜温度变化不应大于 ±3℃，湿度变化不能大于 ±5%。库房门窗应密封良好。

在具体保管时可将底片和照片分别用不同的装具存放：底片的装具有底片袋、底片册和底片盒。照片的装具可分为簿册式、插袋式、粘贴式、压膜式等种类。应该选用透明的无有害物质污染的优质薄膜，这样既不易磨损照片，又避免了外界因素的影响。

（五）照片档案的利用

1. 借阅服务

借阅服务即利用档案部门的阅览室向利用者提供照片档案的借阅、满足利用者的各种需要。这是照片档案利用的主要渠道。

2. 复制服务

复制服务指根据利用者的需要提供照片复制件。照片复制的方法很多，如复印、拷贝、扫描、缩微、刻录光盘等，通过这些方法得到的复制件质量与原件相差无几，能够很好地满足利用者的需要。

3. 编辑出版照片画册

档案部门还可以根据社会的需要组织编辑出版大型照片画册。照片画册能够围绕某一主题将各个不同时代、不同来源的照片档案集中起来,通过公开出版发行的方式向社会广泛传播档案信息,方便利用者利用档案资源。

4. 照片档案展览

利用照片档案举办各种展览也是一种行之有效的利用方式。照片展览形象生动、形式活泼、影响面广,对发挥照片档案的社会作用有较大的帮助。

二、数码照片档案的管理

(一)数码照片档案的收集

可通过数据线或读卡器传输到电脑保存。

(二)数码照片档案的分类

可利用 Windows 的文件夹功能为照片建立三级目录。一级目录为年份,一年一个文件夹;二级目录为照片类别,并以文件包的方法分门别类归档;三级目录为照片编号,编号按照照片的顺序排列,也可按输入日期排列,如 2008 年 7 月 25 日输入的照片就可以编号为:080725001。这样分类的好处是便于今后刻录光盘。照片应附有文字说明。

(三)数码照片档案的存放

电脑存放照片受存储空间、电脑使用状况、病毒入侵等因素的影响而有一定的局限性。为保证安全,通常可将数码照片档案拷贝到独立硬盘存储器、光盘等耐久性强的载体上存放。数码照片档案拷贝至少要求一式两套,一套封存保管,一套供查阅利用。

三、录音、录像档案的管理

录音、录像档案是特殊载体档案的主要常见形式。

(一)录音、录像档案的收集

录音、录像档案多产生于音像制作部门、宣传部门和一些新闻机构,所以应加强与他们的联系与合作,及时完整地把具有保存价值的录音、录像档案收集进来。录音、录像档案的收集应注意及时写好文字说明,统一分类编号。

(二)录音、录像档案的鉴定

录音录像档案的鉴定可从四个方面来进行。

1. 是否属于保管范围

反映历史真实面貌,具有长久保存利用价值,能为今后工作提供参考和凭证的音像制品才能作为档案保存。

2. 是否是音像制品的母带

档案部门一般应该保存母带以保证真实性、可靠性及声像质量,而在利用时尽量使用复制带。

3. 是否符合保存要求

收集时要保证音像档案载体符合有关的质量标准，以能够达到长久保存和利用的要求。

4. 相关的文字说明是否齐全完整

收集时当事人及时撰写，以免今后无从考证。

（三）录音、录像档案的分类

首先分成录音、录像两类进行整理，然后按照磁带的磁层材料的不同进行区分，如普通带、二氧化铬带、金属带、铁铬带等，每种磁带再按所涉及的内容进一步归类，最后按其分类层次给定分类号。

（四）录音、录像档案的保护

录音录像档案保存时间有限，而且受外界环境的影响较大，所以应严格按有关规定的标准进行。平时要正确存放，保持清洁，定期卷绕和复制，严格控制其温湿度，防止外磁场的破坏。具体方法有以下几种。

1. 专用的库房或装具

录音、录像档案的载体材料是磁性介质，其对磁场的干扰比较敏感；如果较近距离内有磁场，会导致磁记录信号的丢失，使录音、录像档案遭到破坏。为此，大量产生和保存录音、录像档案的单位，应该修建专用的防磁档案库房，以彻底隔绝外界磁场对录音、录像档案的干扰。而一般的单位档案室或保存录音、录像档案数量不多的档案馆则应购置专用防磁装具，以存放录音、录像档案。不具备上述条件的单位，亦应避免在录音、录像档案保管场所同时放置电动机、电视机、变压器等设备，或避免将录音、录像档案存放在这类电器附近。

2. 库房温湿度控制

录音、录像档案适宜的库房温度是 $15\sim25℃$，相对湿度应保持在 $45\%\sim60\%$。库房温度过高，易使磁性介质变脆；湿度过大，则易导致磁性装置受潮变形。为此，录音、录像档案库房应备有温湿度测量仪器和调节设备，以便随时记录、监测和调整库房的温湿度，保证录音、录像档案的安全。

3. 存放方式正确

录音、录像档案应避免平放保存，其正确存放方式为竖放，这样可使其受力均匀，避免磁带变形。

4. 定期重绕与复制

长期保存的录音、录像档案，应每隔 6 个月或在雨季、高温季节对磁带进行重绕，以释放磁带内的压力，并进行定期检查。重绕磁带应注意采用正常转速，卷绕的松紧度要适当，边端要平整，不能出现褶皱、弯曲，防止带体损坏。

为了使录音、录像档案信息长久保存，还应该根据磁带的保存情况，每隔 5 年或 10 年时间，进行信息转录的工作。

（五）录音、录像档案的利用

录音、录像档案的利用最好使用复制带。其利用方法主要有以下几种。

1. 视听服务

有条件的档案部门应该建立专门的声像档案视听室，提供必要的设备供利用者利用录音、录像档案。

2. 复制服务

提供录音、录像带的复制件较为容易.效果也较好，而且可以同时满足众多利用者的需要，还可以利用网络进行远程服务。

3. 编辑出版

档案部门可以将保存的录音、录像档案按一定的专题编辑成音像制品，对外公开出版发行，充分发挥音像档案的作用。

四、电子档案的管理

（一）电子档案的管理模式

1. 单位内部的文档一体化管理模式

单位内部的电子文档一体化管理模式主要是通过计算机管理软件来实现的。这样的文件和档案管理软件通常是一个包括文件发文处理环节、收文处理环节、分类、鉴定、立卷、归档、接受、著录、标引、检索、调阅、登记、统计等全部文书处理与档案管理环节的系统。该系统在运行时，单位日常管理和经营活动中生成的数据、文件、表格、单据等均在计算机网络上进行传递、交换、处理和管理；同时，电子档案的目录、索引自动生成，并可以实现即时归档。各种信息的用户及管理者通过身份验证系统得到使用权限的确认后，才能进入系统进行操作。

2. 档案馆电子档案的管理模式

档案馆管理阶段的电子档案管理模式有两种：其一是"集中保管的模式"，即立档单位失去现行效用，将具有长远保存价值的电子文件移交给档案馆集中保管；其二是"分布保管的模式"，即电子文件始终由立档单位自己负责保存，档案馆对电子文件具有一定的控制权，并对其管理进行指导。

3. 数字档案馆的管理模式

数字档案馆是利用计算机网络远程获取文件信息并进行管理的一种档案机构；它是运用网络技术在逻辑上组织存储于不同地址的电子档案信息，构成档案信息资源共享的环境，为用户提供便利的利用服务。数字档案馆的信息源是各个机构的电子档案。数字档案馆对电子档案实行的是虚拟的管理方式，即电子档案可以存储在立档单位的地址中。也可以存储在档案馆指定的地址中，档案馆对电子档案的管理和存取都在计算机网络上进行。

（二）电子档案的保管

1. 电子档案载体的保护

电子档案的载体包括磁带、硬磁盘、软磁盘、光盘等，它们比纸质载体档案的寿命短，并且对保管环境的要求高。

（1）存放方式。电子档案的各种磁带、软硬磁盘和光盘均应垂直放置，以防止变形和受重物挤压。在电子档案的整理、保管和利用过程中，禁止用手直接触摸载体表面，更不允许使用其他物品捆绑、固定载体，以防止划伤载体。

（2）温湿度控制。国家档案局制定的《磁性载体档案管理与保护规范》规定：电子档案各种磁性载体库房的温度应在 15～27℃，相对湿度应为 40％～60％。《CAD电子文件光盘存储、归档与档案管理要求》规定：光盘档案的保管温度应是 14～24℃，相对湿度 45％～60％。

（3）有害因素的预防。在对电子档案的管理中，应采取各种防护措施，防止磁场、灰尘、光线、有害气体和强烈机械振动对载体的不良影响。

2. 电子档案信息的安全保护

与纸质档案相比较，电子档案信息的完整性和真实性面对着来自于载体自身和计算机网络环境中一些不安全因素的威胁，因此，应利用现有的电子信息安全防护技术手段，如信息加密、电子签名、身份识别、防止计算机病毒、信息备份、信息迁移技术等，维护电子档案信息的安全。有条件的单位应该采取对重要的电子档案异地备份保存的方式，以防止突发性灾害事故对档案的危害。

（三）电子档案的利用

1. 文件下载的提供利用方式

文件下载的提供利用是指档案部门向用户提供电子档案软硬磁盘、光盘等版本的利用方式，一般包括如下方式：

（1）阅览室阅览。一般情况下，不便在计算机网络上阅览的以及具有机密性的电子档案，应在档案室（馆）的阅览室中提供利用。为此，档案室（馆）一方面应在阅览室中配备专用的计算机阅览设备；另一方面要建立相关的阅览制度，对用户阅览、拷贝、摘抄档案信息的手续、权限等作出明确的规定，保证电子档案信息的安全利用。

（2）出借。出借是指在单位内部，因工作需要将电子档案磁盘和光盘借给有关人员在工作岗位上利用的方式。电子档案的出借必须建立严格的审查与借阅制度，手续要严密；同时，对利用者所承担的不得摘抄、复制责任和保密责任应予以规定。

（3）复制。复制是指档案室（馆）依照有关的法律法规向用户提供复印文件和图纸以及拷贝的胶片、光盘等各种载体的电子档案复制件的提供利用的方式。采用复制的方式提供电子档案，有利于充分发挥其作用、保护原件。

2. 档案在线提供利用方式

档案在线提供利用的方式是指通过计算机网络系统为用户提供档案信息。由于档案信息的特殊性,在线提供利用又分为办公自动化的单位内部网络提供利用和互联网向社会提供利用两种方式。

办公自动化的单位内部网络通常用于提供开放期限未满和暂时不宜公开的档案信息。因此,在提供利用中要对上网的信息进行选择,并对利用者的权限加以限定。

互联网用于开放档案的提供利用,其具体形式包括提供开放的档案目录、公布档案原件、举办网上档案展览、介绍档案馆馆藏等。利用互联网提供利用档案信息可以实行无偿服务,也可以实行有偿服务。

◎ 知识链接

一、音像档案作用与特点

音像档案是指在社会活动中产生的具有保存利用价值,以声音、图像为记录手段的各种载体形式的原始记录。它是随着现代音像技术的发展逐步发展起来的档案种类。这类档案由于采用了声音、形象为记录传递方式,使人们能够通过多种渠道多种方式传递信息、记录历史,极大地丰富了档案信息的载体,拓宽了档案工作的内涵。

(一)音像档案的作用

音像档案能更加直接、真实、全面、动态地记录历史、反映生活,其社会作用十分明显。

1. 历史凭证

音像档案是人类社会活动客观、真实的记录,是最原始、最直接的历史凭证,同时音像档案特有的信息量和现场感使它显得更加真实有力。

2. 科学研究

利用音像档案记录科研成果,提供科研素材,为现代科学研究带来便利。

3. 广泛交流

利用音像档案容量大,并且具有直观、多维的优势方便人们的交流,进行各种信息交流工作。

4. 宣传教育

利用音像档案进行宣传教育不仅形象生动,而且效果明显,具有极强的说服力和感染力。

(二)音像档案的特点

1. 信息存储密度大

由于采用了感光记录、磁记录、激光记录等先进的记录方式,音像档案的存储密度要大大超过传统的档案形体,具有体积小、密度大的特点。

2. 信息处理和加工方便、灵活

可以比较方便地对已保存的信息进行进一步的处理和加工,尤其是采用数字记录后,可以根据不同的需要进行调整、提炼和加工传递。

3. 信息的复制容易、传播快捷

音像档案的复制程序较为简单,目前大多可以通过机械手段完成,而且经翻印、拷贝、复录后的复制件可以大量制作、广泛传播。如与现代通信技术结合起来,能够实现短时间、远距离、互动性传递。

4. 标准化和规范化程度较高

音像档案在标准化方面有明显的优势。目前大多数技术都有了自己的标准,硬件和软件的兼容性也达到了比较高的水平。这种状况大大推动了档案工作的现代化进程,促进了档案信息的交流和利用。

5. 信息处理的设备和费用高昂

音像档案所需的制作、存储、重现设备比较复杂,同时需要专业人员进行操作和维修,工作时所需耗材价格也比较高,而且大部分音像档案一旦离开特定的设备,档案就无法利用,这给声像档案作用的发挥带来许多不便。

6. 载体的保存寿命较短

音像档案载体的寿命各不相同,但保存时间受载体的物理性能、所处的环境、信息记录及读取方式等因素影响,大都不及纸张。

◎ 本章小结

完善的档案管理规章和合理的档案机构是档案管理的制度保证和组织保证。一个单位应建立健全档案管理制度和设置必要的档案机构来保证档案管理工作的顺利进行,提高档案管理工作的质量。本章简要介绍了档案管理建设内容及主要规章、常见的档案工作机构类型和档案管理体制,重点明确了档案管理制度制定要求、企业档案馆设立基本条件和档案机构设置原则及要求。另外,特殊载体档案管理也是秘书档案工作的重要组成部分,与普通文书档案管理相比,因其载体特点需要特别注意其不同之处。本章还介绍了音像档案的作用与特点,主要从档案管理过程角度着重说明了照片档案、音像档案、电子档案各环节的内容、方法和要求,对秘书管理此类档案将起到指导作用。本章教学可实地考察本学校档案制度建设和档案机构设置情况,调查学校档案机构特殊载体档案管理和使用情况。

【关键概念】 档案管理制度 档案机构 照片档案 音像档案 电子档案

◎ 思考和训练

一、填空题

1. ＿＿＿＿＿ 制度既是组织职能部门进行归档工作的基本规范,又是组织档案部门指导、监督和检查文件归档工作的依据。

2. 分立型档案工作机构是档案工作发展过程中自然形成的,带有＿＿＿＿ 的特点。

3. ＿＿＿＿＿ 是一个组织的档案工作任务的主要承担者。

4. 档案工作机构的设置要以＿＿＿＿＿＿ 为基础。

5. ＿＿＿＿＿ 档案是指单位在工作中形成的照片、录音、录像、影片、电子档案等。

6. 照片档案主要由＿＿＿＿＿＿＿＿＿ 构成。

7. 按国家有关规定,照片档案中底片保管温度为＿＿＿＿＿＿＿ ,相对湿度为＿＿＿ 。

8. 数码照片档案拷贝至少要求一式两套,一套＿＿＿＿＿ ,一套＿＿＿＿＿ 。

9. 录音、录像档案适宜的库房温度是＿＿＿＿＿＿ ,相对湿度应保持在＿＿＿ 之间。

10. 光盘档案的保管温度应是＿＿＿＿＿＿ ,相对湿度为＿＿＿＿＿＿ 。

二、选择题(每题有一个或多个正确答案)

1. 音像档案的特点有 （　　）

A. 信息处理的设备和费用高昂　　　　B. 信息存储密度大

C. 信息处理和加工方便、灵活　　　　D. 信息的复制容易、传播快捷

E. 标准化和规范化程度较高

2. 音像档案的作用有 （　　）

A. 宣传教育　　B. 科学研究　　C. 广泛交流　　D. 历史凭证　　E. 调查依据

3. 电子档案的载体包括 （　　）

A. 磁带　　　　B. 硬磁盘　　　C. 软磁盘　　　D. 光盘　　　E. 录音机

4. 照片档案的利用包括 （　　）

A. 照片档案展览　　　　B. 借阅服务　　　　C. 复制服务

D. 编辑出版照片画册　　E. 存储服务

5. 照片文字说明的编写要素有 （　　）

A. 事由　　　　B. 时间　　　C. 地点　　　D. 人物和背景　　E. 摄影者

6. 照片复制的方法有 　　　　　　　　　　　　　　　　　　　　（　　）

A. 复印　　　　　B. 拷贝　　　　　C. 扫描　　　　　D. 缩微　　　　　E. 刻录光盘

7. 照片的装具种类有 　　　　　　　　　　　　　　　　　　　　（　　）

A. 簿册式　　　　B. 插袋式　　　　C. 粘贴式　　　　D. 压膜式　　　　E. 档案式

8. 特殊载体的档案包括 　　　　　　　　　　　　　　　　　　　（　　）

A. 照片　　　　　B. 录音　　　　　C. 录像　　　　　D. 影片　　　　　E. 电子档案

9. 档案机构的设置原则有 　　　　　　　　　　　　　　　　　　（　　）

A. 组织自身依法设立、自主决定的原则

B. 与组织和组织档案工作的现状和发展相适应的原则

C. 保证组织档案完整、完全和有效利用的原则

D. 节约档案管理成本的原则

E. 档案管理点面结合的原则

10. 照片档案的收集范围主要包括 　　　　　　　　　　　　　　（　　）

A. 反映本单位主要职能活动和工作成果的照片档案

B. 领导人和著名人物参加与某单位、某地区有关的重大公务活动的照片档案

C. 本单位组织或参加的重要外事活动的照片档案

D. 记录本单位、某地区重大事件、重大事故、自然灾害及异常现象的照片档案

E. 与其他载体档案有密切联系的照片档案

三、简答题

1. 简述电子档案文件下载的提供利用方式。

2. 简述电子档案的管理模式。

3. 简述录音、录像档案的利用方法。

4. 简述档案机构的设置原则。

5. 简述档案管理制度。

四、论述题

1. 论述照片档案的收集范围。

2. 论述电子档案载体的保护要求。

3. 论述录音、录像档案的保护方法。

4. 论述综合型档案工作机构相比分立型机构具有的优点。

五、实务题

背景说明:你是上航天宇公司行政秘书李玉春,下面是办公室主任何东方需要你完成的工作任务。

备忘录

发给:行政秘书李玉春

发自:办公室主任　何东方

日期:2010 年 1 月 18 日

主题:近期我准备给我公司档案管理工作人员作一次培训,请你将档案管理工作人员的素质
　　要求用书面材料收集整理好,于明日上班后交给我。

电子邮件

收件人:李玉春(邮箱地址可自编)

发件人:办公室主任　何东方(邮箱地址可自编)

日期:2010 年 1 月 20 日

主题:建立企业档案馆的基本条件事项

内容:我在北京参加有关档案馆建设的培训,请你收集一下建立企业档案馆的基本条件资料
　　并整理好,于 1 月 22 日前用电子邮件形式发给我。

便　条

李玉春:

　　下月公司将开展各机构的职责修改和完善工作,请你收集一下档案机构的职责资料并用
书面形式整理好,于今日下班前放到我办公桌上。

办公室主任 何东方

2010 年 1 月 30 日

附录一

中华人民共和国档案法

(1987 年 9 月 5 日第六届全国人民代表大会常务委员会第二十二次会议通过,根据 1996 年 7 月 5 日第八届全国人民代表大会常务委员会第二十次会议《关于修改〈中华人民共和国档案法〉的决定》修正)

目 录

第一章　总　则

第一条　为了加强对档案的管理和收集、整理工作,有效地保护和利用档案,为社会主义现代化建设服务,制定本法。

第二条　本法所称的档案,是指过去和现在的国家机构、社会组织以及个人从事政治、军事、经济、科学、技术、文化、宗教等活动直接形成的对国家和社会有保存价值的各种文字、图表、声像等不同形式的历史记录。

第三条　一切国家机关、武装力量、政党、社会团体、企业事业单位和公民都有保护档案的义务。

第四条　各级人民政府应当加强对档案工作的领导,把档案事业的建设列入国民经济和社会发展计划。

第五条　档案工作实行统一领导、分级管理的原则,维护档案完整与安全,便于社会各方面的利用。

第二章　档案机构及其职责

第六条　国家档案行政管理部门主管全国档案事业,对全国的档案事业实行统筹规划,组织协调,统一制度,监督和指导。

县级以上地方各级人民政府的档案行政管理部门主管本行政区域内的档案事业,并对本行政区域内机关、团体、企业事业单位和其他组织的档案工作实行监督和指导。

乡、民族乡、镇人民政府应当指定人员负责保管本机关的档案，并对所属单位的档案工作实行监督和指导。

第七条　机关、团体、企业事业单位和其他的档案机构或者档案工作人员，负责保管本单位的档案，并对所属机构的档案工作实行监督和指导。

第八条　中央和县级以上地方各级各类档案馆，是集中管理档案的文化事业机构，负责接收、收集、整理、保管和提供利用各分管范围内的档案。

第九条　档案人员应当忠于职守，遵守纪律，具备专业知识。

在档案的收集、整理、保护和提供利用等方面成绩显著的单位或者个人，由各级人民政府给予奖励。

第三章　档案的管理

第十条　对国家规定的应当立卷归档的材料，必须按照规定，定期向本单位档案机构或者档案工作人员移交，集中管理，任何个人不得据为己有。

第十一条　机关、团体、企业事业单位和其他组织必须按照国家规定，定期向档案馆移交档案。

第十二条　博物馆、图书馆、纪念馆等单位保存的文物、图书资料同时是档案的，可以按照法律和行政法规的规定，由上述单位自行管理。

档案馆与上述单位应当在档案的利用方面互相协作。

第十三条　各级各类档案馆，机关、团体、企业事业单位和其他组织的档案机构，应当建立科学的管理制度，便于对档案的利用；配置必要的设施，确保档案的安全；采用先进技术，实现档案管理的现代化。

第十四条　保密档案的管理和利用，密级的变更和解密，必须按照国家有关保密的法律和行政法规的规定办理。

第十五条　鉴定档案保存价值的原则、保管期限的标准以及销毁档案的程序和办法，由国家档案行政管理部门制定。禁止擅自销毁档案。

第十六条　集体所有的和个人所有的对国家和社会具有保存价值的或者应当保密的档案，档案所有者应当妥善保管。对于保管条件恶劣或者其他原因被认为可能导致档案严重损毁和不安全的，国家档案行政管理部门有权采取代为保管等确保档案完整和安全的措施；必要时，可以收购或者征购。

前款所列档案，档案所有者可以向国家档案馆寄存或者出卖；向国家档案馆以外的任何单位或者个人出卖的，应当按照有关规定由县级以上人民政府档案行政管理部门批准。严禁倒卖牟利，严禁卖给或者赠送给外国人。

向国家捐赠档案的，档案馆应当予以奖励。

第十七条　禁止出卖属于国家所有的档案。

国有企业事业单位资产转让时，转让有关档案的具体办法由国家档案行政管理部门制定。

档案复制件的交换、转让和出卖,按照国家规定办理。

第十八条　属于国家所有的档案和本法第十六条规定的档案以及这些档案的复制件,禁止私自携运出境。

第四章　档案的利用和公布

第十九条　国家档案馆保管的档案,一般应当自形成之日起满三十年向社会开放。经济、科学、技术、文化等类档案向社会开放的期限,可以少于三十年,涉及国家安全或者重大利益以及其他到期不宜开放的档案向社会开放的期限,可以多于三十年,具体期限由国家档案行政管理部门制订,报国务院批准施行。

档案馆应当定期公布开放档案的目录,并为档案的利用创造条件,简化手续,提供方便。

中华人民共和国公民和组织持有合法证明,可以利用已经开放的档案。

第二十条　机关、团体、企业事业单位和其他组织以及公民根据经济建设、国防建设、教学科研和其他各项工作的需要,可以按照有关规定,利用档案馆未开放的档案以及有关机关、团体、企业事业单位和其他组织保存的档案。

利用未开放的档案的办法,由国家档案行政管理部门和有关主管部门规定。

第二十一条　向档案馆移交、捐赠、寄存档案的单位和个人,对其档案享有优先利用权,并可对其档案中不宜向社会开放的部分提出限制利用的意见,档案馆应当维护他们的合法权益。

第二十二条　属于国家所有的档案,由国家授权的档案馆或者有关机关公布;未经档案馆或者有关机关同意,任何组织和个人无权公布。

集体所有的和个人所有的档案,档案的所有者有权公布,但必须遵守国家有关规定,不得损害国家安全和利益,不得侵犯他人的合法权益。

第二十三条　各级各类档案馆应当配备研究人员,加强对档案的研究整理,有计划地组织编辑出版档案材料,在不同范围内发行。

第五章　法律责任

第二十四条　有下列行为之一的,由县级以上人民政府档案行政管理部门、有关主管部门对直接负责的主管人员或者其他直接责任人员依法给予行政处分;构成犯罪的,依法追究刑事责任:

(一)损毁、丢失属于国家所有的档案的;

(二)擅自提供、抄录、公布、销毁属于国家所有的档案的;

(三)涂改、伪造档案的;

(四)违反本法第十六条、第十七条规定,擅自出卖或者转让档案的;

（五）倒卖档案牟利或者将档案卖给、赠送给外国人的；

（六）违反本法第十条、第十七条规定，不按规定归档或者不按期移交档案的；

（七）明知所保存的档案面临危险而不采取措施，造成档案损失的；

（八）档案工作人员玩忽职守，造成档案损失的。

在利用档案馆的档案中，有前款第一项、第二项、第三项违法行为的，由县级以上人民政府档案行政管理部门给予警告，可以并处罚款；造成损失的，责令赔偿损失。

企业事业组织或者个人有第一款第四项、第五项违法行为的，由县级以上人民政府档案行政管理部门给予警告，可以并处罚款；有违法所得的，没收违法所得；并可以依照本法第十六条的规定征购所出卖或者赠送的档案。

第二十五条　携运禁止出境的档案或者其复制件出境的，由海关予以没收，可以并处罚款；并将没收的档案或者其复制件移交档案行政管理部门；构成犯罪的，依法追究刑事责任。

第六章　附　则

第二十六条　本法实施办法，由国家档案行政管理部门制定，报国务院批准后施行。

第二十七条　本法自 1988 年 1 月 1 日起施行。

附录二

中华人民共和国档案法实施办法

（1990 年 10 月 24 日国务院批准，1990 年 11 月 19 日国家档案局第 1 号令发布，1999 年 5 月 5 日国务院批准修订，1999 年 6 月 7 日国家档案局第 5 号令重新发布。）

第一章　总　则

第一条　根据《中华人民共和国档案法》（以下简称《档案法》）的规定，制定本办法。

第二条　《档案法》第二条所称对国家和社会有保存价值的档案，属于国家所有的，由国家档案局会同国家有关部门确定具体范围；属于集体所有、个人所有以及其他不属于国家所有的，由省、自治区、直辖市人民政府档案行政管理部门征得国家档案局同意后确定具体范围。

第三条　各级国家档案馆馆藏的永久保管档案分一、二、三级管理，分级的具体标准和管理办法由国家档案局制定。

第四条　国务院各部门经国家档案局同意,省、自治区、直辖市人民政府各部门经本级人民政府档案行政管理部门同意,可以制定本系统专业档案的具体管理制度和办法。

第五条　县级以上各级人民政府应当加强对档案工作的领导,把档案事业建设列入本级国民经济和社会发展计划,建立、健全档案机构,确定必要的人员编制,统筹安排发展档案事业所需经费。机关、团体、企业事业单位和其他组织应当加强对本单位档案工作的领导,保障档案工作依法开展。

第六条　有下列事迹之一的,由人民政府、档案行政管理部门或者本单位给予奖励:

(一)对档案的收集、整理、提供利用做出显著成绩的;

(二)对档案的保护和现代化管理做出显著成绩的;

(三)对档案学研究做出重要贡献的;

(四)将重要的或者珍贵的档案捐赠给国家的;

(五)同违反档案法律、法规的行为作斗争,表现突出的。

第二章　档案机构及其职责

第七条　国家档案局依照《档案法》第六条第一款的规定,履行下列职责:

(一)根据有关法律、行政法规和国家有关方针政策,研究、制定档案工作规章制度和具体方针政策;

(二)组织协调全国档案事业的发展,制定发展档案事业的综合规划和专项计划,并组织实施;

(三)对有关法律、法规和国家有关方针政策的实施情况进行监督检查,依法查处档案违法行为;

(四)对中央和国家机关各部门、国务院直属企业事业单位以及依照国家有关规定不属于登记范围的全国性社会团体的档案工作,中央级国家档案馆的工作,以及省、自治区、直辖市人民政府档案行政管理部门的工作,实施监督、指导;

(五)组织、指导档案理论与科学技术研究、档案宣传与档案教育、档案工作人员培训;

(六)组织、开展档案工作的国际交流活动。

第八条　县级以上地方各级人民政府档案行政管理部门依照《档案法》第六条第二款的规定,履行下列职责:

(一)贯彻执行有关法律、法规和国家有关方针政策;

(二)制定本行政区域内的档案事业发展计划和档案工作规章制度,并组织实施;

(三)监督、指导本行政区域内的档案工作,依法查处档案违法行为;

（四）组织、指导本行政区域内的档案理论与科学技术研究、档案宣传与档案教育、档案工作人员培训。

第九条 机关、团体、企业事业单位和其他组织的档案机构依照《档案法》第七条的规定，履行下列职责：

（一）贯彻执行有关法律、法规和国家有关方针政策，建立、健全本单位的档案工作规章制度；

（二）指导本单位文件、资料的形成、积累和归档工作；

（三）统一管理本单位的档案，并按照规定向有关档案馆移交档案；

（四）监督、指导所属机构的档案工作。

第十条 中央和地方各级国家档案馆，是集中保存、管理档案的文化事业机构，依照《档案法》第八条的规定，承担下列工作任务：

（一）收集和接收本馆保管范围内对国家和社会有保存价值的档案；

（二）对所保存的档案严格按照规定整理和保管；

（三）采取各种形式开发档案资源，为社会利用档案资源提供服务。按照国家有关规定，经批准成立的其他各类档案馆，根据需要，可以承担前款规定的工作任务。

第十一条 全国档案馆的设置原则和布局方案，由国家档案局制定，报国务院批准后实施。

第三章 档案的管理

第十二条 按照国家档案局关于文件材料归档的规定，应当立卷归档的材料由单位的文书或者业务机构收集齐全，并进行整理、立卷，定期交本单位档案机构或者档案工作人员集中管理；任何人都不得据为己有或者拒绝归档。

第十三条 机关、团体、企业事业单位和其他组织，应当按照国家档案局关于档案移交的规定，定期向有关的国家档案馆移交档案。属于中央级和省级、设区的市级国家档案馆接收范围的档案，立档单位应当自档案形成之日起满 20 年即向有关的国家档案馆移交；属于县级国家档案馆接收范围的档案，立档单位应当自档案形成之日起满 10 年即向有关的县级国家档案馆移交。经同级档案行政管理部门检查和同意，专业性较强或者需要保密的档案，可以延长向有关档案馆移交的期限；已撤销的单位的档案或者由于保管条件恶劣可能导致不安全或者严重损毁的档案，可以提前向有关档案馆移交。

第十四条 既是文物、图书资料又是档案的，档案馆可以与博物馆、图书馆、纪念馆等单位相互交换重复件、复制件或者目录，联合举办展览，共同编辑出版有关史料或者进行史料研究。

第十五条 各级国家档案馆应当对所保管的档案采取下列管理措施：

（一）建立科学的管理制度，逐步实现保管的规范化、标准化；

（二）配置适宜安全保存档案的专门库房，配备防盗、防火、防渍、防有害生物的必要设施；

（三）根据档案的不同等级，采取有效措施，加以保护和管理；

（四）根据需要和可能，配备适应档案现代化管理需要的技术设备。机关、团体、企业事业单位和其他组织的档案保管，根据需要，参照前款规定办理。

第十六条　《档案法》第十四条所称保密档案密级的变更和解密，依照《中华人民共和国保守国家秘密法》及其实施办法的规定办理。

第十七条　属于集体所有、个人所有以及其他不属于国家所有的对国家和社会具有保存价值的或者应当保密的档案，档案所有者可以向各级国家档案馆寄存、捐赠或者出卖。向各级国家档案馆以外的任何单位或者个人出卖、转让或者赠送的，必须报经县级以上人民政府档案行政管理部门批准；严禁向外国人和外国组织出卖或者赠送。

第十八条　属于国家所有的档案，任何组织和个人都不得出卖。国有企业事业单位因资产转让需要转让有关档案的，按照国家有关规定办理。各级各类档案馆以及机关、团体、企业事业单位和其他组织为了收集、交换中国散失在国外的档案、进行国际文化交流，以及适应经济建设、科学研究和科技成果推广等的需要，经国家档案局或者省、自治区、直辖市人民政府档案行政管理部门依据职权审查批准，可以向国内外的单位或者个人赠送、交换、出卖档案的复制件。

第十九条　各级国家档案馆馆藏的一级档案严禁出境。各级国家档案馆馆藏的二级档案需要出境的，必须经国家档案局审查批准。各级国家档案馆馆藏的三级档案、各级国家档案馆馆藏的一、二、三级档案以外的属于国家所有的档案和属于集体所有、个人所有以及其他不属于国家所有的对国家和社会具有保存价值的或者应当保密的档案及其复制件，各级国家档案馆以及机关、团体、企业事业单位、其他组织和个人需要携带、运输或者邮寄出境的，必须经省、自治区、直辖市人民政府档案行政管理部门审查批准，海关凭批准文件查验放行。

第四章　档案的利用和公布

第二十条　各级国家档案馆保管的档案应当按照《档案法》的有关规定，分期分批地向社会开放，并同时公布开放档案的目录。档案开放的起始时间：

（一）中华人民共和国成立以前的档案（包括清代和清代以前的档案；民国时期的档案和革命历史档案），自本办法实施之日起向社会开放；

（二）中华人民共和国成立以来形成的档案，自形成之日起满30年向社会开放；

（三）经济、科学、技术、文化等类档案，可以随时向社会开放。前款所列档案中涉及国防、外交、公安、国家安全等国家重大利益的档案,以及其他虽自形成之日起已满 30 年但档案馆认为到期仍不宜开放的档案,经上一级档案行政管理部门批准,可以延期向社会开放。

第二十一条　各级各类档案馆提供社会利用的档案,应当逐步实现以缩微品代替原件。档案缩微品和其他复制形式的档案载有档案收藏单位法定代表人的签名或者印章标记的,具有与档案原件同等的效力。

第二十二条　《档案法》所称档案的利用,是指对档案的阅览、复制和摘录。中华人民共和国公民和组织,持有介绍信或者工作证、身份证等合法证明,可以利用已开放的档案。外国人或者外国组织利用中国已开放的档案,须经中国有关主管部门介绍以及保存该档案的档案馆同意。机关、团体、企业事业单位和其他组织以及中国公民利用档案馆保存的未开放的档案,须经保存该档案的档案馆同意,必要时还须经有关的档案行政管理部门审查同意。机关、团体、企业事业单位和其他组织的档案机构保存的尚未向档案馆移交的档案,其他机关、团体、企业事业单位和组织以及中国公民需要利用的,须经档案保存单位同意。各级各类档案馆应当为社会利用档案创造便利条件。提供社会利用的档案,可以按照规定收取费用。收费标准由国家档案局会同国务院价格管理部门制定。

第二十三条　《档案法》第二十二条所称档案的公布,是指通过下列形式首次向社会公开档案的全部或者部分原文,或者档案记载的特定内容:

(一)通过报纸、刊物、图书、声像、电子等出版物发表;

(二)通过电台、电视台播放;

(三)通过公众计算机信息网络传播;

(四)在公开场合宣读、播放;

(五)出版发行档案史料、资料的全文或者摘录汇编;

(六)公开出售、散发或者张贴档案复制件;

(七)展览、公开陈列档案或者其复制件。

第二十四条　公布属于国家所有的档案,按照下列规定办理:

(一)保存在档案馆的,由档案馆公布;必要时,应当征得档案形成单位同意或者报经档案形成单位的上级主管机关同意后公布;

(二)保存在各单位档案机构的,由各该单位公布;必要时,应当报经其上级主管机关同意后公布;

(三)利用属于国家所有的档案的单位和个人,未经档案馆、档案保存单位同意或者前两项所列主管机关的授权或者批准,均无权公布档案。属于集体所有、个人所有以及其他不属于国家所有的对国家和社会具有保存价值的档案,其所有者向社会公布时,应当遵守国家有关保密的规定,不得损害国家的、社会的、集体的和其他公民的利益。

第二十五条　各级国家档案馆对寄存档案的公布和利用,应当征得档案所有者同意。

第二十六条　利用、公布档案,不得违反国家有关知识产权保护的法律规定。

第五章　罚　则

第二十七条　有下列行为之一的,由县级以上人民政府档案行政管理部门责令限期改正;情节严重的,对直接负责的主管人员或者其他直接责任人员依法给予行政处分:

(一)将公务活动中形成的应当归档的文件、资料据为己有,拒绝交档案机构、档案工作人员归档的;

(二)拒不按照国家规定向国家档案馆移交档案的;

(三)违反国家规定擅自扩大或者缩小档案接收范围的;

(四)不按照国家规定开放档案的;

(五)明知所保存的档案面临危险而不采取措施,造成档案损失的;

(六)档案工作人员、对档案工作负有领导责任的人员玩忽职守,造成档案损失的。

第二十八条　《档案法》第二十四条第二款、第三款规定的罚款数额,根据有关档案的价值和数量,对单位为 1 万元以上 10 万元以下,对个人为 500 元以上 5000元以下。

第二十九条　违反《档案法》和本办法,造成档案损失的,由县级以上人民政府档案行政管理部门、有关主管部门根据损失档案的价值,责令赔偿损失。

第六章　附　则

第三十条　中国人民解放军的档案工作,根据《档案法》和本办法确定的原则管理。

第三十一条　本办法自发布之日起施行。

附录三

电子公文归档管理暂行办法

(2003 年 7 月 28 日发布 2003 年 9 月 1 日施行)

第一条　为了加强对电子公文的归档管理,有效维护电子公文的真实性、完整性、安全性和可识别性,根据《中华人民共和国档案法》、《中华人民共和国档案法实施办法》和《国家行政机关公文处理办法》,制定本办法。

第二条　本办法所称的电子公文,是指各地区、各部门通过由国务院办公厅统一配置的电子公文传输系统处理后形成的具有规范格式的公文的电子数据。

第三条　电子公文形成单位应指定有关部门或专人负责本单位的电子公文归档工作,将电子公文的收集、整理、归档、保管、利用纳入机关文书处理程序和相关人员的岗位责任。

机关档案部门应参与和指导电子公文的形成、办理、收集和归档等各工作环节。

第四条　副省级以上档案行政管理部门负责对电子公文的归档管理工作进行监督和指导。

电子公文的真实性、完整性、安全性和可识别性,移交前由形成部门负责,移交后由档案部门负责。

第五条　电子公文参照国家有关纸质文件的归档范围进行归档并划定保管期限。

第六条　电子公文一般应在办理完毕后即时向机关档案部门归档。

第七条　电子公文形成单位必须将具有永久和长期保存价值的电子公文,制成纸质公文与原电子公文的存储载体一同归档,并使两者建立互联。

第八条　需要永久和长期保存的电子公文,应在每一个存储载体中同时存有相应的符合规范要求的机读目录。

第九条　电子公文的收发登记表、机读目录、相关软件、其他说明等应与相对应的电子公文一同归档保存。

第十条　电子公文的归档应在"全国政府系统办公业务资源网电子邮件系统"平台上进行,各电子公文形成单位档案部门应配置足够容量和处理能力及相对安全的系统设备。

第十一条　电子公文形成单位应在运行电子公文处理系统的硬件环境中设置足够容量、安全的暂存存储器,存放处理完毕应归档保存的电子公文,以保证归档电子公文的完整、安全。

第十二条　电子公文形成单位应在电子公文处理系统中设置符合安全要求的操作日志,随时自动记录对电子公文实时操作的人员、时间、设备、项目、内容等,以保证归档电子公文的真实性。

第十三条　电子公文形成单位应在电子公文归档时对相关项目进行检查,检查项目包括与纸质公文核对内容、签章,审核电子公文收发登记表、操作日志及相关的著录条目等,确认电子公文及相关的信息和软件无缺损且未被非正常改动,电子公文与相应的纸质公文内容及其表现形式一致,处理过程无差错。

第十四条　归档电子公文的移交形式可以是交接双方之间进行存储载体传递或通过电子公文传输系统从网上交接。

第十五条　通过存储载体进行交接的归档电子公文,移交与接收部门均应对其载体和技术环境进行检验,确保载体清洁、无划痕、无病毒等。

第十六条 归档电子公文应存储到符合保管要求的脱机载体上。归档保存的电子公文一般不加密,必须加密归档的电子公文应与其解密软件和说明文件一同归档。

第十七条 归档的电子公文,应按本单位档案分类方案进行分类、整理,并拷贝至耐久性好的载体上,一式 3 套,一套封存保管,一套异地保管,一套提供利用。

第十八条 档案部门应加强对归档电子公文的管理,提供利用有密级要求的归档电子公文,应严格遵守国家有关保密的规定,采用联网的方式提供利用的,应采取稳妥的身份认定、权限控制及在存有电子公文的设备上加装防火墙等安全保密措施。

第十九条 超过保管期限的归档电子公文的鉴定和销毁,按照归档纸质文件的有关规定执行。对确认销毁的电子公文可以进行逻辑或物理删除,并应由档案部门列出销毁文件目录存档备查。

第二十条 其他类型电子公文的归档管理可参照本办法。

第二十一条 本办法未尽事宜,参照国家其他有关电子文件的标准和规定。

第二十二条 本办法由国家档案局负责解释。

第二十三条 本办法自 2003 年 9 月 1 日起施行。

附录四

档案库房技术管理暂行规定

(国家档案局 1987 年 8 月 29 日颁布,自 1987 年 8 月 29 日施行)

第一章 总 则

第一条 为了确保档案的安全,最大限度地延长档案的寿命,加强档案库房的科学管理,有效地提供档案信息为社会主义现代化建设,特制定本规定。

第二条 档案库房技术管理应贯彻"以防为主,防治结合"的原则,切实做好温湿度控制和调节,防治有害生物、防尘、防火、防盗、照明管理和档案保管状况检查等方面的工作。

第三条 加强档案库房的技术管理,是实现档案管理现代化的重要方面,是档案馆的重要任务之一。档案行政管理部门要加强对档案库房技术管理工作的检查和指导。

第二章 基本要求

第四条 档案库房的技术管理工作,应有专人负责。省以上档案馆应设置技术管理机构,建立健全档案库房技术管理规章制度。

　　第五条　档案库房技术管理人员应刻苦钻研档案保护技术,不断提高科学管理水平,努力成为技术管理方面的专家。

　　第六条　通过加强档案库房的技术管理,应基本达到温湿度适宜,清洁卫生,无虫霉滋生。

第三章　温湿度控制

　　第七条　档案库房(含胶片库、磁带库)的温度应控制在 $14\sim24℃$,有设备的库房日变化幅度不超过 $\pm2℃$;相对湿度应控制在 $45\%\sim60\%$,有设备的库房日变化幅度不超过 $\pm5\%$。

　　第八条　保存母片的胶片库温度应控制在 $13\sim15℃$,相对湿度应控制在 $35\%\sim45\%$。

　　第九条　各库房及库外应科学地安设温湿度记录仪表,潮湿地区应配备去湿机,专门库房应安装空调设备。

　　第十条　库房内外温湿度应定时测记,一般每天两次,掌握温湿度变化情况,随时予以控制调节。注意积累库房温湿度变化的资料,每年进行一次综合分析,以便掌握库内外温湿度变化规律,制订综合管理计划。

　　第十一条　空调、去湿或增湿设备应定期检修、保养。温湿度记录仪表应按设备要求定期校验。

　　第十二条　档案柜架应与墙壁保持一定距离(一般柜背与墙不小于 10 厘米,柜侧间距不小于 60 厘米),成行地垂直于有窗的墙面摆设,便于通风降湿。

　　第十三条　新建库房竣工后,应经 $6\sim12$ 个月干燥方可将档案入库。

第四章　虫霉防治与除尘

　　第十四条　各档案馆应设消毒室或消毒箱,新接收进馆的档案经消毒、除尘后方能入库。

　　第十五条　建立定期虫霉检查制度,发现虫霉及时处理。

　　第十六条　配备吸尘器,加密封门或过渡门,除尘与防尘结合。有条件的档案馆可设置空气过滤装置,防止污染气体进入库房。

　　第十七条　档案库房周围的空地应植树种草,搞好绿化,减少污染。对影响、恶化库房环境的污染源,应采取措施,及时清除。

第五章　防火与防盗

　　第十八条　档案库区必须配备适合档案用的消防器材,并按设备要求定期检查、更换。

第十九条 安全使用电器设备,定期检查电器线路。库内严禁明火装置和使用电炉及存放易燃易爆物品。

第二十条 档案库房宜安装火警及防盗报警装置,并有切实可行的防盗措施。

第六章 照明管理

第二十一条 档案库房宜选用白炽灯作人工照明光源,照度不超过 100 勒克斯。如采用荧光灯时,应对紫外线进行过滤。

第二十二条 档案库房不宜采用自然光源,有外窗时应有窗帘、窗板等遮阳措施。

第二十三条 档案在任何情况下均应避免阳光直射。

第七章 档案保管状况检查

第二十四条 对库藏档案应经常进行检查,发现问题,及时报告,并采取措施予以处理。

第二十五条 每年定期对库藏档案进行一次抽样检查,掌握档案保管情况,为科学管理积累资料。

第八章 附 则

第二十六条 本规定适用于各级各类档案馆。各档案室可参照本规定的有关条款实施。

第二十七条 各档案行政管理部门可根据本规定结合具体情况制定实施细则。

第二十八条 本规定自颁布之日起执行。

附录五

磁性载体档案管理与保护规范

磁性载体档案管理与保护规范 DA/T15−1995

中华人民共和国国家档案局 1996-02-26 发布 1996-10-01 实施

1. 范围

本标准规定了对磁性载体文件的积累、归档要求和磁性载体档案的管理、储存与保护等诸环节的要求。本标准适用于机关、团体、企事业单位的磁性载体文件和磁性载体档案的管理与保护。不适用于计算机光盘、激光视盘和激光唱盘。

2. 引用标准

下列标准所包含的条文,通过在本标准中的引用而构成为本标准的条文。在标准出版时,所示版本均为有效。所有标准都会被修订,使用本标准的各方应探讨、使用下列标准最新版本的可能性。

GB 1989—80 信息处理交换用七位编码字符集在 9 磁道 12.7mm 磁带上的表示方法

GB 7309—87 盒式录音磁带总技术条件

GB 7574—87 信息处理——信息交换用的磁带标号和文卷结构

GB 8566—88 计算机软件产品开发文件编制指南

GB 9385—88 计算机软件需求说明编制指南

GB 9386—88 计算机软件测试文件编制规范

GB 9416.1—88

信息处理数据交换用 130mm 改进调频制记录的位密度为 7958 磁道翻转/弧度、道密度为 1.9 道/毫米的双面软磁盘第一部分:尺寸、物理性能和磁性能

GB 11956—89 高速复制录音磁带

GB/T 14306—93 VHS 盒式录像磁带

GB 14307—93 录像磁带性能测量方法

3. 定义

本标准采用下列定义:

3.1　磁性载体文件系指以磁性材料(如计算机磁带、软磁盘、录像带、录音带)为信息载体的文件。

3.2　磁性载体档案

磁性载体档案系指国家机构、社会组织和个人在社会活动及科学实践中直接形成的有保存价值的磁性载体文件。

3.3　软件

软件系指计算机程序和相应的数据及其他文件,包括固件中的程序和数据。

3.4　软件文件

软件文件指软件的书面描述和说明。它规定了软件的功能、性能、组成及软件设计、测试、维护和使用方法。

3.5　保管单位

保管单位系指一组具有有机联系的、价值和密级相同或相近的文件材料的集合体。本标准规定的保管单位形式为盒、盘等。

4. 积累

4.1

磁性载体文件的积累工作由文件形成部门负责,确保积累文件内容的完整性、准确性。档案部门负责监督、检查、指导。

4.2

磁性载体文件应一式两份,与相应的纸质文件同时积累并进行登记。

4.3

磁性载体文件形成部门对已形成的磁性载体文件应同纸质文件一样及时整理,同一盘(带)中存放多份文件的应建立磁性载体文件目录清单(格式见表1)。

4.4

软件文件的积累范围是软件生存期各阶段形成的文件,各阶段形成的文件执行 GB8566－88、GB8567－88、GB9385－88 和 GB9386－88 的有关规定。

4.5

磁性载体文件的更改单、版本更新通知都应积累、登记。

5 磁性载体文件的归档要求

5.1

磁性载体文件形成部门负责对需要归档的磁性载体文件进行整理、编辑,根据本单位情况,待项目结束后将磁性载体文件按照 GB1989－80、GB7574－87 和 GB9416.1－88 转换成标准格式,一式两份(A,B 盘),及时向档案部门移交归档。

5.2

归档的磁性载体文件必须是可读文件。必须在有关的设备上演示或检测,运转正常,无病毒,清洁,无划伤,确保文件的完整性和内容的准确性。

5.3

归档使用的录音(像)带、软磁盘的性能质量,应分别符合 GB7309－87、GB9416.1－88、GB/T14306－93 的规定。

5.4

同一项目同一类别的磁性载体文件应存储在同种磁性载体上。

5.5

应将 4.3 中建立的磁性载体文件目录清单与磁性载体档案一同归档。

5.6

归档的磁性载体文件应由文件形成部门编制归档说明。

5.6.1 磁带(软磁盘)需简要说明带(盘)中存储文件的内容、运行的软、硬件环境、版本号、文件的完整性和准确性等。

5.6.2 录像片需简要说明该片的内容、制式、语别、密级、规格和放映时间。同时,还应归档一套可供借阅的备份录像片。

5.6.3 录音带需简要说明讲话内容、讲话人姓名、职务、录制日期、密级等。

6. 磁性载体档案的管理

6.1

磁性载体文件的归档工作应执行国家、单位的有关规定和本标准规定。

6.2

磁性载体文件的归档与管理工作应遵循集中统一、确保安全、便于利用的原则,由各单位的档案部门归口管理。

6.3

磁性载体文件管理应重视磁性载体的选择,禁止使用劣质磁盘、磁带、录像带、录音带作载体。

6.4

严格做好磁性载体档案的保密工作。

6.5

应将 5.1 中归档的一式两份磁性载体档案中的一份作为保存件,不得外借。

6.6

各级档案部门应建立磁性载体档案的借意味制度,严格审批借阅审批手续。

6.7

借阅和归还磁性载体档案时,按规定进行质量检查、验收。

6.8

归档的磁带(软磁盘)必须贴上标签。

6.8.1　磁带(软磁盘)套、盒上需标注带(盘)编号、档号、软件名称、版本号、文件数、密级、编制人、编制日期等标识。

6.8.2　录像带盒上需标注带编号、档号、片名、放映时间、摄制单位、摄制日期、规格、制式、语别、密级等标识。

6.8.3　录像带盒上需标注带编号、档号、讲话人姓名、职务、主要内容和录制日期、密级、讲话时间等。

6.9

在储存磁性载体档案的同时,应保存有关磁性载体档案的文字资料,内容包括:写操作日期、系列号、文件号、记录密度模式、当前目录、状态、生产者鉴定、使用日期及其他一些需要著录的内容。不得用铅笔或水溶性墨水书写。

7. 磁性载体档案储存与保护

7.1　储存前的准备

7.1.1　长期储存的磁带性能要求

应使用有背涂层的磁带;被存磁带不应损坏、污染;磁带上不允许有皱折;磁带应缠绕在钢性轮毂上,绝不能缠绕在有橡胶铀套的轮毂上,并且应卷绕平整、松紧适度。录像带、录音带各项指标应符合 GB/T14306－93、GB7309－87、GB11956－89 的要求。对磁带的筛选参见附录 A。

7.1.2　储存前的物理准备

a. 长期储存的磁性载体档案的信息要用经过调整、清洁的设备录制。

b. 储存前,检查磁带缠绕是否规整、边缘有无损坏,并应将磁带在存储环境中平衡 1～3 天,然后在全长度上使用清洁机慢速、均匀、连续地重新缠绕,缠绕张力为 1.7～2.2N(牛顿)。

c. 应将磁带在干燥的环境中(相对湿度小于 40%)快封到塑料袋中和(或)密封容器中,以防黏合剂、润滑剂挥发。

7.2 储存

7.2.1 库房温、湿度要求

温、湿度变化范围:应在温度 15～27℃、相对湿度 40%～60% 范围内选定一组值,一旦选定,在 24 小时内温度变化不得超过 ±3℃、相对湿度变化不得超过 ±5%。最佳环境温度是 18℃、相对湿度是 40%。

7.2.2 清洁管理要求

a. 不要用手触摸磁带(软磁盘),应带非棉制手套操作;

b. 不要使磁带(软磁盘)接触不清洁表面,如地面、桌面等;

c. 装磁带(软磁盘)的装具应洁净无尘;

d. 库房地面不应打蜡、铺地毯;

e. 吸尘器的排出气应通向专用容器或库房外;

f. 库房中禁止使用打印机。

7.2.3 风压要求

库房宜保持为正压,减少灰尘对环境的污染,库房中应无腐蚀性气体,并保证通风良好。

7.2.4 防水要求

库房内的设备要避免水淹,磁带(软磁盘)架最低一层搁板应高于地面 30cm 以上。

7.2.5 防火要求

a. 库房及装具应使用耐火材料,库房内及附近不得有易燃物品;

b. 库房内严禁出现明火;

c. 库房中应备有 CO_2 型灭火器;

c. 库房物品如纸张、木材、洗涤液等应尽量少,并且应摆放整齐,不能有路障;

d. 对重要档案应专柜存放。

7.2.6 防磁要求

a. 磁性载体档案与磁场源(永久磁铁、马达、变压器等)之间的距离不得少于 76mm;

b. 可使用软磁物质(软铁、铁淦氧、镍铁合金等)构成容器、箱柜,对磁场进行屏蔽;

c. 磁性载体档案如装入有磁屏蔽的容器中,应距容器外壁至少 76cm;

d. 使用无屏蔽的容器运输时,磁性载体档案距容器外壁至少 76cm;

e. 不得将任何磁性材料及其制品(包括磁化杯、保健磁铁、磁铁图钉等)带入库房;

f. 在存有重要档案的库区,应设置测磁设备,以查出隐蔽的磁场。

7.2.7　防紫外线要求

不允许紫外线直接照射磁性载体档案。

7.2.8　放置要求

磁带(软磁盘)应放入磁带(软磁盘)盒中,垂直放置或一盘盘悬挂放置。

7.2.9　保养及维护

应定期保养及维护磁性载体档案,并应建立磁性载体档案检测、保养卡,包括:

a. 清洁

要保证磁带机、软盘驱动器、清洗机的清洁,除要定期清洗磁带外,当发现运行磁带(软磁盘)有碎片脱落时,应立即对全系统进行清洗,磁带盘、磁带盒清洗溶剂可选用二氯二氟甲烷、异丙醇、甲醇等,并在通风良好的环境中操作。

b. 倒带

1)倒带间隔

在温度为 $18\pm1℃$、相对湿度为 $40\%\pm5\%$ 的环境中储存的磁带,建议倒带间隔为 3.5 年。如果不能保持上述温、湿度范围,倒带间隔应视保存环境不同相应缩短。

2)倒带卷绕张力

倒带速度要慢,张力要恒定,保持 $1.7\sim2.2N$(牛顿),倒带后,磁带要保持在标准的读/写(录/放)状态。

c. 检查及修复

检查及修复包括:磁带(软磁盘)外观检查、计算机磁带漏码/误差检查及受损磁带(软磁盘)修复。遭受高温、水泡的磁带,其处理方法见附录 B。

d. 复制

1)每年对大型磁性载体档案按 3% 的比例随机抽样读检,如发现有永久误差,则应对整套磁性载体档案重新检查,对发生永久误差的磁性载体档案进行复制;

2)极重要磁性载体档案的复制周期由单位自定;

3)正常保存的磁性载体档案,可每 10 年复制一次。

7.3　再使用

磁性载体档案再使用场所的温度、相对温度与库房的温度、相对湿度相差范围应分别为 $\pm3℃$、$\pm5\%$。否则,应在再使用前,将计算机磁带在使用环境中平衡 3 天以上,录音带、录像带需平衡 24 小时以上。在读带前还应将磁带按正常速度全程进带、倒带各两次。

7.4 运输要求

7.4.1 磁带(软磁盘)应封装在塑料袋中,再放入容器里运输,运输时要轻拿轻放,严禁剧烈震动和翻滚。

7.4.2 应防潮、防曝晒、防重压。

7.4.3 运输环境的温度、相对湿度范围分别为 4～32℃,20%～80%。

7.4.4 应避免使用金属探测器进行探测(X 射线除外)。

7.5 特殊要求

除遵守前面各项内容外,还应注意:

7.5.1 磁带

a. 拿取卷轴时,要拿轮毂处,不要挤压法兰盘;

b. 剪掉磁带末端已经损坏的部分;

c. 不能将磁带末端接触脏的地方(如:不能将磁带拖到地面上等);

d. 应仔细将磁带装在卷轴上,防止它的末端皱折;

e. 开始记录之前,应留出不少于 1m 的空白带;

f. 至少用 15 分钟时间运转磁带,检查带边的卷曲情况,并观察装在卷轴上的磁带是否平坦整齐,带边有任何变形迹象都是不允许的;

g. 储存前应将磁带在储存环境中重新卷绕。

7.5.2 软磁盘

a. 不要弯折软磁盘;

b. 不要用橡皮筋、曲别针来固定软磁盘的纸套;

c. 应先将标签写好,再贴到软盘上,如软盘上已有标签,不要用硬笔如圆珠笔在盘上写;

d. 软磁盘上不能放置重物;

e. 如要修改盘上标签内容,应划改。

7.5.3 录像带

除遵守前面各项内容外,还应注意,不要将录像带放在电视机壳顶上。

7.5.4 磁带机、软盘驱动器及工作间

应定期检查及清洗磁带机、软盘驱动器;磁带机及软盘驱动器应放在上风口,而易产生碎屑的设备如打印机、穿孔机等应置下风处。工作间的要求见附录C。

7.5.5 磁性载体档案数据的保护

a. 避免机械原因损坏磁带、软磁盘;

b. 在使用时,严格遵守操作规程;

c. 避开强磁场;

d. 使用工具软件查阅文件内容时,应谨慎,防止破坏文件。

附录 A　筛选劣质磁带的试验

作为长期储存,绝不能用劣质磁带,用下述方法可确定出黏合剂质量特别差的磁带。可根据需要从每一批磁带中随机选取若干盘进行试验,步骤如下:

1. 检查室内环境下录像带的 RF(射频)幅度和失落率、计算机磁带的漏码率;

2. 在相对湿度为 80％～95％、温度为 49～55℃ 条件下放 3 天;

3. 再在室内环境下放置至少 24 小时;

4. 再检查 RF 的幅度和失落率,测量方法参见 GB/T14307－93;检查计算机磁带的漏码率。

好的录像带 RF 失落率应不大于最初失落率的两倍;好的计算机磁带的漏码率应不大于最初漏码率的一倍,而且氧化物层脱落迹象很小。

附录 B　磁性载体档案遭受高温、水泡后的处理方法

1. 高温

磁带经受高温后,首先应在室温环境下稳定几天,然后在磁带机上慢速运转,并转录到另一盘磁带上,将两者同时保存。

2. 水泡

如磁带被水浸泡,应先用无纤维毛巾将磁带擦干,然后在温度约为 50℃ 的烘箱内悬挂 3 天,再在正常室温下放置 2 小时。用磁带机缠绕 2 次后方可使用,并且应复制。

附录 C　工作间要求

对工作间的要求如下:

1. 工作间应是清洁的,且温、湿度可控;

2. 工作间应使用稳压、稳频电源;

3. 直接工作区内禁止吸烟、喝饮料及吃食品;

4. 卷轴(包括空轴)应放在专门的保护容器内;

5. 不应把磁带(软磁盘)放在热的地方,比如接近热源或阳光直射处;

6. 定期对工作间的磁带机、软盘驱动器的机械、电气部分进行系统的检查;

7. 应保持磁带机、软盘驱动器全部磁带、软磁盘接触面的清洁;

8. 工作间应备有磁带清洗机和检验器,并用来清洁和卷绕磁带。

附加说明:

本标准的附录 A、附录 B、附录 C 都是标准的附录。

本标准由全国档案工作标准化技术委员会提出。

本标准起草单位:国家档案局档案科学技术研究所、航天工业总公司档案馆。

本标准主要起草人:商平安、吴筑清、沈莹、王朝驹、杜霞飞。

附录六

CAD 电子文件光盘存储、归档与档案管理要求

1. 总 则

1.1 CAD 电子文件的收集、积累、整理和归档,由 CAD 技术总负责人负责,文件形成单位、业务管理部门和档案管理部门在其领导下,都应指定专人管理。

1.2 根据维护档案安全、完整、便于利用的原则,电子档案由档案部门归口管理。

1.3 为保证电子文件归档、检测、电子档案的安全保管和利用,在档案部门应建立"CAD 电子文件盘存储、归档与档案管理系统"。

1.4 CAD 电子文件的归档应包括为生成 CAD 电子文件而开发的软件产品和软件说明,以保证电子档案的完整性。

1.5 对电子文件的形成、积累、整理、归档应实施全过程管理,以保证电子档案质量。

1.6 电子档案应与相应的纸质档案在产品技术状态(含更改后的状态)、相关软件文件及说明等方面相互保持一致。

2. CAD 电子文件的收集积累

2.1 收集范围

在科研、设计、生产、试验和业务管理活动中采用 CAD 技术形成的电子文件及其支持软件,应及时按归档范围收集积累,范围及类型如下:

2.1.1 图像文件:由图纸扫描或其他方式产生的二维点阵图文件。

2.1.2 图形文件:由 CAD 系统生成的二维、三维图形文件。

2.1.3 数据文件:各种类型的分析、计算、测试、设计参数及管理等数据文件。

2.1.4 文本文件:一般用字处理技术处理形成的文字文件、表格文件,以及各种管理活动中形成的公文、报表和软件说明等。

2.1.5 计算机程序(命令文件):计算机使用的或在某一软件平台上自行开发设计的系统软件、支撑软件和应用软件的程序。

2.1.6 配套纸质文件:包括软件开发任务书、需求分析说明、系统分析报告、鉴定证书或验收说明、软件测试报告、软件修改记录、软件说明以及签署、更改等纸质文件。

2.2 收集积累要求

2.2.1 电子文件应由文件形成单位负责收集积累,从申请立项开始,并指定专人负责。档案部门负责监督和指导。

2.2.2 收集积累自行设计的软件,应包括软件产品和软件说明;通用软件应有软、硬件平台说明。

2.2.3　电子文件在收集积累过程中,要及时登记。对于需要多年才能完成的项目,要分段积累、归档。

2.2.4　电子文件的更改单应收集积累、登记,并应在检索系统中体现出更改情况。

2.2.5　积累过程中电子文件的更改,由设计者实施,更改后的电子文件必须与当时的产品状态一致。

2.2.6　积累过程中,应采取备份制,防止出现差错。

2.2.7　在积累过程中,电子文件可存储在磁盘上,其积累、整理方法见3.1。

2.2.8　积累多年才能归档的软盘,应一年拷贝一次,磁带应一年倒带一次。

3.CAD电子文件的整理、鉴定与归档

3.1　整理方法

3.1.1　归档的电子文件由形成部门负责整理、编辑,并按要求写入光盘,档案部门予以协助、指导。

3.1.2　产品研制或工程设计过程形成的电子文件应以产品型号、研究课题或建设项目为单元按电子文件类别分别保管。

3.1.2.1　图形、图像类文件按产品隶属或分类编号顺序排列,由几个产品组成的复杂产品,按总体、分系统、单机排列;建设项目按设计、施工、结构、维护管理等顺序排列。

3.1.2.2　数据文件按计算、试验、设计等属类进行整理。同一属类文件按自然形成规律排列。

3.1.2.3　文本文件按文件及表格文件、软件说明等属类进行整理。

3.1.2.4　计算机程序按形成时间顺序排列。

3.1.2.5　归档的电子文件应使用不可擦除型光盘。

3.1.3　存储归档电子文件的光盘,应附有标签,标签内应填写编号、套别、名称、密级、保管期限和软、硬平台等。

3.1.3.1　编号:归档项目电子文件的光盘编号,由档案类目号、项目代号、电子文件类别代码、光盘序号组成。

a.档案类目号按档案分类执行,根据需要可用到二级类目号。

b.项目代号指产品代号、课题代号以及建设项目代号等。各类代号由标准或业务主管部门给定。

c.电子文件类别代码用字母表示。其中:

G—图形文件　I—图像文件　D—数据文件　T—文本文件　P—计算机程序

如遇到一个光盘中存储一种以上类别的电子文件时,应将所包含的类别部分别填写上。

d.光盘序号是光盘排列的顺序号,由阿拉伯数字组成。

3.1.3.2　套别:归档电子文件套号,用大写英文字母 A 或 B 表示。A 表示封存保管;B 表示查阅利用。

3.1.3.3　名称:归档项目名称。

3.1.3.4　密级:盘内存储的电子文件的最高密级。

3.1.3.5　保管期限:盘内存储的电子文件的最长保留时间。

3.1.3.6　软、硬件平台:识别或运行光盘内电子文件的软、硬件环境。

3.1.3.7　归档的电子文件应根据其类别等将已整理好的电子文件按顺序写入光盘,光盘写入的具体操作,可与形成部门共同完成。

3.1.4　电子文件经整理后,按项目填写"电子档案登记表"一式两份。

3.1.5　编写归档说明。

3.1.5.1　写内容:项目名称、任务来源、主要技术(指标)要求、完成任务过程情况、归档材料完整性、完成单位、负责人、参加人、起止日期、密别、页数、归档号、形成单位负责人签字、档案接收单位负责人和接收人签字、盖章。

3.1.5.2　编写要求:文字力求简练、准确,字迹清晰、书写工整。

3.2　归档电子文件格式要求

归档的 CAD 电子文件光盘存储格式应符合 GB/T176782 CAD 电子文件光盘存储、归档与档案管理要求第二部分光盘信息组织结构的规定。

3.3　归档电子文件的完整性、有效性和安全性

3.3.1　归档的电子文件,在其生命周期内一定要保持电子档案的完整性、有效性、安全性。

3.3.2　软件说明应与电子文件同时积累,一同归档管理,保证电子档案的完整性。

3.3.3　在符合软、硬件平台的条件下,应保证电子档案能正常被计算机所识别、运行,并能准确输出。

3.3.4　归档电子文件应保证其载体安全和信息安全。

3.4　归档电子文件的鉴定与检查

3.4.1　鉴定归档电子文件的完整性、准确性和系统性。

3.4.2　检查载体有无病毒、有无划痕。

3.4.3　鉴定归档电子文件内容的实用价值和确定电子档案的保管期限。

3.4.4　检测在指定存在的环境平台上能否准确读出电子文件。

3.5.5　检查存储归档电子文件的介质是否符合归档要求。

3.4.6　检查存储归档电子文件的介质和软、硬件平台技术条件的一致性。

3.4.7　检查合格后,将检查结论填写在"电子档案登记表"中。

3.4.8　归档软件从生成到归档,其技术状态必须严加控制。验收后填写计算机软件产品登记表。

3.4.9 归档电子文件要通过电子文件光盘存储归档一致性测试。

3.5 归档程序

3.5.1 归档时间。

3.5.1.1 产品研制、工程设计的电子文件归档时间。产品研制、工程设计的电子文件在各研制阶段结束、产品定型、工程竣工后,由有关责任部门进行系统整理,并在 3 个月内完成归档。

3.5.1.2 科研课题的电子文件归档时间。科研课题中的电子文件应在课题验收或经评审、鉴定测试合格后立即归档。

3.5.1.3 其他类目的电子文件归档时间。其他类目的电子文件归档时间,按各类目归档时间要求执行。

3.5.2 归档手续。

3.5.2.1 归档单位将按 3.1 整理方法整理好的电子文件和其配套的纸质文件、软件说明以及归档说明、"电子档案登记表"等移交档案部门验收。

3.5.2.2 验收合格后,档案部门在"电子档案登记表"中签字盖章,一份退归档单位,一份留档案部门备查。

3.5.2.3 归档的电子文件若需作"使用权限保护",应填写"电子文件使用权限保护单"。

3.6 归档电子文件的状态与数量

3.6.1 归档的电子文件应为本阶段产品技术状态的最终版本。

3.6.2 归档的计算机程序一般不加密,如加密,应将密钥同时归档。

3.6.3 归档的电子文件至少一式两套,一套封存保管(A),一套供查阅利用(B)。必要时,复制第三套,异地保存。

4. 电子档案的管理

4.1 管理要求

4.1.1 档案部门要执行电子档案归口管理的职责,对电子档案定期检查,按照电子档案保管环境的要求,严格执行管理制度。

4.1.2 档案部门应及时对电子档案进行登记、建账,账目中要注明相应纸质档案的档号,同时建立机读目录。

4.1.3 由电子档案转换成的纸质档案,要及时归入相应档案门类的纸质档案中。按纸质档案管理要求进行管理,并在登记账中注明其所在的光盘编号及文件名。

4.1.4 存储电子档案的光盘应放入盒中存放。A、B两套电子档案应分开保管。

4.2 保管环境

4.2.1 归档光盘不得擦洗、划刻、触摸盘片裸露处,不得弯曲、挤压、摔打盘片,防止盘片沾染灰尘和污垢,避免阳光直接照射。要执行存储与维护的有关规定。

4.2.2　环境温度为 14～24℃,相对湿度 45％～60％。

4.2.3　远离热源、酸碱等有害气体和强磁场。

4.3　检测与维护

电子档案应每 5 年进行一次有效性、安全性检查,如发现光盘损坏或出现问题,应及时拷贝。如软、硬平台发生改变,则应及时转换。检查、拷贝、转换等情况要登记。

4.4　利用

4.4.1　归档光盘不外借,只能以拷贝或网上传输的形式提供利用,并应登记。使用者不得私自复制、拷贝、修改或转送他人。

4.4.2　电子档案可在归档与管理系统的终端上查阅,但查阅人员只能查阅本人权限之内的电子档案,如需查阅超越权限的电子档案,需按本单位有关规定执行。

4.4.3　已批准为"使用权限保护"的电子档案项目要在台账、目录、载体上标识。档案部门应严格执行电子档案的"使用权限保护"和密钥管理规定。

4.4.4　电子档案如进行更改,应随时保护 A、B 两盘内容一致并及时更改原转换的纸质档案,同时将更改情况及时填写更改登记表。

4.4.5　电子档案如上网传送,只有经过档案部门的计算机管理系统对用户使用权认可后,才能提供利用。

4.5　统计

档案部门应及时按年度对电子文件归档情况、电子档案的更改、管理、保护、利用等情况进行统计并纳入档案统计项目。

4.6　鉴定与销毁

4.6.1　鉴定与检测。电子档案的鉴定主要是对已到保管期限的电子档案鉴定,同时还必须进行有效检测。

4.6.1.1　检查已到保管期限的电子档案是否还有利用价值;

4.6.1.2　检查载体有无划伤、是否可用、是否清洁;

4.6.1.3　检测在指定的环境平台上能否正确读出电子文件;

4.6.1.4　检查存贮电子档案的介质是否符合归档要求;

4.6.1.5　检查存贮电子档案的介质和软、硬件平台技术条件的一致性。

4.6.2　销毁。

4.6.2.1　根据保管期限表,经鉴定确无保存价值的电子档案,按有关规定严格审批后方可销毁;

4.6.2.2　在销毁过程中应对存储过机密信息的介质进行彻底销毁,对网络中传递的机密信息彻底清除。

附录七

关于机关档案保管期限的规定

（1987 年 12 月 4 日国家档案局发布，自 1988 年 1 月 1 日起施行）

根据《中华人民共和国档案法》等有关规定，为了便于各级党、政机关和人民团体（以下统称机关）准确地划分档案保管期限，使保存的档案既能反映和维护机关的主要职能活动的历史面貌，又便于保管和利用，我们对一九八三年制定的《关于文书档案保管期限的规定》及《文书档案保管期限表》进行了修订，并作如下规定：

1. 文书档案的保管期限定为永久、长期和短期三种。长期为十六年至五十年，短期为十五年以下。专门档案另有保管期限和销毁规定的按有关规定执行。

2. 确定机关档案保管期限的原则：

确定档案的保存价值，要坚持辩证唯物主义和历史唯物主义的观点，正确分析和鉴别档案内容的现实作用和历史作用，根据本机关工作的需要和为国家积累历史文化财富的需要，全面确定档案的保存价值，准确地判定档案的保管期限。

2.1 凡是反映机关主要职能活动和基本历史面貌的，对本机关、国家建设和历史研究有长远利用价值的档案，列为永久保管。它主要包括：本机关制定的属于法规政策性的文件，处理重要问题形成的文件材料，召开重要会议的主要文件材料，重要的请示、报告、总结，综合统计报表，机构演变、机关领导人任免的文件材料；直属上级机关颁发的属于本机关主管业务并要贯彻执行的重要文件材料和非直属上级机关针对本机关主管业务并要贯彻执行的重要文件材料。

2.2 凡是反映本机关一般工作活动，在较长时间内对本机关工作有查考利用价值的文件材料，列为长期保管。它主要包括：本机关一般工作问题文件材料，一般会议的主要文件材料，人事管理工作形成的一般文件材料，直属上级机关颁发的属于本机关主管业务并需要贯彻执行的一般文件材料，下级机关报送的重要总结、报告和统计报表等文件材料。

2.3 凡是在较短时间内对本机关有参考利用价值的文件材料，列为短期保管。它主要包括：本机关一般事务性的文件材料，上级机关和同级机关颁发的非本机关主管业务但要贯彻执行的文件材料，下级机关报送的一般工作总结、报告和统计报表等文件材料。

3. 各机关应根据本规定和《文书档案保管期限表》，以及有关的专门档案保管期限表，结合本机关的实际情况，编制本机关或本系统的档案保管期限表，经本机关领导人审查批准后执行，并报同级档案行政管理部门备案。

4. 军队系统、民主党派、企业、事业单位，可参照本规定的精神，制定本系统、本单位的档案保管期限表。

5. 本规定及《文书档案保管期限表》自一九八八年一月一日起执行，一九八三年颁发的《文书档案保管期限表》和《关于文书档案保管期限的规定》同时作废。

附录八

归档文件整理规则
中华人民共和国档案行业标准
（DA/T22－2000）

1　范围

本标准规定了归档文件整理的原则和方法。

本标准适用于各级机关、团体和其他社会组织。

2　定义

本标准采用下列定义。

2.1　归档文件

立档单位在其职能活动中形成的、办理完毕、应作为文书档案保存的各种纸质文件材料。

2.2　归档文件整理

将归档文件以件为单位进行装订、分类、排列、编号、编目、装盒,使之有序化的过程。

2.3　件

归档文件的整理单位。一般以每份文件为一件,文件正本与定稿为一件,正文与附件为一件,原件与复制件为一件,转发文与被转发文为一件,报表、名册、图册等一册(本)为一件,来文与复文可为一件。

3　整理原则

遵循文件的形成规律,保持文件之间的有机联系,区分不同价值,便于保管和利用。

4　质量要求

4.1　归档文件应齐全完整。已破损的文件应予修整,字迹模糊或易褪变的文件应予复制。

4.2　整理归档文件所使用的书写材料、纸张、装订材料等应符合档案保护要求。

5　整理方法

5.1　装订

归档文件应按件装订。装订时,正本在前,定稿在后;正文在前,附件在后;原件在前,复制件在后;转发文在前,被转发文在后;来文与复文作为一件时,复文在前,来文在后。

5.2　分类

归档文件可以采用年度—机构(问题)—保管期限或保管期限—年度—机构

(问题)等方法进行分类。同一全宗应保持分类方案的稳定。

5.2.1　按年度分类

将文件按其形成年度分类。

5.2.2　按保管期限分类

将文件按划定的保管期限分类。

5.2.3　按机构(问题)分类

将文件按其形成或承办机构(问题)分类(本项可以视情况予以取舍)。

5.3　排列

归档文件应在分类方案的最低一级类目内,按事由结合时间、重要程度等排列。会议文件、统计报表等成套性文件可集中排列。

5.4　编号

归档文件应依分类方案和排列顺序逐件编号,在文件首页上端的空白位置加盖归档章并填写相关内容。归档章设全宗号、年度、保管期限、件号等必备项,并可设置机构(问题)等选择项。

5.4.1　全宗号:档案馆给立档单位编制的代号。

5.4.2　年度:文件形成年度,以 4 位阿拉伯数字标注公元纪年,如 1978。

5.4.3　保管期限:归档文件保管期限的简称或代码。

5.4.4　件号:文件的排列顺序号。

件号包括室编件号和馆编件号,分别在归档文件整理和档案移交进馆时编制。室编件与的编制方法为:在分类方案的最低一级类目内,按文件排列顺序从"1"开始标注。馆编件号按进馆要求标注。

5.4.5　机构(问题):作为分类方案类目的机构(问题)名称或规范化简称。

5.5　编目

归档文件应依据分类方案和室编件号顺序编制归档文件目录。

5.5.1　归档文件应逐件编目。来文与复文作为一件时,只对复文进行编目。归档文件目录设件号、责任者、文号、题名、日期、页数、备注等项目。

5.5.1.1　件号:填写室编件号。

5.5.1.2　责任者:制发文件的组织或个人,即文件的发文机关或署名者。

5.5.1.3　文号:文件的发文字号。

5.5.1.4　题名:文件标题。没有标题或标题不规范的,可自拟标题,外加"〔〕"号。

5.5.1.5　日期:文件的形成时间,以 8 位阿拉伯数字标注年月日,如 19990909。

5.5.1.6　页数:每一件归档文件的页数。文件中有图文的页面为一页。

5.5.1.7　备注:注释文件需说明的情况。

5.5.2 归档文件目录用纸幅面尺寸采用国际标准 A4 型(长×宽:297mm×210mm)。

5.5.3 归档文件目录应装订成册并编制封面。归档文件目录封面可以视需要设置全宗名称、年度、保管期限、机构(问题)等项目。其中全宗名称即立档单位的名称,填写时应使用全称或规范化简称。

5.6 装盒

将归档文件按室编件号顺序装入档案盒,并填写档案盒封面、盒脊及备考表项目。

5.6.1 档案盒

5.6.1.1 档案盒封面应标明全宗名称。档案盒的外形尺寸为 310mm×220mm(长×宽),盒脊厚度可以根据需要设置为 20mm、30mm、40mm 等。

5.6.1.2 档案盒应根据摆放方式的不同,在盒脊或底边设置全宗号、年度、保管期限、起止件号、盒号等必备项,并可设置机构(问题)等选择项,其中,起止件号填写盒内第一件文件和最后一件文的件号,中间用"—"号连接;盒号即档盒的排列顺序号,在档案移交进馆时按进馆要求编制。

5.6.1.3 档案盒应采用无酸纸制作。

5.6.2 备考表

备考表置于盒内文件之后,项目包括盒内文件情况说明、整理人、检查人和日期。

5.6.2.1 盒内文件情况说明:填写盒内文件缺损、修改、补充、移出、销毁等情况。

5.6.2.2 整理人:负责整理归档文件的人员姓名。

5.6.2.3 检查人:负责检查归档文件整理质量的人员姓名。

5.6.2.4 日期:归档文件整理完毕的日期。

大陆中文秘书网站

1. 中华秘书网(http://www.china-mishu.com)

中华秘书网由北京现代秘书科学技术研究中心创办,成立于 2000 年。内容包括秘园新闻、秘书研究、秘书工作、秘书文库、专题报道等。

2. 秘书在线(中国深圳)(http://www.sst668.com)

秘书在线(中国深圳)由深圳紫金苑网络秘书有限公司创办,2001 年开通。内容包括秘书新潮、在线秘书、秘书风采、秘书学科、秘书就职、学术论坛、秘书俱乐部、人才中心、招聘信息等。

3. 中国秘书在线(http://www.cds21.com)

秘书在线由昆明飞熊信息技术有限公司创办。内容包括秘书论坛、秘书应用软件、网络文学、网络资源、最新公文范文等。

4. 华夏办公网(http://www.china-bg.com)

华夏办公网由北京中璞青创科技有限格公司创办,成立于 2000 年。内容包括新视野、中国秘书、政务信息、专题报道、秘苑春秋、秘书机构导航、理论研究、学术论著、秘书讲谈等。

5. Asia EC 亚商(http://www.asiaec.com)

亚商在线作为中国办公门户,创立于 1999 年,其行政/秘书俱乐部旨在建设行业内部以及跨行业行政/秘书从业信息共享渠道,并传播国内外行政/秘书最新知识与信息。

6. 温州秘书网(http://www.wzasec.com)

温州秘书网隶属于温州市【市点】秘书事务所,该所成立于 2003 年,从事秘书工作研究、提供秘书技能服务、整合开发秘书人力资源,提供全方位秘书职能服务。该网站设有秘书教育、秘书工作、秘书文库、秘书英语等栏目。

7. 天生秘书(http://mishu.51.net)

天生秘书是由蓝蝴蝶创办的个人网站。内容包括秘书论坛、秘书留言等互动频道和秘书知识、秘书法规、秘书文摘、秘书软件、秘书课堂、秘书休闲等栏目。

8. 秘书之家(http://besti9842.top263.net)

秘书之家是由北京电子科技学院 9842 班创建的个人网站。内容包括公文写作、秘书知识与实务、办公自动化、网络知识与使用技巧、留言板、论坛等。

9. 秘书小站(http://mishuxz.126.com)

秘书小站是刘正来创办的个人网站。内容包括秘书素养、公文种类、公文格式、行文规则、公文写作、文书处理、档案工作、杂感随笔、朝花夕拾、优雅书斋、网上校园等。

10. 文秘牛庄(http://niuzhuang162.com)(http://e-365.y365.com)

文秘牛庄是建立最早的秘书专业网站之一。内容包括文秘人才村、文秘充电站、文秘资料库、文秘应用巢、文秘俱乐部、文秘爱好城、文秘用品柜、文秘牛庄等栏目等。

11. 秘书网(http://www.wenshu.net)

秘书网是由梁锦硕、黄德伟、吴洪贤等人创办的个人网站。内容介绍秘书相关业务知识,提供各种文书范本。另外,还涉及公关艺术和如何处理复杂的人际关系等内容,还给予查找资料、提供信息、咨询等多方面的支持。

12. 办公室工作(http://shywm.3322.net)

办公室工作沭阳县人民政府办公室创办。内容包括政策法规、主任园地、秘书园地、行政管理、信息调研、督促检查、政务参考、经验交流等。

13. 东方秘书网(http://dfms.longcity.net)

东方秘书网是以余庆锋先生为首创建的。内容包括秘书新闻、秘书资格、秘书常识、秘书学院、秘书论坛、外事接待、档案管理、文书处理、会议组织、信息工作、办公事务、协调工作等。

14. 重庆大学未来秘书协会(http://ckms.yeah.net)

重庆大学未来秘书协会网站是由重庆大学在校学生自己创办的校园网,设协会简介、社交宝典、新闻快报、自助交友等栏目。

15. 文秘之家(http://xbw2.126.com)

文秘之家是三马家园系列网站之一。内容包括专题资料、文秘论坛等。

16. 一平工作室(http://218.249.36.58)

一平工作室是由知名学者谭　平所办,其特色在于通过职场指导小说以初涉职场的新鲜人为角色人物,演绎现代职场的规则和为人处世的技巧。另外还提供由其所译的《秘书常识趣谈》(日本夏目通利著)和《秘书的理论与实践》(日本田中笃子著)的资讯等。

17. 家庭秘书服务网(http://www.homesecretary.com)

家庭秘书服务网是一家提供以家庭为基础的秘书工作队,可以就近找到适合需要的秘书,同样也可以注册成为家庭秘书工作队中的一员。

18. 聪敏秘书(Smart Secretary)(http://www. smartsecretary. com)

聪敏集团是新鲜信息的汇集地,如同身边一位执行秘书、私人助手和高级行政管理人员一样,可以提供任何地方的、各种各样的、高质量的信息,包括商务、旅行、会议、宾馆等。

19. 欧洲管理协会(http://www. euma. org)

该网站是欧洲管理协会(European Management Assistants)的官方网站。网站分为会员区和来宾区。来宾区包括协会介绍、新闻事件、会员权益等。欧洲管理协会是欧洲管理者的国际著名网络机构,负责法国、德国等国高级秘书资格的认证。

20. 美国管理协会(http://www. amanet. org)

美国管理协会成立于 1923 年,是世界上最大及最负盛名的管理教育与培训机构之一。它致力于企业经理人员各个职业及管理领域的技巧与能力的培养。在高级秘书和行政助理的培训方面很有特色。

学习网站

21. 中华学习网(http://www. chinaedu. net 或 www. prcedu. com)

成立于 1998 年,是由 MCGraw-hill\IDG 等世界知名投资机构投资成立的全面教育服务提供商。公司自成立以来,始终积极参与我国终身学习体系的建设,以高等学历网络教育服务为核心业务,开创了成熟的教育运营服务体系。目前,从幼儿教育、中小学教育到高等教育,从学历教育到专业技能培训和中小学生课外辅导,从学校教育到网络教育,弘成教育服务覆盖各个学龄阶段和多种教育方式。

22. 中国学习网(http://www. studycn. net)

拥有高校在线、远程教育、职考指导、认证培训、名师专栏、文化读书、培训资讯等专栏。

23. 全民学习网(http://www. qmedu. com)

网站主要频道设置为教育政策、教育新闻、远程教育、行业考试、教育商务、自考、考研、外语、IT、校园、成立创业等。

参考文献

[1] 冯惠玲,张辑哲. 档案学概论. 北京:中国人民大学出版社,2001.

[2] 肖明. 信息资源管理. 北京:电子工业出版社,2002.

[3] 陈兆祦,和宝荣,王英伟. 档案管理学基础. 北京:中国人民大学出版社,2005.

[4] 刘萌. 商务秘书信息与档案工作. 北京:中国劳动社会保障出版社,2005.

[5] 董继超. 秘书实务. 辽宁:辽宁教育出版社,2005.

[6] 张尧庭. 信息与决策. 北京:科学出版社,2000.

[7] 钟玉昆. 企业信息决策与竞争. 广州:科学普及出版社广州分社,1987.

[8] 王李苏. 企业档案信息管理. 南京:江苏科技出版社,1988.

[9] 张虹,姬瑞环. 档案管理基础. 北京:中国人民大学出版社,2008.

[10] 洪漪. 档案信息组织与检索. 武汉:武汉大学出版社,1999.

[11] 劳动和社会保障部,中国就业培训技术中心组织编写. 秘书国家职业资格培训教程. 北京:海潮出版社,2003.

[12] 邓绍兴,陈智为. 档案管理学(第2版),北京,首都师范大学出版社,2001.

[13] 国家档案局.电子文件归档与电子档案管理概论(第2版).北京:中国档案出版社,1999.

[14] 赵映诚,陈晓明.文书工作与档案管理.北京:高等教育出版社,2003.

[15] 何权衡,史瑞芬.档案与档案管理.郑州:河南人民出版社,1991.

[16] 范立荣.调查研究与信息工作基础.北京:中国人民大学出版社,2005.

[17] 中国就业培训技术中心组织编写.秘书国家职业资格培训教程.北京:中央广播电视大学出版社,2006.

图书在版编目（CIP）数据

信息与档案管理 / 贺存乡主编. —杭州：浙江大
学出版社，2010.9
　ISBN 978-7-308-07810-8

　Ⅰ.①信… Ⅱ.①贺… Ⅲ.①信息管理②档案管理
Ⅳ.①G203②G271

中国版本图书馆 CIP 数据核字（2010）第 136779 号

信息与档案管理

贺存乡　主编

丛书策划	葛　娟　樊晓燕
责任编辑	葛　娟
封面设计	吴慧莉
出版发行	浙江大学出版社
	（杭州市天目山路 148 号　邮政编码 310007）
	（网址：http://www.zjupress.com）
排　　版	杭州中大图文设计有限公司
印　　刷	德清县第二印刷厂
开　　本	710mm×1000mm　1/16
印　　张	16.75
字　　数	328 千
版 印 次	2010 年 9 月第 1 版　2010 年 9 月第 1 次印刷
书　　号	ISBN 978-7-308-07810-8
定　　价	30.00 元

版权所有　翻印必究　　印装差错　负责调换

浙江大学出版社发行部邮购电话　（0571）88925591